AF544304

GRöLS
Verlage

„Bücher sind wie Fallschirme. Sie nützen uns nichts, wenn wir sie nicht öffnen."

Gröls Verlag

Redaktionelle Hinweise und Impressum

Das vorliegende Werk wurde zugunsten der Authentizität sehr zurückhaltend bearbeitet. So wurden etwa ursprüngliche Rechtschreibfehler regelmäßig *nicht* behoben, denn kleine Unvollkommenheiten machen das Buch – wie im Übrigen den Menschen – erst authentisch. Mitunter wurden jedoch zum Beispiel Absätze behutsam neu getrennt, um den Lesefluss zu erleichtern.

Um die Texte zu rekonstruieren, werden antiquarische Bücher von Lesegeräten gescannt und dann durch eine Software lesbar gemacht. Der so entstandene Text wird von Menschen gegengelesen und korrigiert – hierbei treten auch Fehler auf. Wenn Sie ebenfalls antiquarische Texte einreichen möchten, finden Sie weitere Informationen auf www.groels.de

Viel Freude bei der Lektüre wünscht Ihnen das Team des Gröls-Verlags.

Adressen

Verleger: Hermann-Josef Gröls,

Im Borngrund 26, 61440 Oberursel

Externer Dienstleister für Distribution & Herstellung:

BoD, In de Tarpen 42, 22848 Norderstedt

Unsere „Edition | Werke der Weltliteratur“ hat den Anspruch, eine der größten und vollständigsten Sammlungen klassischer Literatur in deutscher Sprache zu werden. Nach und nach versammeln wir hier nicht nur die „üblichen Verdächtigen“ von Goethe bis Schiller, sondern auch Kleinode der vergangenen Jahrhunderte, die – zu Unrecht – drohen, in Vergessenheit zu geraten. Wir kultivieren und kuratieren damit einen der wertvollsten Bereiche der abendländischen Kultur. Kleine Auswahl:

Francis Bacon • Neues Organon • **Balzac** • Glanz und Elend der Kurtisanen • **Joachim H. Campe** • Robinson der Jüngere • **Dante Alighieri** • Die Göttliche Komödie • **Daniel Defoe** • Robinson Crusoe • **Charles Dickens** • Oliver Twist • **Denis Diderot** • Jacques der Fatalist • **Fjodor Dostojewski** • Schuld und Sühne • **Arthur Conan Doyle** • Der Hund von Baskerville • **Marie von Ebner-Eschenbach** • Das Gemeindekind • **Elisabeth von Österreich** • Das Poetische Tagebuch • **Friedrich Engels** • Die Lage der arbeitenden Klasse • **Ludwig Feuerbach** • Das Wesen des Christentums • **Johann G. Fichte** • Reden an die deutsche Nation • **Fitzgerald** • Zärtlich ist die Nacht • **Flaubert** • Madame Bovary • **Gorch Fock** • Seefahrt ist not! • **Theodor Fontane** • Effi Briest • **Robert Musil** • Über die Dummheit • **Edgar Wallace** • Der Frosch mit der Maske • **Jakob Wassermann** • Der Fall Maurizius • **Oscar Wilde** • Das Bildnis des Dorian Grey • **Émile Zola** • Germinal • **Stefan Zweig** • Schachnovelle • **Hugo von Hofmannsthal** • Der Tor und der Tod • **Anton Tschechow** • Ein Heiratsantrag • **Arthur Schnitzler** • Reigen • **Friedrich Schiller** • Kabale und Liebe • **Nicolo Machiavelli** • Der Fürst • **Gotthold E. Lessing** • Nathan der Weise • **Augustinus** • Die Bekenntnisse des heiligen Augustinus • **Marcus Aurelius** • Selbstbetrachtungen • **Charles Baudelaire** • Die Blumen des Bösen • **Harriett Stowe** • Onkel Toms Hütte • **Walter Benjamin** • Deutsche Menschen • **Hugo Bettauer** • Die Stadt ohne Juden • **Lewis Caroll** • *und viele mehr....*

Inhalt

Giovanni Boccaccio

Decameron

1. Novelle

Nach Karl Witte

Herr Chapelet täuscht einen frommen Pater durch eine falsche Beichte und stirbt. Trotz des schlechten Lebenswandels, den er geführt, kommt er nach seinem Tode in den Ruf der Heiligkeit und wird Sankt Chapelet genannt.

Es ziemt sich, ihr liebwerten Damen, ein jedes Ding, das der Mensch unternimmt, mit dem heiligen und wunderbaren Namen dessen zu beginnen, der alle Dinge geschaffen hat. Darum denke ich denn, der ich als erster bei unseren Erzählungen den Anfang machen soll, mit einer jener wunderbaren Fügungen zu beginnen, deren Kunde unser Vertrauen auf ihn als den Unwandelbaren bestärken und uns lehren wird, seinen Namen immerdar zu preisen. Es ist offenbar, daß die weltlichen Dinge insgesamt vergänglich und sterblich sowie nach innen und nach außen reich an Leiden, Qual und Mühe sind und unzähligen Gefahren unterliegen, welchen wir, die wir mitten unter ihnen leben und selbst ein Teil von ihnen sind, weder widerstehen noch uns ihrer erwehren könnten, wenn uns Gottes besondere Gnade nicht die nötige Kraft und Fürsorge verliehe. Was diese Gnade anbetrifft, so haben wir uns keineswegs einzubilden, daß sie um irgendeines Verdienstes willen, das wir hätten, über uns komme, vielmehr geht sie nur von seiner eigenen Huld aus und wird den Bitten derer gewährt, die einst wie wir sterblich waren, jetzt aber, weil sie während ihres Erdenwallens seinem Willen folgten, mit ihm im Himmel der ewigen Seligkeit teilhaftig sind. An sie, als an Fürsprecher, die unsere Schwäche und Gebrechlichkeit aus eigener Erfahrung kennen, richten wir vor allem jene Bitten, die wir vielleicht nicht wagten, unserem höchsten Richter gegenüber laut werden zu lassen. Um so überschwenglichere Gnade haben wir aber in ihm zu erkennen, wenn wir, deren sterbliches Auge auf keine Weise in das Geheimnis des göttlichen Willens eindringen kann, durch falschen Wahn betrogen, einen zu unserem Fürsprecher vor der Majestät Gottes erwählen, den er von seinem Angesicht verbannt hat, und wenn er, vor dem nichts verborgen ist, dessen ungeachtet mehr auf die reine Gesinnung des Bittenden als auf dessen Unwissenheit oder auf des Angerufenen Verdammung sieht und das Gebet ebenso erhört, als ob der vermeintliche Fürsprecher die Seligkeit, ihn zu schauen, genösse. Daß es sich so verhält, wird aus der Geschichte offenbar werden, die ich euch erzählen will. Offenbar nach menschlichem Dafürhalten, sage ich, da Gottes Ratschlüsse uns verborgen bleiben.

Es wird nämlich berichtet, daß Musciatto Franzesi, als er von einem reichen und angesehenen Kaufherrn zum Edelmanne geworden war und nun mit dem Bruder des Königs von Frankreich, dem vom Papst Bonifaz herbeigerufenen und unterstützten Karl ohne Land, nach Toskana ziehen sollte, sich entschloß, seine Geschäfte, welche, wie es bei Kaufleuten der Fall zu sein pflegt, äußerst verwickelt waren, mehreren Bevollmächtigten zu übertragen. Für alles fand er Rat, nur blieb ungewiß, wo er jemanden auftreiben wollte, der geschickt wäre, jene Schulden einzutreiben, die er bei einigen Burgundern ausstehen hatte. Der Grund seines Bedenkens lag darin, daß ihm wohlbekannt war, was für ein wortbrüchiges, händelsüchtiges und abscheuliches Volk die Burgunder sind und daß er sich auf niemand besinnen konnte, der abgefeimt genug gewesen wäre, um ihrer Bösartigkeit mit Erfolg Widerpart zu leisten. Als er in solchem Zweifel lange hin und her überlegt hatte, fiel ihm ein gewisser Ciapperello von Prato ein, der sein Haus in Paris oft zu besuchen pflegte. Die Franzosen, die den Namen Ciapperello nicht verstanden und der Meinung waren, er wolle so viel sagen wie chapeau, was in ihrer Landessprache Kranz bedeutet, nannten diesen Mann, der klein von Gestalt und sehr geschniegelt war, seiner Kleinheit halber nicht Chapeau, sondern Chapelet, unter welchem Namen er denn überall bekannt war, während nur wenige wußten, daß er Ciapperello hieß.

Das Leben, das dieser Chapelet führte, war folgendermaßen beschaffen: In seinem Beruf als Notar hätte er es für eine große Schande gehalten, wenn eine der von ihm ausgestellten Urkunden, obgleich er deren wenige ausstellte, anders als gefälscht befunden worden wäre. Solcher falschen Urkunden aber machte er, soviel man nur wollte, und dergleichen lieber umsonst als rechtmäßige für schwere Bezahlung. Falsches Zeugnis legte er auf Verlangen und aus freien Stücken besonders gern ab, und da in Frankreich Eidschwüre um jene Zeit in höchstem Ansehen standen, gewann er, da er sich nicht um einen Meineid scherte, auf unrechtmäßige Weise alle Prozesse, in denen er die Wahrheit nach seinem Gewissen zu beschwören berufen ward. Ausnehmendes Wohlgefallen fand er daran, und großen Fleiß verwandte er darauf, unter Freunden, Verwandten und was sonst immer für Leuten Unfrieden und Feindschaft anzuzetteln, und je größeres Unglück daraus entstand, desto mehr freute er sich. Wurde er aufgefordert, jemand umbringen zu helfen oder an einer anderen Schandtat teilzunehmen, so weigerte er sich niemals und war der erste auf dem Platz. Oft war er auch bereit, mit eigenen Händen zu ermorden und zu verwunden. In seiner beispiellosen Jähheit lästerte er Gott und alle Heiligen um jeder Kleinigkeit willen auf das gräßlichste. In der Kirche ließ er sich niemals antreffen und verspottete alle christlichen Sakramente mit den verruchtesten Worten. Um so mehr war er dafür in den Schenken und anderen Sündenhäusern. Aus Rauben und Stehlen hätte er sich ebensowenig ein Gewissen gemacht, als ein Heiliger daraus, Almosen zu geben. Er fraß und soff in solchem Übermaß, daß er mehrmals knapp mit dem Leben davonkam. Spielen und im Spiel betrügen betrieb er wie ein Handwerk. Doch wozu so viele Worte! Genug, er war der schändlichste Mensch, der vielleicht je geboren ward, und schon seit langer Zeit konnten nur die Macht und das Ansehen des Herrn Musciatto ihm bei seinen Verbrechen durchhelfen, so daß weder Einzelpersonen, die er häufig, noch die Gerichte, die er fortwährend beleidigte, Hand an ihn legten.

Dieser Ciapperello war es, den Herr Musciatto, welcher seinen Lebenswandel sehr genau kannte, jetzt als den rechten Mann auserkor, um der burgundischen Bosheit die Spitze zu bieten. So ließ er ihn denn rufen und sprach zu ihm: „Chapelet, ich stehe, wie du weißt, im Begriff, ganz von hier wegzuziehen, und da ich unter anderm noch mit einer Anzahl von Burgundern zu tun habe, so kenne ich niemand, dem ich mich besser als dir anvertrauen könnte, um von so betrügerischem Volk mein Geld einzutreiben. Du hast jetzt nichts zu tun, und wenn du diese Angelegenheit übernehmen willst, so verspreche ich dir, dich mit den Gerichten auszusöhnen und dir an dem, was du für mich eintreibst, einen Anteil zu lassen, daß du zufrieden sein kannst." Herr Chapelet, der müßig ging, auch an irdischen Gütern keinen Überfluß hatte und nun den verlieren sollte, der lange Zeit sein Stecken und Stab gewesen war, sagte ohne langes Besinnen und gewissermaßen notgedrungen, ja, er sei gern bereit.

Nach gehöriger Verabredung und nach Empfang der Vollmacht des Herrn Musciatto und der Gnadenbriefe des Königs reiste Chapelet, als Herr Musciatto Paris verlassen, nach Burgund, wo ihn fast niemand kannte. Hier fing er, wider seine Natur, ganz freundlich und sanftmütig an, seinen Auftrag auszuführen und die Schulden einzufordern, gleichsam als wollte er sich die Bosheit bis zuletzt aufsparen.

Inzwischen war Chapelet ins Haus zweier Brüder aus Florenz gezogen, die Geld auf Wucherzinsen liehen und ihm, Herrn Musciatto zuliebe, viel Ehre erwiesen. In deren Hause erkrankte er jetzt, und obgleich die beiden Brüder ihm sogleich geschickte Ärzte rufen, ihn durch ihre Diener pflegen ließen und überhaupt alles taten, was zu seiner Heilung förderlich sein konnte, so war doch jede Hilfe vergeblich. Dem guten Mann, der nachgerade alt geworden war und liederlich gelebt hatte, ging es nach der Aussage der Ärzte täglich schlechter und schlechter, und es zeigte sich zum großen Leidwesen der Brüder gar bald, daß Chapelet an keiner anderen Krankheit als der des nahen Todes leide.

Diese beiden Brüder nun fingen eines Tages nicht weit von dem Zimmer, wo Chapelet krank lag, folgendermaßen zu reden an: „Was sollen wir mit dem Menschen anfangen", sagte der eine zum andern. „Wir sind auf jeden Fall seinetwegen in einer sehr verdrießlichen Lage. Ihn jetzt, krank wie er ist, aus dem Hause zu weisen, wäre gewiß unserem Ruf ebenso nachteilig wie unüberlegt von unserer Seite; denn die Leute, die gesehen haben, wie wir ihn erst aufgenommen und für seine Pflege und Heilung gesorgt, wären überzeugt, daß er uns keinen Grund gegeben haben könne, ihn nun als einen Todkranken aus dem Hause zu tun. Auf der anderen Seite aber ist er ein so gottloser Mensch gewesen, daß er weder wird beichten, noch das Abendmahl oder die letzte Ölung wird annehmen wollen, und stirbt er, ohne gebeichtet zu haben, so nimmt keine Kirche den Leichnam auf, und er wird wie ein toter Hund in die Grube geworfen. Sollte er aber auch beichten, so sind seine Sünden so zahlreich und so verrucht, daß nichts dadurch gebessert wird; denn es wird sich weder Mönch noch Pfaffe finden, der ihn lossprechen könnte oder wollte, und stirbt er ohne Absolution, so schmeißen sie ihn auch in die Grube. Kommt es aber so oder so, immer wird das ganze Volk, das ohnehin wegen unseres von ihm verabscheuten Gewerbes äußerst schlecht auf uns zu sprechen ist und Lust genug haben mag, uns auszuplündern, offen gegen uns aufstehen und sagen: 'Diese Hunde von Italienern, die man in der Kirche abweist, wollen wir nicht mehr unter uns dulden.' Sie werden unser Haus stürmen und sich kein Gewissen daraus machen, uns nicht nur Hab und Gut zu nehmen, sondern gar leicht sich an unserem Leib und Leben vergreifen. So sind wir denn auf alle Fälle bei Chapelets Tod übel daran."

Herr Chapelet, der, wie gesagt, ganz nahe bei dem Orte lag, wo die beiden redeten, und wie man es oft bei Kranken findet, ein feines Gehör hatte, verstand alles, was sie über ihn sagten. Er ließ sie zu sich rufen und sprach: „Ich wünsche nicht, daß ihr euch meinetwegen Gedanken macht oder in Furcht seid, daß euch jemand um meinetwillen kränken möchte. Ich habe gehört, was ihr über mich gesprochen habt, und ich bin wohl überzeugt, daß es so käme, wir ihr sagt, wenn das geschähe, was ihr voraussetzt; aber es soll schon anders gehen. Ich habe zu meinen Lebzeiten unserem Herrgott so viel zuleide getan, daß jetzt, wo ich sterbe, ein Streich mehr auch keinen Unterschied machen wird. Darum schafft mir nur den erfahrensten und frömmsten Mönch herbei, den ihr zu finden wißt, und habt ihr den, so laßt mich nur machen. Ich werde eure und meine Angelegenheit schon so besorgen, daß alles gut sein wird und ihr Ursache habt, zufrieden zu sein."

Obgleich die beiden Brüder daraus noch keine besondere Hoffnung schöpften, gingen sie doch in ein Mönchskloster und verlangten nach einem frommen und verständigen Manne, der einem Italiener, welcher bei ihnen krank liege, die Beichte hören könnte. Man gab ihnen einen bejahrten Mönch mit, der ein heiliges, makelloses Leben führte, ein großer Schriftgelehrter und gar ehrwürdiger Mann war und bei allen Bürgern im besonderen und hohen Ansehen der Heiligkeit stand. Diesen brachten sie zu dem Kranken.

Als er in die Kammer eingetreten war, wo Chapelet lag, und sich an sein Bett gesetzt hatte, hub er freundlich an, ihm Mut zuzusprechen; und dann erst fragte er ihn, wie lange es her sei, daß er zum letzten Male gebeichtet habe. Chapelet, der sein Leben lang nicht gebeichtet hatte, antwortete ihm: „Ehrwürdiger Vater, sonst ist es meine Gewohnheit, alle Woche wenigstens einmal zur Beichte zu gehen, die vielen Male ungerechnet, wo ich öfter gehe; aber ich muß gestehen, jetzt, wo ich krank geworden bin, sind schon acht Tage vergangen, ohne daß ich gebeichtet hätte, soviel Schmerzen hat die Krankheit mir bereitet."

„Mein Sohn", sagte darauf der Mönch, „daran hast du wohlgetan, und also magst du auch in Zukunft tun. Doch da du so oft beichtest, so sehe ich wohl, ich werde wenig Mühe haben, dich zu fragen und deine Antworten anzuhören." Chapelet sprach: „Herr Pater, sagt das nicht; wie oft und wie vielmals ich auch zur Beichte gegangen bin, so habe ich mich doch nie entschließen können, anders zu verfahren, als eine Generalbeichte aller meiner Sünden vom Tage meiner Geburt an bis zum Beichttag abzulegen. Darum bitte ich Euch, bester Vater, daß Ihr mich ebenso genau über alles ausfragt, als ob ich nie gebeichtet hätte. Und schont mich nur ja nicht etwa, weil ich krank bin; denn ich will viel lieber dieses mein Fleisch plagen, als aus Schonung dafür irgend etwas tun, was meiner unsterblichen Seele, die mein Heiland mit seinem kostbaren Blute losgekauft hat, zum Verderben gereichen könnte." Diese Worte hatten den ganzen Beifall des heiligen Mannes und schienen ihm von einem gesammelten Gemüt Zeugnis zu geben.

Nachdem er also diese Gewohnheit Chapelet gegenüber sehr gelobt hatte, fing er an, ihn zu befragen, ob er sich je mit Weibern in Wollust versündigt habe. Chapelet antwortete ihm mit einem Seufzer: „Mein Vater, was das anbetrifft, so schäme ich mich, Euch die Wahrheit zu sagen, denn ich fürchte, sie könnte als eitles Selbstlob ausgelegt werden." Der heilige Pater entgegnete: „Rede nur ruhig; denn wer die Wahrheit spricht, sei es in der Beichte oder bei anderer Gelegenheit, der sündigt niemals." „Nun denn", erwiderte Chapelet, „weil Ihr mich darüber beruhigt, so will ich Euch nur sagen, ich bin noch ebenso rein und unbefleckt, wie ich aus dem Schoße meiner Mutter hervorkam." „Des möge Gott dich segnen", sagte der Mönch, „Wie wohl hast du daran getan! Und um so verdienstlicher ist deine Keuschheit, da du, wenn du gewollt hättest, weit eher das Gegenteil tun konntest als wir und alle andern, die durch eine Ordensregel gebunden sind."

Hierauf fragte er ihn, ob er sich je durch Völlerei Gottes Mißfallen zugezogen habe. Mit einem lauten Seufzer antwortete Chapelet: „Allerdings und oftmals." Denn weil er sich daran gewöhnt habe, außer den vierzigtägigen Fasten, welche fromme Leute jährlich halten, auch allwöchentlich wenigstens drei Tage lang mit Wasser und Brot zu fasten, so habe er das Wasser, vor allem wenn er von Gebeten oder Wallfahrten besonders angestrengt gewesen sei, mit derselben Lust und demselben Wohlgefallen getrunken wie der größte Säufer den Wein. Manchmal habe es ihn auch nach Kräutersalat gelüstet, wie ihn die Bäuerinnen machen, wenn sie aufs Feld gehen, und das Essen habe ihm besser geschmeckt, als es seiner Ansicht nach einem schmecken dürfe, der aus Gottesfurcht faste, wie er es doch getan habe. „Mein Sohn", sagte darauf der Mönch, „das sind Sünden, welche die Natur mit sich bringt; die haben wenig zu bedeuten, und um ihretwillen möchte ich nicht, daß du dein Gewissen mehr als not tut beschwertest. Es geschieht jedem Menschen, wenn er auch noch so heilig ist, daß ihm nach langem Fasten das Essen gut schmeckt und nach großer Anstrengung das Trinken." „Ach, Herr Pater", antwortete Chapelet, „Ihr sprecht so, um mich zu beruhigen. Das solltet Ihr nicht tun. Euch ist ja bekannt, daß ich wohl weiß, wie alles, was man tut, um Gott zu dienen, in ganz reiner Gesinnung, frei von jeder befleckenden Lust getan werden muß und daß, wer dem zuwiderhandelt, sündigt."

Höchlich zufrieden sagte der Mönch: „Nun, so freut es mich, daß du es so ansiehst, und ich lobe in diesem Stück dein ängstliches und sorgsames Gewissen. Aber sage mir: Hast du dich durch Geiz vergangen und mehr verlangt, als du verlangen solltest, oder behalten, was du nicht behalten durftest?" „Ehrwürdiger Vater", erwiderte ihm Chapelet, „es sollte mir leid tun, wenn Ihr eine falsche Meinung von mir hättet, weil ich bei den Wucherern hier wohne. Ich habe keinen Teil an ihrem Handwerk; vielmehr bin ich zu ihnen gekommen, um ihnen ins Gewissen zu reden und sie von diesem abscheulichen Erwerbe abzubringen. Auch wäre mir das, wie ich glaube, gelungen, hätte mich Gott nicht so heimgesucht. Ich kann Euch aber sagen, daß mein Vater mir ein schönes Vermögen hinterließ, von dem ich nach seinem Tode den größeren Teil als Almosen weggab. Dann habe ich, um mich zu ernähren und den Armen Gottes beistehen zu können, meinen kleinen Handel getrieben und dabei allerdings den Erwerb im Auge gehabt; was ich aber erworben habe, das habe ich immer mit den Armen gleichmäßig geteilt und meine Hälfte zu meiner Notdurft verbraucht, die andere aber jenen geschenkt. Dafür hat mir aber auch mein Schöpfer beigestanden, so daß meine Geschäfte täglich besser und besser gegangen sind."

„Daran hast du wohlgetan", sagte der Mönch. „Aber hast du dich etwa häufig erzürnt?" „Ja", sagte Herr Chapelet, „das habe ich freilich gar oft getan. Und wer könnte sich wohl dessen enthalten, wenn er die Menschen alle Tage die abscheulichsten Dinge treiben sieht, wenn er beobachtet, wie sie Gottes Gebote nicht halten und sein Gericht nicht fürchten? Wohl zehnmal des Tages habe ich lieber tot als lebendig sein wollen, wenn ich sah, wie die jungen Leute den Eitelkeiten der Welt nachliefen, schworen und sich verschworen, in die Schenken, aber um die Kirche herumgingen und weit mehr auf den Wegen der Welt als auf dem Pfade Gottes wandelten.“ Darauf erwiderte der Mönch: „Mein Sohn, das ist ein edler Zorn, um dessentwillen ich für mein Teil dir keine Buße aufzuerlegen wüßte. Sage nur aber, wäre es vielleicht möglich, daß du dich irgendeinmal vom Zorn zu einem Mord, zu Schlägereien oder zu Schimpfworten hättest verleiten lassen?“ „Ach du meine Güte, Herr Pater“, sagte Chapelet, „ich halte Euch für einen Mann Gottes; wie könnt Ihr doch solche Reden führen. Glaubt Ihr denn, ich bildete mir ein, daß Gott mich so lange am Leben erhalten hätte, wenn mir nur der entfernteste Gedanke gekommen wäre, etwas von dem zu tun, was Ihr da genannt habt? Dergleichen können ja nur Mörder und Straßenräuber tun; sooft ich dergleichen gesehen, habe ich immer gesagt: Geh, und Gott bessere dich.“

„Gott segne dich, mein Sohn“, sprach der Pater. „So sage mir denn, ob du jemals gegen irgendwen falsches Zeugnis abgelegt oder von andern schlecht gesprochen oder wider Willen des Eigentümers dich an fremdem Gute bereichert hast.“ „Ach ja, Herr Pater“, sagte Chapelet, „was die üble Nachrede betrifft, freilich ja. Denn einmal hatte ich einen Nachbarn, der seine Frau in einem fort prügelte, ohne den geringsten Anlaß zu haben. Da hat mich denn das Mitleid mit dem armen Weibe, das er, sooft er sich betrunken hatte, jämmerlich zurichtete, einmal so gepackt, daß ich gegen ihre Verwandten recht auf ihn gescholten habe.“ „Wohl denn“, antwortete der Mönch, „nun sage mir aber, wie ich höre, so bist du ein Kaufmann gewesen; hast du niemals jemand nach Art der Kaufleute betrogen?“ „Ja, wahrhaftig, Herr Pater“, sagte Herr Chapelet, „Wie er hieß, das weiß ich aber nicht. Es war einer, der mir Geld brachte, was er für ein Stück Tuch schuldig war, das ich ihm verkauft hatte. Nun tat ich das Geld, ohne es zu zählen, in einen Kasten, und reichlich einen Monat später fand ich, daß es vier Heller mehr waren, als mir zukamen. Wohl ein ganzes Jahr lang habe ich sie aufgehoben; weil ich aber den, dem sie gehörten, in der ganzen Zeit nicht mehr wiedersah, habe ich sie am Ende als Almosen verschenkt." „Das war eine Kleinigkeit", sagte der Mönch, „und du hast recht daran getan, so damit zu verfahren."

Der fromme Mönch fragte ihn noch mancherlei, worauf er immer in dieser Weise antwortete. So wollte denn jener schon zur Absolution schreiten, als Chapelet sprach: „Herr Pater, noch eine Sünde habe ich auf dem Gewissen, die ich Euch nicht gebeichtet." „Und die wäre?" sagte der Mönch. „Ich entsinne mich", antwortete jener, „daß ich an einem Samstag gegen Abend von meinem Diener das Haus kehren ließ und also die schuldige Ehrfurcht vor dem Tage des Herrn vergessen habe." „Mein Sohn", erwiderte der Geistliche, „das hat weiter nichts zu bedeuten." „Sagt nicht, das habe nichts zu bedeuten", entgegnete Chapelet. „Den Sonntag soll man ehren; denn an diesem Tag war es, daß unser Heiland von den Toten auferstand." Darauf sagte der Mönch: „Und hast du sonst noch etwas zu beichten?" „Ja, Herr Pater", antwortete Chapelet, „einmal habe ich in Gedanken in der Kirche ausgespuckt." Der Mönch fing an zu lächeln und sagte: „Mein Sohn, das sind Dinge, die man sich nicht zu Herzen nehmen soll; wir sind Geistliche und spucken alle Tage in der Kirche aus." „Und tut daran sehr übel", sprach Herr Chapelet; „denn nichts auf der Welt soll man so rein halten wie den Tempel des Herrn, in dem man dem Höchsten opfert."

Um es kurz zu machen, Sünden von dieser Art beichtete er ihm noch eine Menge. Dann fing er an zu seufzen und brach in einen Strom von Tränen aus, deren ihm, wenn er wollte, immer reichlich zu Gebote standen. „Was ist dir, mein Sohn?" sagte der Geistliche. „Ach, Herr Pater", erwiderte Chapelet, „eine Sünde habe ich noch auf dem Herzen, die habe ich nie gebeichtet, so schäme ich mich, sie zu bekennen; wenn ich nur daran denke, so weine ich, wie Ihr mich jetzt weinen seht, und um dieser Sünde willen kann ich nur auch nicht denken, daß Gott Erbarmen mit mir haben wird." „Schäme dich, mein Sohn", entgegnete der Mönch, „was redest du da? Wären alle Sünden, die von allen Menschen jemals zusammen begangen worden sind oder, solange die Welt stehen wird, noch von den Menschen begangen werden, in einem einzigen Menschen vereinigt, und der wäre reuig und zerknirscht, wie ich sehe, daß du es bist, so ist Gottes Gnade und Barmherzigkeit so groß, daß er sie alle, sobald sie gebeichtet wären, ihm freudig vergeben würde; und so sage denn zuversichtlich, was du getan hast.“ Darauf sprach Herr Chapelet, ohne vom Weinen abzulassen: „Ach, ehrwürdiger Vater, es ist eine gar zu schwere Sünde, und wenn es nicht auf Eure Fürbitte hin geschieht, so kann ich kaum glauben, daß Gott sie mir jemals vergeben sollte.“ Der Mönch antwortete ihm: „Sage sie nur ruhig, denn ich verspreche dir, daß ich für dich zu Gott beten werde.“ Herr Chapelet weinte noch in einem fort und schwieg; der Mönch aber ermunterte ihn erneut, zu reden. Als nun Chapelet den Geistlichen so mit Weinen eine lange Weile hingehalten hatte, stieß er einen tiefen Seufzer aus und sprach: „Ehrwürdiger Vater, weil Ihr mir denn versprochen habt, Gott für mich zu bitten, so will ich's Euch sagen. Wißt denn, wie ich noch klein war, habe ich einmal meine Mutter geschmäht.“ Und kaum hatte er so gesprochen, so hub er von neuem bitterlich zu weinen an. „Mein Sohn“, antwortete der Mönch, „dünkt dich denn das wirklich solch eine schwere Sünde? Lästern die Leute nicht etwa täglich ihren Herrgott? Und doch vergibt er gern einem jeden, der bereut, ihn gelästert zu haben. Und du verzweifelst, für diesen Fehltritt Vergebung zu finden? Fasse Mut und weine nicht; denn wahrlich, wärest du einer von denen gewesen, die unsern Herrn ans Kreuz geschlagen haben, und wärest du so zerknirscht, wie ich es jetzt an dir sehe, so vergäbe er dir.“ Darauf sagte Chapelet: „Um Himmels willen, Herr Pater, was sprecht Ihr da? Allzusehr habe ich mich vergangen, und allzu große Sünde war es, daß ich meine Herzensmutter schmähte, die mich neun Monate lang Tag und Nacht im Leibe getragen hat und mich mehr als hundertmal auf den Armen hielt; und wenn Ihr nicht für mich betet, so wird mir's auch nicht verziehen werden.“

Als der Mönch inneward, daß Chapelet weiter nichts zu sagen hatte, sprach er ihn los und gab ihm in der festen Überzeugung, Chapelet, dessen Reden er für lautere Wahrheit nahm, sei ein frommer, gottseliger Mensch, den Segen. Und wer möchte wohl zweifeln, wenn er jemand auf dem Totenbette also reden hörte? Nach dem allen sagte er: „Herr Chapelet, Ihr werdet mit Gottes Hilfe bald wieder gesund sein; sollte es aber dennoch geschehen, daß Gott Eure gesegnete und zum Abschied von dieser Welt bereite Seele zu sich riefe, hättet Ihr alsdann etwas dawider, daß Euer Körper in unserem Kloster beerdigt würde?“ „Durchaus nicht“, entgegnete Chapelet; „vielmehr möchte ich sonst nirgends liegen als eben bei Euch. Ihr habt mir ja versprochen, für mich zu beten, und auch ohne das habe ich von jeher besondere Ehrfurcht für Euren Orden gehabt. Und so bitte ich Euch, daß Ihr Christi wahrhaftigen Leib, den Ihr diesen Morgen auf dem Altare eingesegnet habt, mir zusendet, sobald Ihr in Euer Kloster zurückgekommen seid. Denn ich denke ihn, wenn Ihr es gestattet, obgleich unwürdig, zu genießen und dann die letzte heilige Ölung zu empfangen, damit ich, wenn ich als Sünder gelebt habe, wenigstens als Christ sterben möge.“ Der heilige Mann sagte, das sei wohl gesprochen und er sei alles zufrieden. Das Sakrament solle dem Kranken sogleich gebracht werden. Und so geschah es.

Die beiden Brüder hatten sehr gefürchtet, Chapelet werde sie täuschen, und sich deshalb der Bretterwand nahe gesetzt, welche die Kammer, in welcher der Kranke lag, von der anstoßenden trennte. Hier hatten sie die ganze Beichte belauscht und bequem verstanden, was Chapelet dem Mönche gesagt. Mehr als einmal reizten die Geschichten, die sie ihn beichten hörten, sie so sehr zum Lachen, daß wenig daran fehlte, so wären sie damit herausgeplatzt. Dann aber sagten sie wieder zueinander: „Himmel, welch ein Mensch ist das, den weder Alter noch Krankheit, noch Furcht vor dem Tode, dem er sich nahe sieht, oder vor Gott, vor dessen Richterstuhl er in wenigen Stunden zu stehen vermuten muß, von seiner Verruchtheit haben abbringen und zu dem Entschluß führen können, anders zu sterben, als er gelebt hat.“ Indes, sie hatten gehört, seine Leiche solle in der Kirche aufgenommen werden, und um das Übrige kümmerten sie sich nicht. -- Herr Chapelet empfing bald darauf das Abendmahl, dann, als sein Befinden sich über die Maßen verschlechterte, die letzte Ölung und starb noch am Tage seiner musterhaften Beichte, bald nach der Vesper.

Die beiden Brüder besorgten aus dem Nachlaß des Verstorbenen ein anständiges Begräbnis und meldeten den Todesfall im Kloster, damit die

Mönche, wie es der Brauch ist, die Nachtwache bei der Leiche halten und sie am andern Morgen abholen sollten.

Der fromme Mönch, der sein Beichtiger gewesen war, besprach sich, als er seinen Tod vernahm, mit dem Prior des Klosters. Er ließ zum Kapitel läuten und schilderte den versammelten Mönchen, welch ein frommer Mann Chapelet, seiner Beichte zufolge, gewesen war. In der Hoffnung, daß Gott durch ihn noch große Wunder verrichten werde, überredete er sie, man müsse diese Leiche notwendig mit besonderer Auszeichnung und Ehrfurcht empfangen. Der Prior und die übrigen Mönche pflichteten in ihrer Leichtgläubigkeit dieser Meinung bei, und so gingen sie denn sämtlich noch spät am Abend in das Haus, wo Chapelets Leichnam lag, und hielten über diesem eine große und feierliche Vigilie.

Am andern Morgen kamen sie alle, mit Chorhemden und Mäntelchen angetan, die Chorbücher in der Hand und die Kreuze voraus, um den Leichnam mit Gesang zu holen. Dann trugen sie ihn unter Gepränge und großer Feierlichkeit in ihre Kirche, und fast die ganze Einwohnerschaft des Städtchens, Männer und Frauen, schloß sich dem Zuge an. Als die Leiche in der Kirche niedergesetzt worden war, stieg der Geistliche, dem Chapelet gebeichtet hatte, auf die Kanzel und berichtete von des Verstorbenen frommem Leben, von seinem Fasten, seiner Keuschheit, seiner Einfalt, Unschuld und Heiligkeit die wunderbarsten Dinge. Unter anderm erzählte er, was Herr Chapelet ihm unter Tränen als seine größte Sünde gebeichtet und wie er ihn kaum zu überzeugen vermocht habe, daß Gott ihm auch diese vergeben werde. Dann begann er die Zuhörer zu schelten und sagte: „Ihr aber, ihr von Gott Verdammten, ihr lästert um jedes Strohhalmes willen, der euch zwischen die Füße kommt, Gott, seine Mutter und alle Heiligen im Paradiese." Außerdem sagte er noch viel von seiner Herzensgüte und Lauterkeit.

Mit einem Wort, seine Reden, denen die Gemeinde vollkommenen Glauben schenkte, bemächtigten sich in solchem Maße der frommen Herzen der Versammlung, daß alle, sobald der Gottesdienst zu Ende war, sich untereinander stießen und drängten, um dem Toten Hände und Füße zu küssen. Die Kleider wurden ihm auf dem Leibe zerrissen; denn jeder hielt sich für glücklich, wenn er einen Fetzen davon haben konnte. In der Tat mußten die Mönche den Körper den ganzen Tag über ausstellen, daß ihn jedweder nach Gefallen beschauen konnte. In der folgenden Nacht wurde er in einer Kapelle ehrenvoll in einem Marmorsarge bestattet, und schon am Tage darauf fingen die Leute an, den Toten zu besuchen, zu verehren und Lichter anzuzünden. Mit der Zeit gelobten sie ihm Opfergaben und begannen dann, ihrem Versprechen gemäß, Wachsbilder aufzuhängen. Der Ruf seiner Heiligkeit und seine Verehrung wuchsen so sehr, daß nicht leicht jemand in irgendeiner Gefahr einen anderen Heiligen anrief als Sankt Chapelet, wie sie ihn nannten und noch heute nennen, und allgemein wird versichert, daß Gott durch ihn gar viele Wunder getan habe und deren noch täglich an jedem tue, der die Fürsprache dieses Heiligen andächtig erbitte.

So lebte und starb Herr Ciapperello von Prato und wurde ein Heiliger, wie ihr gehört habt. Daß es möglich ist, dieser Mensch sei wirklich im Anschauen Gottes selig, will ich allerdings nicht leugnen, denn so ruchlos und abscheulich sein Leben war, so kann er doch in den letzten Augenblicken seines Lebens so viel Reue empfunden haben, daß Gott sich vielleicht seiner erbarmt und ihn in sein Reich aufgenommen hat. Weil uns dies aber verborgen bleibt, so spreche ich nach dem, was uns offenbar ist, und sage, daß er vielmehr in den Krallen des Teufels verdammt als im Paradiese zu sein verdient. Verhält es sich aber so, dann können wir deutlich erkennen, wie unermeßlich Gottes Gnade gegen uns ist, die nicht unseren Irrtum, sondern die Lauterkeit unseres Glaubens betrachtet, wenn wir einen seiner Feinde in der Meinung, er sei sein Freund, zum Mittler zwischen ihm und uns machen und er uns erhört, als hätten wir uns einen wahren Heiligen zu unserem Fürsprecher bei seiner Gnade erwählt. Und so empfehlen wir uns ihm denn mit allem, was uns not ist, in der festen Überzeugung, erhört zu werden, damit er uns in diesem allgemeinen Elend und in dieser so heiteren Gesellschaft im Lobe seines Namens, in dem wir sie begonnen, gesund und unversehrt erhalten möge. Und damit schwieg Panfilo.

2. Novelle

Martellino verstellt sich als Krüppel und gibt vor, durch den Leichnam des hl. Heinrich geheilt worden zu sein. Sein Betrug wird entdeckt, er wird geprügelt, wird festgesetzt, und läuft große Gefahr, gehenkt zu werden; kommt aber noch glücklich davon.

Es lebte vor nicht langer Zeit in Treviso ein Deutscher namens Heinrich, ein armer Mann, der sein Brot als Lastträger verdienen mußte, aber dabei einen sehr frommen Wandel führte und bei jedermann beliebt war, daher denn, wie die Leute aus Treviso versichern (es mag nun wahr sein oder nicht), in der Stunde seines Todes die Glocken der Hauptkirche zu Treviso, ohne von jemand gezogen zu sein, von selbst anfingen zu läuten. Das ward von jedermann für ein Wunder und Heinrich deswegen für einen Heiligen gehalten; alles Volk in der Stadt lief zusammen nach dem Hause, wo sein Leichnam lag, den sie wie eine Reliquie nach der Hauptkirche trugen, und Lahme, Gichtbrüchige, Blinde und Kranke jeder Art, oder Leute, die sonst Mängel hatten, zu ihm brachten, als ob die Berührung seines Leibes sie alle gesund machen könnte. Während dieses allgemeinen Zulaufes begab es sich, daß in Treviso drei Männer aus Florenz ankamen, wovon der eine Stecchi hieß, der andere Martellino und der dritte Marchese, die ihr Brot damit verdienten, daß sie an den Höfen umherzogen und die Leute damit belustigten, daß sie die Gebärden eines jeden Menschen nachmachten. Da sie hier noch nie gewesen waren, so wunderten sie sich, einen so großen Auflauf von Menschen zu finden, und wie sie die Ursache davon erfuhren, wurden sie neugierig, dieselbe auch zu sehen; sie ließen demnach ihr Gepäck in einer Herberge, und Marchese sagte: „Wir wollen zwar hingehen, den Heiligen zu sehen, allein ich weiß wahrlich nicht, wie wir zu ihm gelangen wollen, weil ich höre, daß der Platz voll von Deutschen und andern Landsknechten ist, die der Herr der Stadt dort auf den Beinen hält, um Unruhen zu verhüten; überdies ist die Kirche (sagt man) so voll von Menschen, daß man fast nicht hineinkommen kann."

Martellino, der sehr neugierig war, sagte: „Das soll uns nicht hindern; ich will wohl ein Mittel finden, bis zu dem Leichnam vorzudringen."

„Und wie denn?" fragte Marchese.

„Das will ich dir sagen", entgegnete Martellino. „Ich will mich wie ein Gichtbrüchiger anstellen, und du sollst mich an einer Seite und Stecchi an der anderen führen, als wenn ich allein nicht gehen könnte, und ihr wolltet mich zu dem Heiligen bringen, daß er mich gesund mache. Da wird kein Mensch sein, wenn er uns sieht, der uns nicht aus dem Wege ginge, uns Platz zu machen."

Dieses gefiel Marchese und Stecchi, und sie beeilten sich, ihre Herberge zu verlassen. Sie gingen an einen einsamen Ort, wo sich Martellino die Hände, Finger, Arme und Beine, die Augen und das Gesicht dermaßen verrenkte und verdrehte, daß es scheußlich anzusehen war; wer ihn erblickte, konnte nicht umhin, zu glauben, daß er am ganzen Leibe verstümmelt und gelähmt wäre. So faßten ihn Marchese und Stecchi unter die Arme und gingen mit ihm nach der Kirche mit ganz andächtiger Miene und baten demütig und um Gottes willen einen jeden, der ihnen im Wege war, Platz zu machen, was auch bereitwillig geschah. Jeder erwies ihnen Aufmerksamkeit, überall ward „Platz! Platz!" gerufen, und sie gelangten bis zur Leiche des heiligen Heinrich, die von einigen angesehenen Männern umgeben war, die den Martellino auf den Leichnam hoben, damit er die Gabe der Gesundheit von ihm empfinge. Martellino, auf welchen aller Augen gerichtet waren, lag ein wenig still und wußte dann meisterlich erst den einen, dann den anderen Finger zu regen, dann die Hand, dann einen Arm, bis er sich endlich völlig aufrichtete. Wie das die Leute sahen, brach ein jeder so laut in Lobsprüche auf den heiligen Heinrich aus, daß man kein Wort vor dem andern verstehen konnte.

Zum Unglück stand nicht weit davon einer von seinen florentinischen Mitbürgern, der den Martellino sehr gut kannte, und wie er ihn, nachdem er sich ganz aufgerichtet hatte, gewahr ward, überlaut zu lachen anfing und sagte:

„Daß doch der Henker den Kerl! Wer sollte nicht gedacht haben, wie er herkam, daß er wirklich gichtbrüchig wäre?“

Dieses hörten einige Leute aus Treviso und fragten, ob der Mensch denn wirklich nicht gichtbrüchig wäre.

„Gott bewahre!“ sprach jener. „Er war immer so gerade wie der Beste von uns; aber er versteht besser als irgendein anderer Gaukler die Kunst, sich eine jede Gestalt zu geben, wie ihr wohl gesehen habt.“

Wie dieses ruchbar ward, brauchte es nichts weiter, um den Pöbel aufzubringen, der hinzustürmte und schrie: „Greift den Schelm, den Spötter Gottes und seiner Heiligen, der so gesund ist wie wir und den Gichtbrüchigen mimt, um uns und unsern Heiligen zu verspotten.“

Mit diesen Worten ergriffen sie ihn, zogen ihn von dem Gerüst herunter, zerrten ihn bei den Haaren, rissen ihm die Kleider vom Leibe und bearbeiteten ihn mit Faustschlägen und Rippenstößen; kurz, man schien zu glauben, wer ihm nicht eins versetzte, der könnte kein braver Kerl sein. Martellino bat zwar um Gottes willen um Barmherzigkeit und wehrte sich dabei seiner Haut, so gut er konnte; allein es half alles nichts, und die Faustschläge und Fußtritte fielen immer dichter. Wie Stecchi und Marchese dies gewahr werden, fürchteten sie, es möchte ein schlimmes Ende nehmen, und da sie für sich selbst besorgt waren, so durften sie es nicht wagen, ihrem Kameraden zu Hilfe zu kommen. Im Gegenteil schrien sie so laut wie die übrigen: „Schlagt ihn tot, den Hund!“ Doch sannen sie im stillen auf ein Mittel, ihn den Händen des Pöbels zu entreißen, der ihn gewiß würde getötet haben, wenn nicht Marchese beizeiten auf einen glücklichen Einfall gekommen wäre. Dieser, der bemerkt hatte, daß die ganze löbliche Polizei zugegen war, ging, so eilig er konnte, zu dem vom Stadtvogt bestellten Kommandanten und rief: „Helft um Gottes willen! Hier ist ein Spitzbube, der mir meinen Beutel mit mehr als hundert Goldgulden gestohlen hat; ich bitte Euch, laßt ihn festnehmen, damit ich das Meinige wiederbekomme.“

Den Augenblick liefen ein Dutzend Häscher dahin, wo man dem armen Martellino den Pelz wusch. Mit genauer Not gelang es ihnen, den zusammengerotteten Pöbel zu zerstreuen und ihm den Martellino, übel gemißhandelt und zerzaust, aus den Händen zu reißen. Sie brachten ihn nach dem Rathause, wohin ihm viele von denen nachfolgten, die sich für beleidigt hielten. Wie sie hörten, daß man ihn als einen Beutelschneider eingezogen hatte, glaubten sie, sie könnten ihn nicht besser an den Galgen bringen als durch ähnliche Beschuldigungen, und ein jeder fing an zu schreien, er sei auch von ihm bestohlen worden. Wie dies der Richter hörte, der ein gestrenger Mann war, ließ er ihn gleich ins heimliche Verhör bringen und fing an, ihn zu befragen. Martellino antwortete ihm mit lauter Scherzreden und schien sich aus seiner Verhaftung nichts zu machen, worüber der Richter aufgebracht ward, ihn auf die Folter spannen und ihm einige tüchtige Hiebe geben ließ, um ihn zum Bekenntnis zu bringen und ihn dann hängen zu lassen. Wie man ihn wieder aufstehen ließ, und der Richter ihn fragte, ob es wahr sei, was man gegen ihn vorbrächte, und Martellino wohl merkte, daß das bloße Leugnen ihn nicht retten würde, sprach er: „Mein Herr, ich bin bereit, Euch die Wahrheit zu bekennen; fragt aber vorher einen jeden Eurer Ankläger, wann und wo ich ihm seine Börse gestohlen habe, so will ich Euch hernach sagen, was ich getan habe und was nicht.“

Der Richter war es zufrieden und ließ einige von den Klägern rufen. Der eine sagte, er hätte ihm vor acht Tagen, der andere vor vier und wieder ein anderer, er hätte ihm heute seinen Beutel genommen. Wie dieses Martellino hörte, sprach er: „Mein Herr, alle diese Menschen lügen in ihren Hals, und das kann ich Euch leicht beweisen; denn wollte Gott, ich wäre so gewiß nie in Eure Stadt gekommen, als ich bis vor wenigen Stunden meinen Fuß nicht hierher gesetzt habe und zu meinem Unglück gleich bei meiner Ankunft hingegangen bin, den heiligen Leichnam zu sehen, wobei man mich so abgedroschen hat, wie Ihr mich seht. Daß dieses wahr sei, kann Euch der Torschreiber mit seiner Rolle beweisen, und auch mein Hauswirt, wenn's nötig ist. Wenn Ihr demnach findet, daß ich Euch die Wahrheit sage, so bitte ich Euch, mich nicht diesen gottlosen Lumpen zu Gefallen martern und töten zu lassen.“

Indem die Sache so stand und Marchese und Stecchi hörten, daß der Richter dem Martellino hart zusetzte und ihn schon gefoltert hätte, ward ihnen bange, und sie dachten: „Wir haben einen dummen Streich gemacht und bringen unsern Kameraden aus der Pfanne auf die Kohlen." Sie eilten demnach geschwind zurück zu ihrem Wirt und erzählten diesem den ganzen Verlauf der Sache. Er lachte über die Geschichte und brachte sie zu einem gewissen Sandro Agolanti, der in Treviso wohnte und viel bei dem Landesherrn galt, welchem er alles in gehöriger Ordnung erzählte und nebst den andern ihn bat, mit der Lage des Martellino Mitleid zu haben. Sandro mußte herzlich lachen, ging zu dem Herrn und erhielt von ihm, daß nach Martellino gesandt würde, was auch geschah. Die Boten, die nach ihm geschickt wurden, fanden ihn noch im Hemd, ganz angst und verzagt in den Händen des Richters, der nichts von seiner Rechtfertigung hören wollte, sondern große Lust hatte, ihn hängen zu lassen; daher er ihn auch durchaus nicht eher herausgeben wollte, bis er gezwungen ward, es zu tun.

Wie Martellino vor den Herrn kam und ihm alles aufrichtig gestanden hatte, bat er um nichts so angelegentlich als um die Gnade, ihn nur gleich gehen zu lassen, weil er noch immer so lange glauben würde, den Strick um die Gurgel zu haben, bis er wieder nach Florenz käme. Der Herr könnte sich des Lachens nicht mehr enthalten und ließ einem jeden von den dreien ein Kleid geben.

So entgingen sie unverhofft einer großen Gefahr und zogen mit heiler Haut wieder heim.

3. Novelle

Drei Jünglinge verschwenden das Ihrige und geraten in Armut. Einer ihrer Neffen, der aus Verzweiflung nach Hause zurückkehrt, macht unterwegs mit einem Abt Bekanntschaft, den er hernach für eine Tochter des Königs von England erkennt. Sie vermählt sich mit ihm, ersetzt seinen Oheimen ihren Verlust und verhilft ihnen wieder zum Wohlstand.

In Florenz war einst ein Kavalier namens Tedaldo, von dem Geschlechte der Lamberti, wie einige behaupten wollen, obgleich andere behaupten, er habe den Agolanti zugehört, welche letzteren ihre Meinung vielleicht auf das Gewerbe stützten, das in der Folge seine Söhne trieben und das in der Familie der Agolanti Tradition geworden ist. Ohne mich darauf einzulassen, von welchem dieser Häuser er abstammte, wird es genügen, anzumerken, daß er zu seiner Zeit einer der reichsten Edelleute war, und daß er drei Söhne hatte, von denen der älteste Lamberto hieß, der zweite Tedaldo und der dritte Agolante, lauter schöne, muntere Jünglinge, von welchen jedoch der älteste kaum achtzehn Jahre alt war, als der Vater starb und ihnen, als seinen rechtmäßigen Erben, sein bewegliches und unbewegliches Vermögen hinterließ. Die Jünglinge, die einen so beträchtlichen Schatz an barem Gelde und an Grundstücken in die Hände bekamen und damit nach ihrem eigenen Belieben, ohne Einrede und Widerspruch, schalten konnten, fingen an, auf allerlei Art das Ihrige zu vertun, indem sie ein großes Haus, kostbare Pferde, Jagdhunde, Falken, offene Tafel hielten, Geschenke machten, Turniere anstellten und nicht nur lebten, wie es Edelleuten ziemt, sondern wie es ihnen nach ihrem jugendlichen Leichtsinn in den Kopf kam. Diese Lebensart konnte nicht lange dauern, ohne die väterlichen Schätze zu erschöpfen. Als ihre gewöhnlichen Einkünfte nicht zureichten, fingen sie an, ihre Grundstücke eines nach dem andern zu versetzen und zu verkaufen, und wurden es nicht eher gewahr, wie sie mit ihren Umständen nach und nach auf die Neige gerieten, bis die Armut ihnen die Augen öffnete, die der Reichtum verschlossen hatte. Lamberto berief deswegen eines Tages seine Brüder zusammen und stellte ihnen vor, in welchem Ansehen ihr Vater gelebt hätte und in welche Dürftigkeit sie durch die übermäßige Verschwendung geraten wären. Er gab sich daher alle Mühe, sie zu überreden, ehe ihre armseligen Umstände noch sichtbarer würden, seinem Rat und Beispiel zu folgen, die wenigen Güter zu verkaufen, die ihnen noch übrig geblieben wären, und davonzureisen; was sie auch taten und ohne Abschied und Aufsehen Florenz verließen und geradeswegs nach England gingen, ohne irgendwo Station zu machen. In London mieteten sie ein kleines Haus, machten wenig Aufwand und liehen ihr bißchen Geld, das ihnen geblieben, auf Wucherzinsen; hierbei war ihnen das Glück so günstig, daß sie in wenigen Jahren einen ungeheuren Reichtum sammelten. Einer nach dem andern zogen sie nun wieder nach Florenz, kauften einen großen Teil ihrer vorigen Besitztümer zurück und manches neue dazu; verheirateten sich, und da sie noch immer in England Wucher trieben, so übergaben sie dort einem ihrer Neffen namens Alessandro ihre Geschäfte; allein uneingedenk des Zustandes, in welchen ihre törichte Verschwendung sie schon einmal versetzt hatte, und ohne Rücksicht darauf, daß sie alle drei jetzt Familienväter geworden waren, fingen sie wieder an, in Florenz mehr Aufwand als je vorher zu treiben, zumal, da sie bei allen Kaufleuten großen Kredit genossen.

Einige Jahre hindurch waren sie imstande, diesen Aufwand fortzusetzen, weil ihnen Alessandro ansehnliche Summen überwies, der in England den Baronen auf ihre Liegenschaften und andere Einkünfte Geld vorstreckte und dafür ansehnliche Zinsen bezog. Indem aber die drei Brüder fortfuhren zu verschwenden und zu borgen, wenn sie nichts hatten, weil sie immer auf England oder eine Goldquelle rechneten, brach daselbst wider alles Vermuten ein Krieg aus zwischen dem Könige und einem seiner Prinzen. Darüber geriet die ganze Insel in Zwiespalt, indem es der eine mit dem Vater, der andere mit dem Sohne hielt, so daß dem Alessandro die verpfändeten Güter der Barone keine Sicherheit mehr boten und alle seine Hilfsquellen versiegten. Weil man indessen immer noch hoffte, daß zwischen dem Vater und dem Sohne wieder Frieden werden und daß Alessandro alsdann seine Gelder samt den Zinsen erhalten würde, so blieb dieser noch in England, und seine drei Oheime dachten nicht daran, ihre Ausgaben einzuschränken, so daß sie täglich tiefer in Schulden gerieten. Wie sich aber nach einigen Jahren die Hoffnung ganz verlor, daß ihre Erwartungen würden erfüllt werden, ging nicht nur ihr Kredit zu Ende, sondern ihre Gläubiger drangen auch auf Bezahlung, und da ihr Vermögen bei weitem nicht hinreichte, ihre Schulden zu tilgen, so mußten sie ins Gefängnis wandern, ihre Weiber und Kinder irrten auf den Dörfern und sonst hier und da in armseligen Lumpen umher, und es schien, als ob ihnen nichts anderes als immerdar Not und Elend bevorstände.

Alessandro, der in England verschiedene Jahre vergebens auf den Frieden gewartet hatte und besorgte, daß sein dortiger Aufenthalt ihm ebenso gefährlich werden könnte, als er unnütz war, entschloß sich, nach Italien zurückzukehren, und machte sich ganz allein auf den Weg. Wie er nun durch Brügge kam, ward er gewahr, daß ein Abt in weißer Ordenstracht mit ihm zugleich aus der Stadt ritt, den eine Menge Mönche nebst einem zahlreichen Troß begleiteten, und daß ihnen zwei Kavaliere aus altangesehenem Geschlecht, Verwandte des Königs, nachfolgten, mit denen Alessandro, als mit guten Bekannten, ein Gespräch anknüpfte und von ihnen willig zum Reisegefährten angenommen ward. Unterwegs fragte sie Alessandro im Vertrauen, wer die Mönche wären, die mit so vielem Gepäck voranzögen? Einer von den Kavalieren gab ihm zur Antwort: „Derjenige, der vor uns herzieht, ist ein junger Vetter von uns, der kürzlich zum Abt einer der reichsten Abteien in England ist erwählt worden. Weil er aber noch zu jung ist, um nach den Gesetzen mit dieser Würde bekleidet zu werden, so ziehen wir mit ihm nach Rom, um von dem Heiligen Vater Dispensation wegen seines Alters und die Bestätigung in seiner Würde zu erlangen. Aber hierüber soll mit niemand gesprochen werden."

Da nun der junge Abt bald vorn, bald hinten im Zuge ritt, wie vornehme Herren auf Reisen wohl zu tun pflegen, so traf er einmal mit Alessandro zusammen, der ein sehr schöner und wohlgewachsener Jüngling und überaus wohlerzogen, angenehm und gebildet in seinen Sitten war, so daß er ihm auf den ersten Blick außerordentlich gefiel. Er rief ihn zu sich, redete ihn freundlich an und fragte ihn, wer er wäre, woher er käme und wohin er wolle. Alessandro erzählte ihm unbefangen alle seine Umstände, befriedigte seine Neugier und erbot sich zu allen ihm möglichen Diensten. Der Abt, der seine Rede zierlich und wohlgeordnet fand, seine Manieren genau beobachtete und sich überzeugte, er müsse seiner niedrigen Beschäftigung ungeachtet ein Edelmann sein, ward immer mehr und mehr für ihn eingenommen. Da ihn ohnehin seine Schicksalsschläge bereits zum Mitleid bewogen hatten, so tröstete er ihn sehr freundlich und ermahnte ihn, guten Mut zu fassen, weil ihn, wenn er ein braver Mann sei, der Himmel sehr leicht auf eben die Staffel wieder erheben könne, von welcher das Glück ihn hinabgestürzt habe, und vielleicht noch höher. Zugleich bat er ihn, weil er doch nach Toskana ginge, ihn zu begleiten, weil er auch dahin wolle. Alessandro dankte ihm für seine tröstlichen Worte und versicherte, daß er ihm völlig zu Diensten stände.

Indem nun der Abt, bei welchem die Unterredung mit Alessandro allerlei neue unbekannte Empfindungen geweckt hatte, weiterreiste, kamen sie nach einiger Zeit in ein Dorf, das eben nicht reichlich mit Herbergen versehen war. Weil nun der Abt daselbst zu übernachten wünschte, so ließ ihn Alessandro bei einem Wirte absteigen, mit dem er wohlbekannt war, und bestellte ihm ein Nachtlager in dem noch am ehesten geeigneten Zimmer des Hauses. Und weil er als ein gewandter Jüngling bereits des Abtes rechte Hand geworden war, so brachte er die übrige Reisegesellschaft, so gut er konnte, da und dort im Dorfe unter. Als der Abt zu Abend gegessen hatte, und es schon gegen die Nacht ging, so daß ein jeder sich zur Ruhe gelegt hatte, fragte Alessandro den Wirt, wo er denn selbst schlafen könne.

„Das weiß ich wahrhaftig nicht", sprach der Wirt. „Du siehst, alles ist vollgepfropft, und ich muß selbst mit den Meinigen auf Bänken und Brettern liegen; doch in der Kammer des Abtes stehen ein paar Kornkisten, worauf ich dir ein Stück Bettzeug legen kann, und damit mußt du dich, wenn du willst, für diese Nacht begnügen."

„Was soll ich in des Abtes Kammer machen," sprach Alessandro, „die so klein ist, daß man nicht einmal einen seiner Mönche neben ihn hat betten können? Hätt' ich das bedacht, ehe die Vorhänge zugezogen wurden, so hätten meinetwegen die Mönche auf den Kornkisten liegen mögen und ich hätte mich da gebettet, wo sie jetzt übernachten."

„Die Sache ist aber nun einmal nicht anders," sprach der Wirt, „und du wirst dich dort so gut befinden wie anderswo. Der Abt schläft; die Vorhänge sind zugezogen; ich lege dir leise eine Matratze hin, und du schläfst wie ein König."

Da Alessandro fand, daß die Sache sich einrichten ließ, ohne den Abt zu stören, ließ er es sich gefallen und legte sich, so sacht er konnte, zur Ruhe. Der Abt aber, der noch nicht eingeschlafen war, sondern seinen neu geweckten Gedanken leidenschaftlich nachhing, hatte alles gehört, was Alessandro und der Wirt miteinander sprachen, und hatte auch bemerkt, wo sich Alessandro schlafen legte. Er war sehr froh darüber und dachte: Der Himmel hat meine Wünsche begünstigt, und wenn ich mir diese Gelegenheit nicht zunutze mache, so kommt sie vielleicht so bald nicht wieder. Er entschloß sich demnach, sie nicht fahren zu lassen, und wie es ihm schien, daß alles im Hause schon im tiefen Schlummer lag, rief er den Alessandro mit leiser Stimme und befahl ihm, sich neben ihn zu legen, was dieser auch tat und sich, jedoch nicht ohne einigen Widerspruch, entkleidete und neben ihm niederlegte. Der Abt fuhr ihm darauf mit der Hand über die bloße Brust, wie wohl ein liebendes Mädchen seinem Liebhaber zu tun pflegt; worüber Alessandro sich mächtig wunderte und nicht wußte, ob den Abt nicht irgendeine unerlaubte Lust anwandele. Entweder, weil der Abt eine solche Besorgnis bei ihm vermuten mußte oder Alessandro sie wirklich nicht verhehlen konnte, ward sie der Abt bald gewahr und lächelte darüber, nahm die Hand des Alessandro und legte sie auf seine eigene Brust, indem er sagte: „Alessandro, laß deinen unbegründeten Verdacht fahren und erkenne hier, was ich bisher verbarg."

Alessandro fühlte, indem er seine Hand auf die Brust des Abtes legte, ein Paar runde, zarte, feste Brüste, die aus lebendem Elfenbein schienen und die ihm bald begreiflich machten, daß er neben einem Mädchen läge, und er war schon im Begriff, sie, ohne eine weitere Aufmunterung zu erwarten, in seine Arme zu schließen und zu küssen, wie sie ihm mit diesen Worten zuvorkam: „Ehe du dich mir näherst, höre zuvor, was ich dir sagen will. Du weißt nunmehr, daß ich ein Weib bin und kein Mann. Ich habe als Jungfrau das Haus meines Vaters verlassen, in der Absicht, vom Papst mich vermählen zu lassen. Entweder, dein Glück oder mein Unstern hat es so gefügt, daß ich neulich, wie ich dich zuerst sah, mich dergestalt in dich verliebte, wie noch nie eine Frau geliebt hat. Sogleich beschloß ich, dich und keinen andern zum Gemahl zu wählen. Willst du mich aber nicht zu deinem Weibe, so entferne dich augenblicklich von mir und begib dich zurück auf dein Lager."

Alessandro, der zwar nicht wußte, wer sie war, der aber Rücksicht nahm auf seine Begleiter, und also nicht zweifelte, sie müsse sehr reich und vornehm sein, und der überdies ihre Schönheit kannte, bedachte sich nicht lange, sondern versicherte, daß er sich höchst glücklich schätzen würde, da sie es wünsche, ihr Gemahl zu werden. Darauf richtete sie sich im Bett auf, vor einem Bilde, worauf ein Kruzifix vorgestellt war, gab ihm einen Ring in die Hand und hieß ihm, mit demselben sich feierlich mit ihr zu verloben, worauf sie beide den Überrest der Nacht in zärtlicher und wonnevoller Umarmung miteinander zubrachten. Nachdem sie für die Zukunft ihre Maßregeln verabredet hatten, stand Alessandro zeitig auf, ging aus der Kammer, ohne daß jemand gewahr ward, wo er geschlafen hatte, und machte sich mit unbeschreiblichem Vergnügen mit dem Abt und seinen Begleitern wieder auf den Weg. Nach mancher Tagesreise gelangten sie miteinander endlich nach Rom.

Nachdem sie sich dort einige Tage aufgehalten hatten, begab sich der Abt mit den beiden Kavalieren und Alessandro geradeswegs zum Papst, den der Abt, nachdem er ihm seine geziemende Ehrerbietung erwiesen hatte, folgendermaßen anredete: „Heiliger Vater, Ihr wißt besser als irgendein anderer, daß ein jeder, der gut und ehrbar in der Welt zu leben wünscht, jede Gelegenheit vermeiden muß, die ihn zu andern Wegen verleiten könnte. Ich bin deswegen, um immer unangefochten leben zu können, in der Tracht, in welcher ich vor Euch erscheine, und mit einem großen Teil der Schätze meines Vaters, des Königs von England, heimlich entflohen, weil er mich blutjunges Mädchen mit dem König von

Schottland, einem abgetakelten, steinalten Herrn, vermählen wollte. Deswegen machte ich mich auf den Weg, um zu Euch zu kommen, damit Ihr mir einen Gemahl gebt. Mich bewog auch nicht so sehr das Alter des Königs von Schottland zur Flucht, als vielmehr die Besorgnis, es möchte mich die Schwachheit meiner Jugend verlocken, wenn ich mich mit ihm vermählt hätte, etwas zu tun, das den göttlichen Gesetzen und dem königlichen Blute meines Vaters zuwider wäre. Indem ich in dieser Absicht hierher reiste, hat, wie ich glaube, Gott, der am besten weiß, was jedem not tut, mir nach seiner Barmherzigkeit denjenigen zugeführt, den er mir zum Gemahl bestimmte, nämlich diesen Jüngling" -- und sie zeigte auf Alessandro -- „der hier neben mir steht und dessen hohe Tugenden und Sitten der einer Königin würdig sind, wenngleich seine Geburt keiner königlichen gleichkommt. Ihn habe ich mir erwählt, und ihn und keinen andern begehre ich zu meinem Gemahl, was auch die Absicht meines Vaters oder anderer Leute sein mag. Und obwohl jetzt der erste Beweggrund wegfällt, weswegen ich die Reise hierher unternahm, so gefiel es mir doch, sie bis Ende fortzusetzen, teils um die heiligen und ehrwürdigen Stätten, von welchen diese Stadt voll ist, und Eure Heiligkeit selbst zu besuchen, teils auch, damit ich meine Vermählung mit Alessandro, die bisher nur im Angesicht Gottes geschlossen war, auch vor Euch und mithin vor der ganzen Welt kundmache. Deswegen bitte ich Euch demütigst, Euch dasjenige gefällig sein zu lassen, was Gott und mir gefallen hat, und uns Euren Segen zu geben, damit wir durch ihn der Zustimmung des da oben, dessen Statthalter Ihr seid, desto mehr versichert zu Gottes und Eurer Ehre miteinander leben und dereinst sterben mögen."

Alessandro verwunderte sich über die Maßen, wie er hörte, daß seine Gemahlin eine Prinzessin von England sei, doch erfüllte es ihn mit heimlicher Freude. Allein weit mehr verwunderten sich die beiden Kavaliere und waren so außer sich, daß sie Alessandro und vielleicht auch der Prinzessin würden einen Schimpf angetan haben, wenn sie sich anderswo als in Gegenwart des Papstes befunden hätten.

Andererseits wunderte sich der Papst ebenfalls über die Kleidung der Prinzessin und über ihre Wahl; weil er aber sah, daß das Geschehene nicht mehr zu ändern war, entschloß er sich, ihre Bitte zu gewähren. Er besänftigte demnach zuerst die Kavaliere, deren Unwillen er bemerkte, und nachdem er sie mit der Prinzessin und mit Alessandro versöhnt hatte, ordnete er an, was weiter geschehen solle, und an einem gewissen, von ihm bestimmten Tage, an dem er alle Kardinäle und andere vornehme Herren zu einem großen Feste hatte einladen lassen, stellte er ihnen die Prinzessin im königlichen Schmucke vor, in welchem sie so schön und liebenswürdig erschien, daß sie mit Recht von jedermann bewundert ward. Auch Alessandro war prächtig gekleidet und zeigte in seinem Anstande und in seinen Sitten nicht den Jüngling, der sich von Wucher ernährt hatte, sondern vielmehr ein königliches Wesen, so daß ihm die beiden Kavaliere mit Ehrerbietung begegneten; worauf der Papst die Vermählung feierlich begehen ließ und, nachdem die Hochzeit mit vieler Pracht vollzogen war, dem Brautpaar seinen päpstlichen Segen gab und sie entließ.

Es gefiel Alessandro und seiner Gemahlin, wie sie Rom verließen, nach Florenz zu gehen, woselbst die Fama bereits die Nachricht von ihrer Verbindung verbreitet hatte und wo sie von den Einwohnern mit großen Ehrenbezeigungen empfangen wurden. Die Prinzessin ließ die drei Brüder wieder auf freien Fuß stellen, nachdem sie ihre Schulden bezahlt und sie und ihre Gemahlinnen in alle ihre Güter wieder eingesetzt hatte. Alessandro und seine Gemahlin nahmen mit Einwilligung der andern den Agolante mit sich und verließen Florenz. Bei ihrer Ankunft in Paris wurden sie vom König von Frankreich ehrenvoll empfangen. Von dort gingen die beiden Kavaliere voraus nach England und vermochten den König, die Prinzessin wieder zu Gnaden anzunehmen und sie und ihren Gemahl mit großer Feierlichkeit zu empfangen. Er schlug ihn bald darauf mit großem Gepränge zum Ritter und gab ihm die Grafschaft Cornwall zum Geschenk. Dieser aber bewies sein großes Geschick und gab sich erfolgreich Mühe, Vater und Sohn wieder auszusöhnen, welches dem Lande zum großen Heil gereichte und ihm die Herzen aller Untertanen gewann. Agolante erhielt auch alles wieder, was man ihm schuldig war, und kehrte mit bedeutendem Reichtum nach Florenz zurück, nachdem ihn der Graf Alessandro vorher zum Ritter geschlagen hatte. Dieser lebte hernach sehr geehrt und glücklich mit seiner Gemahlin. Der Sage nach eroberte er durch seine Tapferkeit und Klugheit, und mit dem Beistande seines Schwiegervaters, das Königreich Schottland und ward zum Könige darüber gekrönt.

4. Novelle

Landofo Rufolo verarmt und wird Seeräuber. Die Genueser nehmen ihn gefangen; er erleidet Schiffbruch und rettet sich auf einem Kasten voll Juwelen, wird in Corfu von einer armen Frau beherbergt und kehrt reich nach Hause zurück.

Man hält das Meerufer zwischen Reggio und Gaeta für eine der lieblichsten Gegenden Italiens. An diesem Ufer befindet sich in der Nähe von Salerno eine bergige Küstenstrecke, die über das weite Meer hinaussieht und von den Eingeborenen die Küste von Amalfi genannt wird. Sie ist mit einer Menge kleiner Städte und von Quellen bewässerter Gärten bedeckt, die von den reichsten und tätigsten Handelsleuten der Welt bewohnt werden. Unter diesen kleinen Städten ist eine namens Ravello, woselbst es zwar noch heutigestags an reichen Leuten nicht fehlt; doch zählte sie einst unter ihren Bürgern einen gewissen Landolfo Rufolo, der über alle Maßen reich war, dem aber seine Reichtümer dennoch nicht genügten, so daß er sie noch zu verdoppeln suchte und darüber in Gefahr geriet, nicht nur sie, sondern auch mit ihnen das Leben zu verlieren.

Nachdem er nach Art der Kaufleute seine Kalkulationen gemacht hatte, kaufte er ein großes Schiff, befrachtete es für seine eigene Rechnung mit Waren und segelte damit nach Cypern. Wie er aber ankam, fand er bereits eine große Anzahl Schiffe vor, die mit eben den Waren beladen waren, so daß er die seinigen, wenn er sie loswerden wollte, nicht nur sehr wohlfeil verkaufen, sondern sie fast umsonst verschenken mußte, worüber er aus der Haut fahren wollte. Als er nun vor lauter Verzweiflung nicht wußte, was er anfangen sollte, da er aus einem sehr reichen Mann in kurzem beinahe zum Bettler geworden war, so beschloß er, entweder in den Tod zu gehen oder sich durch Kaperei von seinem Verlust zu erholen, um nicht arm dahin zurückzukehren, von wo er als ein reicher Mann ausgefahren war. Er verkaufte sein großes Schiff, und mit dem Gelde, das er daraus löste, und mit demjenigen, das er für seine Waren empfangen hatte, kaufte er ein leichtes Fahrzeug zum Kreuzen, das er aufs beste ausrüstete und mit allem Nötigen versah, das zu einem Piratenzuge nötig war, worauf er anfing, auf alles Jagd zu machen, vorzüglich aber auf die Türken. Das Glück war ihm bei diesem Gewerbe viel günstiger als ehemals bei seinen Handelsunternehmungen, und er nahm in Jahresfrist so viele türkische Fahrzeuge weg, daß er nicht nur alles wiedergewann, was er bei seinen Waren verloren hatte, sondern wohl noch einmal soviel dazu. Weil ihn nun sein erster Verlust gewitzigt hatte, und er sah, daß er reich genug war, so glaubte er, um nicht zum zweitenmal in die Schlinge zu fallen, müsse er sich begnügen. Er entschloß sich also, nach Hause zurückzukehren, und da er von Spekulationen genug hatte, so bekam er keine Lust, sein bares Geld noch einmal in Waren anzulegen, sondern er stach mit demselben Schiff, womit er es gewonnen hatte, in See. Wie er sich schon im Archipel befand, erhob sich ein Südoststurm, der ihm nicht nur entgegen war, sondern auch das Meer so unruhig machte, daß er sich nicht getraute, mit seinem kleinen Schiff die offene See zu halten, sondern in einer Bucht unter dem Schutz einer kleinen Insel vor Anker ging, um besseres Wetter abzuwarten. Wie er hier noch nicht lange gelegen hatte, warfen zwei große genuesische Kauffahrer, die von Konstantinopel kamen und sich mit Mühe gleichfalls dahin retteten, nach ihm Anker. Als diese seine Nußschale gewahr wurden und erfuhren, daß es Landolfo war, von dessen Reichtümern sie schon gehört hatten, gedachten sie als geldgierige, räuberische Leute, es in ihre Hände zu bekommen. Den Weg nach der See hatten sie ihm bereits verlegt. Sie schickten also noch einen Teil ihrer Mannschaft mit Armbrüsten und anderen Waffen ans Land, um zu verhindern, daß sich jemand lebend von dem Schiffe dahin retten möchte, worauf sie mit ihren Booten, wobei ihnen die Meeresströmung zustatten kam, sich an die Seite des Schiffes bugsieren ließen und es nach einem schwachen Widerstande samt der ganzen Mannschaft wegnahmen, ohne einen einzigen Mann zu verlieren. Landolfo, dem sie nichts als eine armselige Jacke übriggelassen hatten, ließen sie an Bord einer ihrer Brigantinen bringen. Sein Schiff plünderten sie völlig aus und bohrten es dann in Grund. Als am folgenden Tage der Wind günstiger ward, lichteten sie die Anker und segelten nach Westen. Der Wind blieb ihnen auch den ganzen Tag günstig. Allein gegen Abend erhob sich ein Sturm, die See ging hoch, die beiden Schiffe wurden durch den Sturm getrennt, und das Unglück wollte, daß das, auf dem sich Landolfo befand, mit fürchterlicher Gewalt auf einer Sandbank oberhalb der Insel Cefalonia auf den Grund stieß und wie ein gegen eine Mauer geworfenes Glas klirrend und krachend zersprang. Die armen Schiffbrüchigen suchten sich in der finstern Nacht zu retten, so gut sie konnten, auf Waren, Kisten und Brettern, die umhertrieben. Wer schwimmen konnte, schwamm, und die übrigen klammerten sich an das erste, was ihnen in den Weg trieb. Unter diesen befand sich auch der arme Landolfo, der am vorigen Tage den Tod oft angerufen hatte, weil er lieber sterben, als wie ein Bettler nach Hause zurückkehren wollte. Wie er aber den Tod vor Augen sah, fürchtete er sich doch vor ihm, so gut wie die andern, und verschmähte es nicht, eine Planke zu ergreifen, in der Hoffnung, daß ihm der Himmel, wenn er sich vor dem Ertrinken retten könnte, doch wohl wieder Hilfe senden möchte. Er klammerte sich demnach mit Armen und Beinen an das Brett und erhielt sich auf ihm bis an den lichten Morgen, indes ihn Sturm und Wellen bald hierhin, bald dorthin schleuderten. Bei Tagesanbruch sah er rings um sich her nichts als Luft und Wasser und eine auf den Wellen treibende Kiste, die ihm oft zu seinem großen Schrecken sehr nahe kam. Denn er fürchtete, sie möchte ihm einen Prellstoß geben, der ihm gefährlich würde. So oft sie ihm zu nahe kam, suchte er sie mit den wenigen Kräften, die ihm übriggeblieben waren, von sich zu stoßen. Allein plötzlich erhob sich ein gefährlicher Windstoß und warf die Kiste mit solcher Gewalt gegen das Brett, daß Landolfo es mußte fahren lassen und in den Wellen versank. Wie er wieder auftauchte und ihm die Angst mehr als seine Kräfte half, sich über Wasser zu halten, fand er, daß das Brett zu weit von ihm entfernt war, deswegen er die Arme nach der Kiste streckte, die ihm eben nahe genug trieb, um sie zu erreichen. Er stemmte sich mit der Brust auf den Deckel und steuerte sie mit den Armen, so gut er konnte, und so trieb er den Tag und die ganze Nacht bald hierhin, bald dorthin auf den Wogen umher, ohne zu essen, weil er nichts hatte, dagegen er öfter zu trinken bekam, als ihn lüstete, und nichts als offenes Meer um sich sah, ohne zu wissen, wo er sich befand.

Am folgenden Tage erbarmte sich der Himmel seiner oder die Windrichtung. Er war schon porös geworden wie ein Schwamm und klammerte sich an die Seiten der Kiste verzweifelt fest, wie ein Ertrinkender in Todesangst. Da trieb er an das Ufer der Insel Korfu, wo von ungefähr ein armes Weib ihre Töpfe mit Sand und Seewasser scheuerte. Wie sie ihn und seine Arche schwimmen sah und keine deutliche Gestalt unterscheiden konnte, fürchtete sie sich und lief schreiend davon. Er selbst hatte nicht die Kraft zu sprechen oder auch nur zu sehen so daß er ihr nichts sagen konnte. Doch wie ihn die Wogen ans Ufer spülten, ward das Weib erstlich die Kiste gewahr, dann die Arme, die sie umschlangen, hernach das Menschengesicht, und erriet nun endlich das Ganze. Vom Mitleid bewogen, watete sie ein wenig ins Meer hinaus, das sich schon beruhigt hatte, und zog ihn bei den Haaren samt der Kiste ans Land, wo sie mit Mühe seine Arme von ihr losmachte. Die Kiste ließ sie von ihrer Tochter, die bei ihr war, auf dem Kopfe tragen. Sie selbst trug Landolfo wie ein Kind auf ihren Armen nach Hause und brachte ihn in eine Badestube, wo sie ihn so lange rieb und mit warmem Wasser wusch, bis die erloschene Farbe sich auf seinen Wangen wieder einstellte und die verlorenen Kräfte allmählich wiederkamen. Wie sie glaubte, daß es Zeit wäre, nahm sie ihn aus dem Bad und erquickte ihn mit etwas gutem Wein und Backwerk und bewirtete ihn, so gut sie konnte, einige Tage, bis er wieder zu Kräften und völliger Besinnung kam, worauf sie es für Pflicht hielt, ihm seine Kiste, die sie geborgen hatte, wieder zuzustellen und ihm zu sagen, daß er nun wieder für sich selbst sorgen könne. Er wußte zwar von keiner Kiste, doch nahm er sie gern an, wie die gute Frau sie ihm darbot, weil er dachte, sie müßte wenig wert sein, wenn sie ihm nicht einmal auf einen Tag zu seiner Zehrung verhelfe. Wie er sie aufhob und sehr leicht fand, verging ihm beinahe die Hoffnung. Doch einst, wie die gute Frau nicht zu Hause war, erbrach er sie, um zu sehen, was darin wäre, und fand, daß sie eine Menge köstlicher Steine, gefaßte und ungefaßte, enthielt, von denen er einigermaßen ein Kenner war, und fand, daß sie von großem Werte waren. Er dankte dem Himmel, der ihn noch nicht verlassen hatte, und ward recht guten Muts. Weil ihn aber das Glück nun schon zweimal genasführt hatte, so traute er ihm das drittemal nicht, sondern hielt für nötig, es sehr vorsichtig anzufangen, diese Kostbarkeiten nach Hause zu bringen. Er wickelte sie in alte Lumpen und sagte zu seiner Wirtin, er könnte die Kiste nicht mehr brauchen: sondern bäte sie, ihm lieber einen Sack dafür zu geben, was die gute Frau herzlich gerne tat. Er dankte ihr darauf innig für die Wohltat, die sie ihm erwiesen hatte, nahm seinen Sack auf den Buckel, fuhr in einem Boot hinüber nach Brindisi und wanderte längs der Küste fort bis nach Trani, wo er einige Tuchhändler fand, die seine Landsleute waren, die ihn aus Barmherzigkeit kleideten, nachdem er ihnen alle seine Begebenheiten, die mit der Kiste ausgenommen, erzählt hatte, ihm außerdem ein Pferd liehen und ihn bis nach Ravello geleiteten, wohin er zurückzukehren wünschte. Als er nun hier in Sicherheit zu sein glaubte, dankte er Gott, der ihn zurückgeführt hatte, öffnete sein Bündel und fand bei genauer Untersuchung, daß er so viele und köstliche Steine besaß, daß er, wenn er sie auch unter ihrem Wert verkaufte, doppelt so reich war als damals, da er ausreiste.

Nachdem er Mittel gefunden hatte, seine Schätze zu Geld zu machen, schickte er eine schöne Summe nach Korfu, um der guten Frau ihre Dienste zu belohnen, die ihn aus dem Wasser gezogen hatte, und auch nach Trani an diejenigen, die ihn gekleidet hatten. Den Rest behielt er, ohne sich fürder um Geschäfte zu bekümmern, und lebte hochangesehen und im Wohlstand bis an sein Ende.

5. Novelle

Masetto von Lamporecchio stellt sich stumm, wird Gärtner in einem Nonnenkloster, wo die Nönnchen eine nach der andern bei ihm liegen.

Es stand einmal und steht noch heute in unserer Gegend im Geruch der Heiligkeit ein Nonnenkloster, das ich aber, um seinem guten Leumund keinen Abbruch zu tun, nicht nennen will, woselbst vor nicht gar langer Zeit, als in ihm nicht mehr als acht Nonnen nebst ihrer Äbtissin, lauter junge Geschöpfe, sich befanden, ein braver Mann als Gärtner in Diensten stand, dem sein geringer Lohn nicht genügte; daher er mit dem Kastellan des Klosters abrechnete und nach Lamporecchio, wo er zu Hause war, zurückkehrte. Hier befand sich unter mehreren, die ihn bewillkommten, ein junger, starker, rüstiger Bauer, und zugleich ein recht hübscher Bursche für einen Bauersmann, namens Masetto, der ihn fragte, wo er so lange sich umhergetrieben hätte. Der gute Gärtner, der Nuto hieß, sagte es ihm, und Masetto fragte ihn darauf, was sein Amt im Kloster gewesen wäre.

Nuto antwortete: „Ich hatte den schönen, großen Garten zu bestellen, und überdies ging ich zuweilen in den Wald, um Holz zu holen, trug Wasser und verrichtete allerhand andere kleine Geschäfte; allein die Weiber bezahlten mich so schlecht, daß ich mir kaum die Schuhe konnte flicken lassen. Überdies sind's lauter junge Dinger, die, wie ich glaube, den Teufel im Leibe haben. Denn man kann ihnen nichts recht machen. Wenn ich bisweilen im Garten zu tun hatte, so kam die eine und sprach: 'Setzt das dorthin', die andere: 'Setzt das dorthin'; wieder eine andere nahm mir die Hacke aus der Hand und fand bald dieses, bald jenes nicht recht gemacht. So schoren sie mich so lange, bis ich die Arbeit liegen ließ und davonging. Um dieser und anderer Ursachen willen wollte ich nicht bleiben, sondern nahm meinen Abschied. Der Kastellan bat mich zwar, als ich wegging, ich möcht' ihm doch einen andern Arbeiter verschaffen, wenn es sich so treffe, und ich hab' es ihm auch zugesagt; aber er kann lange warten, bis ich ihm jemand auftreibe und schicke.“

Als Masetto den Nuto so reden hörte, wandelte ihn eine große Lust an, bei den Nonnen zu dienen, weil er aus seinen Worten schloß, daß er wohl mit ihnen zurechtkommen würde. Weil er aber fürchtete, sein Plan möge scheitern, wenn er sich davon gegen Nuto etwas merken ließe, so sprach er zu ihm: „Ach, du hast recht getan, daß du weggegangen; denn was hat man davon, bei Weibern zu dienen? Lieber bei Teufeln. Sechsmal von sieben wissen sie selbst nicht, was sie wollen.“ Sobald aber die Unterredung vorbei war, sann Masetto gleich auf ein Mittel, zu den Nonnen zu kommen. Da er sich tüchtig fühlte, alles zu verrichten, was Nuto getan hatte, so blieb ihm nur der einzige Zweifel übrig, daß man ihn vielleicht deswegen nicht annehmen würde, weil er zu jung und zu hübsch wäre. Nach langem Hin- und Hersinnen dachte er endlich: Das Kloster ist ziemlich weit von hier, und niemand kennt mich da; wenn ich mich stelle, als wenn ich stumm wäre, so nimmt man mich sicherlich. In dieser Hoffnung warf er seine Axt auf die Schulter und wanderte, ohne jemand ein Wort zu sagen, in ärmlicher Kleidung nach dem Kloster, ging hinein und fand zufälligerweise den Kastellan im Hofe, den er nach der Art der Stummen durch Gebärden um etwas zu essen bat und ihm zu verstehen gab, daß er dafür, wenn es verlangt würde, Holz hacken wolle. Der Kastellan gab ihm gerne zu essen und wies ihm darauf einige Klötze an, mit denen Nuto nicht fertiggeworden war, die aber Masetto, als ein kraftvoller Bursche, in kurzer Zeit klein kriegte. Der Kastellan nahm ihn darauf mit sich in den Wald, ließ ihn Holz fällen und machte ihm durch Gebärden verständlich, einen Esel, den er ihm vorführte, damit zu beladen und nach dem Kloster zu treiben. Masetto richtete alles gehörig aus, und weil im Kloster noch manches zu erledigen war, so behielt der Kastellan ihn noch einige Tage bei sich im Hause, wo ihn eines Tages von ungefähr die Äbtissin bemerkte und den Kastellan fragte, wer der Mensch wäre.

„Madonna,“ sprach der Kastellan, „es ist ein armer Taubstummer, der hier vor einigen Tagen um Almosen bettelte. Ich habe ihn verpflegt und ihn dafür allerhand notwendige Arbeit verrichten lassen. Wenn er es verstände, im Garten zu arbeiten, und er wollte hier bleiben, so glaube ich, wir würden gut mit ihm bedient sein, denn wir brauchen einen Gärtner; der Bursch ist rüstig, und man könnte mit ihm machen, was man wollte, ohne zu besorgen, daß er mit Euren Nonnen scharmuziere."

„Du hast wahrlich nicht unrecht", sprach die Äbtissin. „Sieh zu, ob er sich zu der Arbeit schickt, und gib dir Mühe, ihn hierzubehalten. Schenk ihm ein Paar Schuhe und einen alten Rock, schmier ihm Honig um den Bart und gib ihm gut zu essen."

Der Kastellan versprach es, und Masetto, der nicht weit von ihnen war und sich stellte, als ob er den Hof kehrte, hörte die Unterredung mit an und dachte: „Wenn ihr mich nur ins Haus nehmt, so will ich euch euren Garten bearbeiten, wie er in eurem Leben nicht ist bearbeitet worden." Da ihn nun der Kastellan zur Arbeit tüchtig fand und durch Zeichen und Gebärden von ihm verstanden hatte, daß er bereit wäre, alles zu tun, was man von ihm verlangte, nahm er ihn an, zeigte ihm, daß er den Garten bestellen und was er dabei machen sollte, und ließ ihn darauf bei seiner Arbeit, um seine eigenen Geschäfte im Kloster zu besorgen.

Als Masetto nun täglich im Kloster arbeitete, fingen die Nönnchen bald an, ihn bei seiner Arbeit zu necken, ihm allerhand kleine Streiche zu spielen, wie die Leute den Stummen wohl zu tun pflegen, und ihm die leichtfertigsten Worte von der Welt zu sagen, weil sie glaubten, er verstände sie nicht. Die Äbtissin bekümmerte sich wenig oder nicht darum, denn sie glaubte vielleicht, ihm fehle etwas anderes geradeso als die Sprache.

Wie er nun eines Tages sich abgerackert und sich niedergelegt hatte, um auszuruhen, nahten sich zwei junge Nonnen, und weil er sich stellte, als wenn er schliefe, fingen sie an, ihn zu betrachten, und die eine, die etwas dreister war als die andere, sprach zur anderen: „Wenn ich mich auf dich verlassen könnte, so wollte ich dir einen Gedanken anvertrauen, der mir schon oft eingefallen ist, und der vielleicht dir selbst mit zustatten kommen könnte."

„Sag's nur getrost," sprach die andere, „von mir soll keine Seele etwas erfahren."

„Ich weiß nicht," versetzte jene, „ob du schon darüber nachgesonnen hast, wie strenge man uns hier hält. Kein männliches Wesen darf zu uns hereinkommen, außer unserem Klosterverwalter, der ein Greis ist, und diesem Stummen. Und ich habe doch von manchen Frauen, die uns besuchen, gehört, daß alle Wonnen der Welt nichts sind gegen die, die das Weib beim Manne genießt. Weil ich das nun sonst nirgends erfahren kann, so ist mir schon oft eingefallen, mit diesem Stummen zu probieren, ob es wirklich wahr sei. Er eignet sich besser als jeder andere Mann dazu, denn er muß verschwiegen sein wie das Grab, ob er nun will oder nicht. Du siehst, er ist ein großer einfältiger Bengel, der länger ist als sein Verstand. Nun möchte ich gern hören, was du davon hältst?" „Herrjemine, was sprichst du!" sagte die andere. „Weißt du denn nicht, daß wir unsere Jungfräulichkeit dem lieben Herrgott gelobt haben?"

„Ei was!" versetzte jene. „Wie viele Dinge werden ihm nicht alle Tage gelobt, die niemand hält? Wenn wir sie ihm gelobt haben, so wird sich schon die eine oder andere finden, von der er sie als Ersatz der unseren erhält."

„Aber wenn die Sache nun Folgen hätte?"

„Du denkst an die Folgen, ehe sie da sind", sprach die erste wieder. „Kommt Zeit, kommt Rat, und es gibt tausend Mittel, es zu verheimlichen, wenn wir uns selbst nicht verplappern."

Die andere, die ohnehin schon mehr als ihre Gespielin begierig war, zu erfahren, was der Mann für ein Tier wäre, fragte jene, wie sie's denn anfangen wollten.

„Du siehst," sprach jene, „es geht gegen drei Uhr nachmittags, und ich glaube, daß außer uns schon alle Schwestern schlafen. Laß uns indessen wohl zusehen, ob noch jemand im Garten ist, und wenn wir niemand finden, was haben wir dann weiter zu tun, als daß wir den Burschen bei der Hand nehmen und mit ihm hier in die Hütte gehen, wo man vor dem Regen untertritt? Solange die eine mit ihm drinnen ist, muß die andere Schildwache halten. Er ist so einfältig, daß wir mit ihm machen können, was wir wollen."

Masetto hörte ihre ganze Verabredung, und mit dem besten Willen zu gehorchen, wartete er, daß ihn eine von den beiden abholte. Als sie sich aufmerksam umgesehen hatten und fanden, daß niemand sie belauschen könnte, nahte sich ihm diejenige, welche zuerst den Vorschlag gemacht hatte, und weckte ihn. Er stand auf; sie nahm ihn liebkosend bei der Hand, und einfältig lachend ließ er sich nach der Hütte führen, wo er sich nicht lange bitten ließ, zu tun, was man von ihm begehrte. Sobald er die Wünsche der einen befriedigt hatte, machte sie als treue Schwester ihrer Gespielin Platz, und Masetto stellte auch diese zufrieden und spielte dabei immer die Rolle des Blödsinnigen. Die Nönnchen ließen es nicht bei diesem ersten Versuche, die Reitkunst des Stummen zu erproben, bewenden und gestanden einander im Vertrauen, man habe ihnen nicht zuviel davon gerühmt. Sie wußten sich demnach günstige Stunden auch ferner zunutze zu machen, um sich mit dem Stummen die Zeit lüstern und lustig zu vertreiben.

Einmal begab es sich, daß eine von den anderen Nonnen aus dem Fenster ihrer Zelle den Handel gewahr ward und noch zwei anderen zeigte, was vorging. Sie dachten zuerst daran, der Äbtissin alles zu verraten. Doch besannen sie sich eines Bessern und beackerten mit ihren beiden Gespielinnen gemeinsam Masettos Acker. Durch Zufall wurden auch die drei übrigen Nonnen Teilnehmerinnen an dem Geheimnis, so daß nur noch die Äbtissin die einzige war, die nichts davon wußte. Indem nun diese einmal, wie es schwül war, allein im Garten wandelte, fand sie Masetto, den die Reitübungen der Nacht mehr als die Arbeiten des Tages ermüdet hatten, unter einem Mandelbaume liegen. Der Wind hatte ihm die leichten Kleider vorne ganz zurückgeweht, so daß er bloß dalag und die Äbtissin, die sich allein befand, einiges sehen ließ, das in ihr die gleichen Begierden weckte, die ihre Nonnen überfallen hatten. Sie weckte den Schläfer, nahm ihn mit in ihre Zelle und ließ ihn in einigen Tagen nicht von sich; zum nicht geringen Verdruß der Nonnen, die sich sehr beklagten, daß der Gärtner nicht kam und ihren Garten begoß. Die Äbtissin überließ sich unterdessen dem Vergnügen, welches sie vielleicht oft an anderen getadelt hatte. Endlich beurlaubte sie den Gärtner, und er ging wieder nach seiner Hütte. Weil sie ihn jedoch oft und oft zu ihrer Lust wiederkommen hieß und mehr als ihren billigen Anteil von ihm verlangte, besorgte Masetto, dem es auf die Dauer unmöglich war, so viele Frauen gleichzeitig zu befriedigen, sein Verstummen möchte ihm in der Länge teuer zu stehen kommen. Er fand demnach für gut, wie er an einem Abend bei der Äbtissin lag, sich den Zungenriemen zu lösen, und sagte: „Madonna, man pflegt zu sagen, ein Hahn sei genug für zehn Hühner, aber zehn Männer kaum für ein Weib; wie soll ich es denn aushalten, da ich hier neunen dienen muß? Ich bin durch das, was ich bisher geleistet habe, ganz heruntergekommen. Ich kann weder wenig noch viel mehr leisten. Haltet Maß, setzt der Sache ein Ziel oder laßt mich in Gottes Namen ziehen."

Die Äbtissin erstaunte, da sie den vermeinten Taubstummen reden hörte. „Was ist das?" rief sie. „Ich dachte, du wärest stumm?"

„Das war ich auch," sprach Masetto, „aber nicht von Natur, sondern eine Krankheit hatte mich der Sprache beraubt; und erst heute habe ich, dem Himmel sei Dank, sie wiedererhalten."

Sie glaubte ihm und fragte, was er damit sagen wolle, daß er neunen dienen müßte. Masetto erzählte ihr alles und nun ward die Äbtissin gewahr, daß sie keine Nonne in ihrem Kloster hatte, die nicht viel gescheiter war als sie selbst. Sie faßte demnach den klugen Entschluß, sich mit ihren Nonnen und mit Masetto so abzufinden, daß dem Kloster kein Schimpf daraus erwüchse. Weil um dieselbe Zeit ihr alter Kastellan gestorben war, kamen sie überein, nachdem sie einander alles, was sich unter ihnen zugetragen, gebeichtet hatten, ihr Einverständnis mit Masetto den Leuten der Umgegend vorzureden, durch ihr Gebet und die Hilfe der Heiligen, nach dem das Kloster benannt war, hätte der taubstumme Masetto Gehör und Sprache wiedergewonnen. Sie machten ihn zu ihrem Kastellan und führten seine Pflichten auf ein erträgliches Maß zurück. Obwohl er auf diese Art manchen kleinen Mönch erzeugte, so hatte doch die Sache im stillen ihren Fortgang, bis erst nach dem Tode der Äbtissin etwas davon ruchbar wurde. Damals war Masetto schon alt, und es wandelte ihn die Lust des Alters an, mit dem erworbenen Reichtum in die Heimat zurückzukehren. Sein Wunsch wurde ihm gewährt. So kehrte Masetto betagt und reich und Vater von Kindern, mit denen er weder Mühe noch Kosten gehabt hatte, in die Heimat zurück, von der er, ein Beil auf dem Buckel, ausgegangen war, und erzählte jedem, der es hören oder nicht hören wollte, so verfahre Christus mit denen, die ihm Hörner aufsetzen.

6. Novelle

Man gibt dem Ferondo ein Pulver ein und trägt ihn für tot zu Grabe. Ein Abt, der sich inzwischen mit seiner Frau die Zeit vertreibt, nimmt ihn aus dem Sarge und sperrt ihn in einen Kerker, wo man ihm weismacht, daß er sich im Fegefeuer befinde. Nach seiner Wiederauferstehung beschenkt ihn seine Frau durch den Segen des geistlichen Herrn mit einem Sohne, den er ohne Umstände für den seinigen erkennt.

Es war einmal im Toskanischen ein Kloster, welches in einer sehr einsamen Gegend lag. In diesem Kloster ward ein Geistlicher zum Abt erwählt, der in allen Stücken einen unsträflichen Wandel führte, die Weiber ausgenommen. Mit diesen wußte er sich aber so klug zu benehmen, daß niemand etwas davon gewahr ward oder ihn wegen des großen Geruches seiner Frömmigkeit auch nur in Verdacht hatte. Es fügte sich einst, daß dieser Abt mit einem reichen Landmann, namens Ferondo, bekannt ward, der ein plumper, einfältiger Mensch war, und an dessen Umgang er weiter keinen Gefallen fand, als daß er sich bisweilen mit seiner Einfalt einen Spaß machte. Er ward aber bei dieser Gelegenheit gewahr, daß Ferondo ein allerliebstes Weibchen zur Frau hatte, welches dem Abte so sehr gefiel, daß er Tag und Nacht an nichts anderes denken konnte. Weil er aber merkte, daß Ferondo bei all seiner Einfalt und Dummheit doch klug genug war, sein hübsches Weib mit aller Sorgfalt zu bewachen, so verging ihm fast alle Hoffnung. Doch gelang es ihm, Ferondo dahinzubringen, daß er nebst seiner Frau bisweilen im Klostergarten mit ihm spazieren ging, und dann pflegte er ihnen mit so vieler Salbung von der Seligkeit des ewigen Lebens zu erzählen und von den heiligen Werken der frommen Männer und Frauen der Vorzeit, daß endlich das Weibchen Lust bekam, bei ihm zu beichten und auch Erlaubnis dazu von ihrem Manne erhielt.

Als sie nun zum Beichtstuhle kam und vor dem Abte niederkniete, fing sie an, ehe sie von anderen Dingen redete: „Hochwürdiger Herr, wenn mir unser Herrgott einen rechten Mann gegeben hätte oder auch gar keinen, so könnte ich vielleicht unter Eurer Leitung ohne Mühe auf den Weg gelangen, von welchem Ihr uns gesagt habt, daß er zum ewigen Leben führe; aber wenn ich meinen Ferondo und seine Torheiten betrachte, so muß ich mich wie eine Witwe ansehen und bin doch keine, indem ich bei seiner Lebenszeit keinen anderen Mann nehmen kann, und er ist so toll und töricht, daß er mich über alle Maßen mit seiner Eifersucht quält, so daß ich mit ihm in beständiger Not und Verdruß lebe. Darum bitte ich, ehe ich beichte, Euch demütigst um Euren guten Rat; denn wenn ich nicht durch Abhilfe dieses Übels in den Stand gesetzt werde, mein Heil zu befördern, so kann mir das Beichten und jede andere gute Handlung nicht frommen."

Diese Erklärung war dem Abte Wasser auf seine Mühle, und er freute sich, daß das Glück ihm die Bahn brach, um seine heißesten Wünsche zu befriedigen.

„Liebste Tochter," sprach er, „ich kann wohl denken, daß es einer so hübschen und liebenswürdigen Frau, wie Ihr seid, schwer ankommen muß, einen Narren, und noch viel schwerer, einen Eifersüchtigen zum Manne zu haben; und da beides Euer Los ist, so glaube ich gerne, was Ihr mir von Eurem Leiden und Verdruß erzählt. Da ist Euch aber, kurz und gut gesagt, nicht anders zu raten und zu helfen, als daß man Euren Mann von seiner Eifersucht heilen muß; und dazu weiß ich ein recht gutes Mittel, wenn Ihr Euch nur entschließen könnt, alles geheimzuhalten, was ich Euch sagen werde."

„Daran dürft Ihr nicht zweifeln, mein Vater", sprach die Frau. „Ich wollte lieber in den Tod gehen als etwas offenbaren, was Ihr mir befehlt, geheimzuhalten. Wie ist aber die Sache anzufangen?"

„Wenn wir ihn heilen wollen," sprach der Abt, „so muß er ins Fegefeuer."

„Kann man denn bei lebendigem Leibe ins Fegefeuer kommen?"

„Das nicht", sprach der Abt. „Euer Mann muß sterben, und wenn er so lange gebüßt hat, daß ihm seine Eifersucht vergangen ist, so wollen wir Gott durch unsere Gebete bitten, ihn wieder ins Leben zurückzubringen, und er wird wieder auferstehen."

„Muß ich denn Witwe werden?" fragte das Weibchen. „Jawohl," sprach der Abt, „für eine gewisse Zeit. Ihr dürft Euch unterdessen beileibe nicht wieder verheiraten; denn das würde dem Himmel nicht gefallen, und wenn Ferondo zurückkäme und Euch wiederforderte, so würde er noch eifersüchtiger werden als vorher."

„Wenn er nun von diesem bösen Laster geheilt wird," sprach die Frau, „daß ich nicht immer wie im Kerker bei ihm sitzen muß, so bin ich's zufrieden; macht's, wie es Euch gefällt."

„Das will ich tun," sprach der Abt, „aber welchen Lohn gebt Ihr mir für den wichtigen Dienst, den ich Euch leiste?"

„Lieber Vater," sprach das gute Weib, „alles, was Ihr wollt, wenn es nur in meinem Vermögen steht; aber was vermag ein armes Weib wie ich zu tun für einen solchen Mann wie Ihr seid?"

„Madonna," versetzte der Abt, „Ihr könnt ebensoviel für mich tun als ich für Euch; denn so wie ich das zustande bringen will, was Euch nützlich und angenehm ist, so könnt Ihr das tun, was mir Glück und Leben gibt."

„Wenn ich das kann," sprach das hübsche Weibchen, „bin ich willig und bereit."

„Wohlan," sprach der Abt, „so schenkt mir Eure Liebe und Euren Leib, für den ich von der feurigsten Leidenschaft entbrannt bin."

Die gute Frau erstaunte über diesen Antrag.

„Hilf, Himmel, Vater!“ rief sie. „Was fordert Ihr von mir! Ich hielt Euch für einen so heiligen Mann; ziemt es sich denn für fromme Leute, dergleichen Dinge von Weibern zu begehren, die sich bei ihnen Rats erholen?“

„Mein liebster Engel,“ erwiderte der Abt, „Ihr müßt Euch darüber nicht wundern; denn die Frömmigkeit ist Tugend der Seele und wird durch dasjenige nicht verletzt, was ich von Euch begehre und was nur eine Schwachheit des Fleisches ist. Doch dem sei wie ihm wolle, genug, Eure Schönheit hat mich dergestalt eingenommen, daß die Liebe mich zwingt, so zu handeln. Und ich versichere Euch, Ihr könnt Euch auf Eure Reize weit mehr einbilden als jede andere Frau, wenn Ihr bedenkt, daß sie den Frommen gefällt, welche gewohnt sind, die Schönheiten des Himmels von Angesicht zu Angesicht zu sehen. Überdies bin ich zwar ein Abt, aber doch auch ein Mann, und wie Ihr seht, kein alter Mann. Laßt Euch also das nicht schwer ankommen, was Euch vielmehr lieb sein sollte. Solange Ferondo im Fegefeuer bleibt, will ich Euch des Nachts Gesellschaft leisten und Euch das Vergnügen bereiten, das er Euch zu bereiten hätte, ohne daß jemand etwas davon gewahr werden soll, weil jedermann von mir dieselbe und noch eine höhere Meinung hat als wie die, die Ihr noch vor wenigen Minuten hattet. Verschmähet nicht die Gabe, die Euch der Himmel darbietet, die so manche sich wünschen und die Ihr erlangen könnt und erlangen werdet, wenn Ihr meinem Rate folgt. Überdies habe ich eine Menge schöner und köstlicher Kleinode, die ich niemand anders als Euch zugedacht habe. Beweist Euch demnach ebenso gefällig gegen mich, meine Teuerste, wie ich willig bin, Euch zu dienen.“

Die Frau schlug die Augen nieder; sie konnte sich nicht entschließen, nein zu sagen, und sie glaubte doch auch nicht recht zu tun, wenn sie ihre Einwilligung gäbe. Als nun der Abt sah, daß sie seinen Antrag bei sich erwog und unschlüssig war, was sie ihm darauf antworten sollte merkte er, daß er halb gewonnen hatte, und fuhr fort mit so verführerischen Worten in sie zu dringen, daß er sie endlich glauben machte, es wäre alles gut und wohlgetan. Sie sagte demnach mit verschämtem Blicke, sie wäre zu allen seinen Befehlen bereit, doch könnte sie sich eher zu nichts verstehen, bis Ferondo sich im Fegefeuer befände.

„Dahin wollen wir ihn bald schicken“, sprach der Abt. „Macht nur, daß er morgen oder übermorgen zu mir kommt.“

Mit diesen Worten steckte er ihr einen kostbaren Ring an den Finger und entließ sie. Vergnügt über das schöne Geschenk und begierig nach weiteren rühmte das Weibchen ihren Begleiterinnen die Frömmigkeit des Abts und ging mit ihnen nach Hause.

Ein paar Tage nachher kam Ferondo aus eigenem Antrieb zu dem Abte, der sich vornahm, wie er ihn kommen sah, ihn sogleich ins Fegefeuer zu schicken. Er besaß ein Pulver, das ihm einst ein Fürst im Morgenlande geschenkt und ihm versichert hatte, daß der Alte vom Berge sich dessen zu bedienen pflege, wenn er jemand im Schlafe auf eine Zeitlang in sein Paradies schicken oder ihn daraus wieder holen wolle, und daß es, ohne zu schaden, den, dem man es eingäbe, auf eine kürzere oder längere Zeit, nachdem es in größerer oder kleinerer Gabe genommen würde, so fest einschläfere, daß er einem Toten völlig ähnlich wäre, solange die Wirkung dauere. Von diesem Pulver gab er auf seiner Zelle ihm so viel in einem Glase Most zu trinken, als er für nötig hielt, ihn auf drei Tage einzuschläfern. Darauf ging er mit ihm zu den anderen Mönchen im Kreuzgang und belustigte sich mit ihnen an seinem einfältigen Geschwätz. Es dauerte nicht lange, so wirkte das Pulver, und es überfiel ihn ein so jäher und wütender Schlaf, daß Ferondo stehend einschlief und zur Erde niedersank. Der Abt stellte sich, als ob er über diesen Zufall äußerst bestürzt wäre; er ließ Ferondo auskleiden, mit Wasser bespritzen und allerhand mit ihm vornehmen, als wenn er glaube, daß Blähungen aus Magen oder Darm ihm diese Ohnmacht zugezogen hätten und er ihn wieder zur Besinnung bringen wolle. Als er sich aber bei alledem nicht wieder erholte und weder Pulsschlag noch irgendein anderes Zeichen des Lebens an ihm zu spüren war, hielten sie ihn insgesamt für tot. Es wurde also nach seiner Frau und nach seinen Verwandten geschickt, welche sich eiligst einstellten, und wie sie ihn eine Zeitlang beweint und beklagt hatten, ließ ihn der Abt in seiner Kleidung in eine Gruft legen. Die Frau ging nach Hause und tat ein Gelübde, nicht von ihrem Kinde zu weichen, das sie von Ferondo hatte, und nicht aus dem Hause zu gehen. Sie blieb demnach bei ihrem Kinde und verwaltete den Nachlaß ihres Mannes. Als es Nacht ward, stand der Abt auf, und mit Hilfe eines Bologneser Mönchs, auf den er sich verlassen konnte -- er war am gleichen Tage erst aus Bologna eingetroffen --, holte er Ferondo aus der Gruft und brachte ihn in ein finsteres Gewölbe, welches Mönchen, die etwas verbrochen hatten, zum Kerker diente. Hier zogen sie ihm seine Kleider aus, taten ihm eine Mönchskutte an und legten ihn auf ein Bund Stroh, wo sie ihn liegen ließen, bis er wieder zu sich kam. Dem Bologneser Mönch trug der Abt alles auf, was er mit ihm vornehmen sollte, sobald er wieder aufwachte, und außer diesem wußte kein Mensch im Kloster um die Sache. Am folgenden Tage ging der Abt mit einigen seiner Mönche unter dem Vorwande eines Trauerbesuchs nach dem Hause der Frau. Er fand sie in tiefer Trauer und mit betrübter Miene, worauf er ihr einige Trostworte zusprach und sie zugleich heimlich an ihr Versprechen erinnerte. Die Frau, die jetzt weder Ferondo noch jemand anders zu scheuen hatte und einen zweiten schönen Ring am Finger des Abtes blitzen sah, gab ihm zu verstehen, daß sie bereit wäre, und verabredete sich mit ihm, daß er sie noch denselben Abend besuchen solle. Der Abt zog also Ferondos Kleider an und ging in Begleitung seines Mönches zu seiner Geliebten, bei der er die Nacht zu seinem größten Vergnügen bis zur Mette lag und des Morgens wieder nach seinem Kloster zurückkehrte. Diesen Weg nahm er zum gleichen Zwecke in der Folge ziemlich oft. Wer ihm bisweilen beim Kommen oder Gehen von ungefähr begegnete, der hielt ihn für Ferondos Gespenst, der seiner Sünden wegen umginge; und bald erzählte das leichtgläubige Landvolk sich von ihm manches Geschichtchen, das denn auch oft seiner Frau wiedererzählt ward, welche am besten wußte, wie es damit zuging.

Als Ferondo im Gewölbe erwachte und nicht wußte, wo er war, ging der Bologneser mit einem Bündel Ruten in der Hand zu ihm hinein, redete ihn mit einer fürchterlichen Stimme an und gab ihm eine derbe Züchtigung. Ferondo schrie und heulte und fragte beständig, wo er wäre.

„Du bist im Fegefeuer“, sprach der Mönch.

„Was, bin ich denn tot?“ fragte Ferondo.

„Allerdings“, versetzte der Mönch.

Nun fing Ferondo an, sich selbst, seine Frau und sein Kind zu bejammern und das albernste Zeug von der Welt zu schwatzen. Der Mönch brachte ihm darauf etwas Speise und Trank.

„Essen denn auch die Toten?“ fragte Ferondo, als er das sah.

„Jawohl,“ sprach der Mönch, „und was ich dir bringe, hat deine ehemalige Frau diesen Morgen dem Kloster geopfert, um für deine Seele Messen zu lesen, und unser Herrgott hat befohlen, es dir zu reichen.“

„Nun, Gott lohne es ihr!“ sprach Ferondo. „Ich bin ihr in meinem Leben recht gut gewesen, so gut, daß ich sie die ganze Nacht im Arm hielt und sie küßte und auch wohl etwas anderes mit ihr tat, wenn mir's in den Sinn kam.“

Da er sehr hungrig und durstig geworden war, fiel er begierig über das Essen und Trinken her; weil aber der Wein ihm eben nicht vom besten zu sein dünkte, rief er auf einmal: „Daß sie der Henker, warum hat sie dem Kloster nicht aus dem Fasse geschickt, das an der Kellerwand liegt?“

Wie er gegessen hatte, nahm der Mönch die Ruten wieder zur Hand und gab ihm eine zweite Geißelung. Ferondo schrie mörderisch und rief: „Warum tust du mir das?“ „Weil unser Herrgott befohlen hat, daß es zweimal des Tages geschehen soll“, sprach der Mönch.

„Und warum denn?“ fragte Ferondo.

„Weil du eifersüchtig gewesen bist, da du doch das beste Weib in der ganzen Gegend zur Frau hattest.“

„O weh! Du sprichst wohl wahr“, sagte Ferondo. „Sie war süßer als Honigkuchen; aber ich wußte es nicht, daß unser Herrgott es übelnehme, wenn man eifersüchtig ist, sonst wäre es nicht geschehen.“

„Daran hättest du denken und dich bessern sollen, wie du noch in der Welt warst,“ sprach der Mönch, „und wenn du jemals wieder dahinkommst, so schreibe dir fein ins Gedächtnis, was ich dir jetzt tue, damit du nie wieder eifersüchtig werdest."

„Kommen denn die Toten wieder zurück?" fragte Ferondo.

„O ja, wenn Gott will", versetzte der Mönch.

„Wenn ich jemals wiederkehre," sprach Ferondo, „so will ich gewiß der beste Ehemann von der Welt werden, will meine Frau nie wieder schlagen und ihr nie ein Wort im Bösen sagen, außer wegen des Weins, den sie heute morgen geschickt hat, und daß sie mir auch nicht einmal ein Licht schickt und läßt mich so im Finstern essen."

„Sie hat Lichte geschickt," sprach der Mönch, „allein sie sind heute früh bei der Messe verbrannt."

„Ei ja, es wird wohl wahr sein", antwortete Ferondo. „Wenn ich also wieder zu ihr komme, will ich sie auch tun lassen, was sie will. Aber sage mir, wer bist denn du, der du mit mir so übel umgehst?"

„Ich bin auch tot", sprach der Mönch. „Ich bin aus Sardinien, und weil ich meines Herrn Eifersucht noch gepriesen habe, bin ich zu der Buße verurteilt, daß ich dich füttern und dich geißeln muß, bis über uns beide anderes verhängt wird."

„Sind wir beide denn ganz allein hier?" fragte Ferondo. „Nein," sprach der Mönch, „hier gibt's viele Tausende, aber du kannst sie so wenig sehen und hören als sie dich."

„So sage mir doch," sprach Ferondo, „wie weit sind wir denn hier von meinem Dorfe?"

„Noch viele Meilen weiter als die Kackelackei", sprach der Mönch.

„Das mag wohl wahrhaftig weit genug sein," sprach Ferondo, „und ich glaube gar, wenn's so weit ist, so sind wir schon aus der Welt heraus."

Mit solchen und anderen dergleichen Reden, mit Essen und Trinken und mit Geißelhieben ward Ferondo fast zehn Monate hingehalten, indes der Abt sich die Zeit desto angenehmer mit seiner schönen Frau vertrieb und sie häufig mit vielem Glück besuchte. Wie denn aber der Krug so lange zu Wasser geht, bis er voll wird, so befand sich endlich das Weibchen in solchen Umständen, was sie alsbald bemerkte, daß sie und der Abt meinten, es wäre nun hohe Zeit, Ferondo aus seinem Fegefeuer auferstehen zu lassen, damit er zu seiner Frau käme und sie ihm begreiflich machte, wenn sie wieder bei ihm gelegen hätte, daß er es wäre, der sie in diese Schwangerschaft versetzt hätte. Der Abt ließ ihm demnach in der folgenden Nacht in seinem Gefängnis durch eine verstellte Stimme zurufen: „Ferondo, sei getrost, es ist des Himmels Wille, daß du in die Welt zurückkehrst, wo dir deine Frau nach deiner Ankunft ein Kind gebären wird, dem du den Namen Benedikt geben sollst, weil dir diese Gnade durch das Gebot des heiligen Benedikts und seines frommen Abtes und deiner Frau widerfährt."

„Das freut mich von Herzen", sprach Ferondo. „Gott gebe dem lieben Gott einen guten Tag dafür und auch dem Abte und dem heiligen Benedikt und meinem wie Honig süßen, wie Lebkuchen schmackhaften, wie Käse duftenden Weibchen."

Hierauf ließ ihm der Abt wieder so viel von dem Pulver in seinen Wein mischen, daß es ihn ungefähr vier Stunden einschläferte. Unterdessen ließ er ihm seine eigenen Kleider wieder anziehen, und er und der Bologneser Mönch trugen ihn heimlich in die Gruft zurück, worin man ihn beigesetzt hatte. Gegen Tagesanbruch kam Ferondo zu sich selbst und ward durch ein Loch in dem Deckel ein wenig Licht gewahr, welches er zehn Monate lang nicht gesehen hatte. Weil er daraus schloß, daß er wieder lebendig geworden wäre, so fing er an aus vollem Halse zu schreien: „Macht auf, macht mir auf!" Zugleich arbeitete er gegen den Deckel, den er auch, weil er nicht schwer war, bald aufhob und anfing wegzuschieben. Die Mönche, die eben die Frühmette gesungen hatten, liefen hinzu und erkannten Ferondo, der schon aus seinem Grabe hervorkroch, an der Stimme. Erschrocken über den unerhörten Vorfall, liefen sie davon und sagten es ihrem Abte. Dieser stellte sich, als ob er eben von seinem Gebete aufstünde, und sprach: „Fürchtet euch nicht, meine Söhne, nehmt das heilige Kreuz und das Weihwasser und folget mir nach; wir wollen sehen, was Gottes Allmacht uns zeigen will."

Ferondo, der in so langer Zeit das Tageslicht nicht gesehen hatte, kam blaß und bleich aus seinem Grabe, warf sich dem Abte, sobald er ihn gewahr ward, zu Füßen und sagte: „Mein Vater, Euer Gebet, wie mir ist offenbart worden, und die Fürbitte des heiligen Benedikts und meiner Frau haben mich aus der Qual des Fegefeuers erlöst und mich wieder lebendig gemacht; drum wünsche ich, daß der liebe Gott Euch allewege ein gutes Jahr und guten Tag geben wolle."

„Gelobt sei die Allmacht des Herrn!" sprach der Abt. „So gehe denn hin, mein Sohn, da dich der Himmel wieder hergesandt hat, und erfreue deine Frau, die sich seit deinem Hinscheiden beständig in Tränen gebadet hat, und betrage dich künftig immer wie ein Freund und Knecht Gottes."

„Das hat man mir auch gesagt, Hochwürdiger Herr", sprach Ferondo. „Laß mich nur machen, ich will sie schon herzen, wenn ich sie wiedersehe, denn ich habe sie lieb."

Der Abt stellte sich gegen seine Mönche höchst verwundert über diese Begebenheit und ließ ein andächtiges Miserere singen. Ferondo wanderte nach seinem Dorfe, wo ein jeder, der ihn sah, ihm aus dem Wege ging wie einem gespenstischen Wesen, vor welchem man sich fürchtet. Er gab sich aber Mühe, die Leute zurückzurufen und ihnen zu sagen, daß er wieder auferstanden wäre. Selbst seine Frau war ein wenig bange vor ihm. Wie aber die Leute sich nach und nach seinetwegen beruhigten und sahen, daß er wirklich lebte, und anfingen, ihn allerlei zu fragen, gab er ihnen solche Antworten, als wenn er klüger wiedergekommen wäre. Er erzählte ihnen viel Neues von den Seelen ihrer Verwandten und schwatzte ihnen von sich und von dem Zustande im Fegefeuer die schönsten Märchen von der Welt vor. Auch erzählte er ihnen in voller Versammlung die Offenbarung, die ihm durch den Mund des Erzbengels Lafferel war gegeben worden. Wie er nun wieder von seinem Weibchen und von seinem Hause Besitz nahm, ward sie seiner Meinung nach von ihm schwanger, und es geschah, daß sie ihm zur gehörigen Zeit einen Knaben gebar -- das heißt was die Toren gehörige Zeit heißen, die glauben, daß die Frauen gerade neun Monate die Kinder unterm Herzen tragen. Der Knabe wurde Benedetto Ferondi getauft. Ferondos Wiederkunft und seine

Reden, die jedermann überzeugten, daß er vom Tode auferstanden wäre, vermehrten ungemein den Ruf der Frömmigkeit des Abtes. Da er für seine Eifersucht tüchtige Geißelhiebe bekommen hatte, so nahm er sich sehr vor einem Rückfall in acht und ward von seinem Fehler geheilt, wie der Abt seiner Frau versprochen hatte. Deswegen lebte sein Weibchen auch nachher mit ihm so züchtig und ehrbar wie zuvor; doch vergönnte sie, wenn es mit Schicklichkeit geschehen konnte, dem Abte, dem sie so vieles zu danken hatte, bisweilen eine angenehme Unterhaltung.

7. Novelle

Alibek wird Einsiedlerin. Der Klausner Rustico lehrt sie, den Teufel in die Hölle zu schicken. Als sie zurückkehrt, wird sie die Frau des Neerbal.

In der Stadt Capsa in der Berberei lebte einmal ein steinreicher Mann, der verschiedene Kinder hatte und unter andern eine sehr schöne, anmutige Tochter, namens Alibek. Diese, die keine Christin war, hörte oft von den Christen, die in ihrer Stadt wohnten, den christlichen Glauben und den Gottesdienst der Christen so sehr rühmen, daß sie einst einen von ihnen fragte, wie man denn am besten und ungestörtesten Gott dienen könnte. Man sagte ihr, diejenigen dienten Gott am besten, die den Lockungen dieser Welt am weitesten entfliehen, zum Beispiel die Einsiedler, die sich in die thebaische Wüste zurückgezogen hätten. Alibek, ein unschuldiges vierzehnjähriges Mädchen, nicht von einem vernünftigen Antrieb, sondern von einer gewissen kindischen Lust getrieben, machte sich sogleich am folgenden Tage heimlich, ohne einem Menschen ein Wort zu sagen, auf den Weg nach der thebaischen Wüste, wo sie auch, nachdem sie in ihrem ersten Eifer alle Beschwerden mutig überstanden hatte, glücklich ankam. Hier ward sie in der Ferne eine kleine Hütte gewahr und näherte sich ihr. Ein frommer Klausner stand an der Pforte, der sich verwunderte, sie zu sehen, und fragte, was sie suche.

Sie antwortete: sie fühle sich von Gott berufen und wünsche sich seinem Dienste zu weihen und jemand zu finden, der sie darin unterrichte.

Der ehrwürdige Einsiedler, der das Mädchen so jung und hübsch fand, fürchtete, der Teufel möchte ihm einen Streich spielen, wenn er sie bei sich behielte. Er lobte ihr frommes Vorhaben, bewirtete sie mit Wurzeln, wilden Baumfrüchten, Datteln und mit einem Trunk Wasser und sagte: „Meine Tochter, nicht weit von hier wohnt ein heiliger Mann, welcher in demjenigen, was du suchst, ein weit größerer Meister ist, als ich es bin. Zu ihm rate ich dir zu gehen."

Er zeigte ihr auch den Weg zur nächsten Klause. Hier erhielt sie denselben Bescheid, und auf diese Weise ward sie von einem zum andern weiter gesandt, bis sie endlich zu der Zelle eines frommen, andächtigen, aber jungen Einsiedlers namens Rustico kam, dem sie ebenso wie den anderen ihr Anliegen vortrug.

Rustico glaubte eine Gelegenheit gefunden zu haben, seine Selbstverleugnung auf eine große Probe zu stellen. Er schickte also nicht, wie die anderen getan hatten, das schöne Mädchen weiter, sondern behielt sie bei sich in seiner Zelle. Als der Abend herankam, bereitete er ihr in einem Winkel ein Lager von Palmblättern. Kaum war dies geschehen und sie hatten sich niedergelegt, so fing der Geist der Versuchung an, seiner Standhaftigkeit eine Schlacht anzubieten. Da er ihn lange Zeit in Ruhe gelassen hatte, so ließ sich Rustico jetzt bei einem so plötzlichen Überfall von ihm desto leichter überwinden; er vergaß alle seine frommen Gedanken, Gebete und Bußübungen und beschäftigte seine Einbildung nur mit der Jugend und Schönheit des Mädchens und mit Anschlägen, wie er es beginnen wollte, seinen Zweck bei ihr zu erreichen, ohne sich der Unkeuschheit verdächtig zu machen. Er legte ihr demnach zuerst einige Fragen vor und überzeugte sich bald durch ihre Antworten, daß sie in den Geheimnissen der Liebe völlig neu und unerfahren und so unschuldig war, wie sie aussah. Daher kam er auf den Einfall, sie unter dem Scheine eines verdienstlichen Werkes seiner Absicht willig zu machen. Er fing also an, ihr weitläufig zu erklären, welch ein geschworener Feind Gottes der Teufel wäre, und ihr hernach zu bedeuten, daß man dem lieben Gott keinen größeren Dienst leisten könne als wenn man den Teufel in die Hölle schicke, die er ihm zum Verdammungsort bestimmt hätte. „Wie geschieht denn das?“ fragte das Mädchen.

„Das sollst du bald erfahren“, sprach Rustico. „Tu nur, was du mich tun siehst.“

Er warf die wenigen Kleidungsstücke, die er trug, ab und warf sich völlig nackt auf die Knie, als wolle er beten. Das Mädchen ahmte ihm in allem nach. Er befahl, daß sie ihm gegenüber knie. Als er sie so verlockend schön sah, ward seine Begierde immer brünstiger, und schließlich zeigte sich die Auferstehung des Fleisches, welches Alibek gewahr ward und fragte: „Was ist das, Rustico, was Ihr da vorne habt und ich nicht?“

„Ach, meine Tochter,“ sprach Rustico, „das ist eben der Teufel, von dem ich dir gesagt habe, und wie du siehst, so beunruhigt er mich so sehr, daß ich es fast nicht aushalten kann.“

„Nun, gottlob“, sprach Alibek. „Mir geht es besser als dir, denn ich habe keinen solchen Teufel wie du.“

„Da ist wahr“, sprach Rustico. „Dafür hast du aber etwas, das ich nicht habe, und das ist ebenso schlimm.“

„Was wäre denn das?“ fragte Alibek.

„Du hast die Hölle,“ sprach Rustico, „und ich glaube, Gott hat dich zum Heile meiner Seele zu mir gesandt. Wenn du so viel Barmherzigkeit mit mir hättest, daß du mir vergönntest, den Teufel jedesmal, wenn er mir arg zusetzt, in die Hölle zu schicken, so könntest du mir eine Wohltat und dem Himmel einen großen Dienst tun, wenn das wirklich die Absicht ist, in der du hergekommen bist wie du mir sagtest.“

Das Mädchen antwortete ihm treuherzig: „Ehrwürdiger Vater, wenn ich die Hölle habe, so mögt Ihr den Teufel nur hineinschicken, sobald Ihr wollt.“

„Gott segne dich, meine Tochter!“ sprach Rustico. „Laß uns nicht säumen, den Teufel in die Hölle zu schicken, daß er mich hernach in Ruhe läßt.“

Damit führte er sie zu einem ihrer Palmblätterbetten und lehrte sie, diesen hartnäckigen Feind Gottes einzukerkern. Und da sie den Teufel sonst noch nie gekannt hatte, konnte sie sich nicht enthalten zu sagen: „Vater, der Teufel ist doch wohl ein rechter Bösewicht und Gottesfeind, daß er sogar der Hölle weh tut, von anderem zu schweigen, wenn er hineinkommt.“

„Das tut er aber nicht immer“, sprach Rustico, und um es dahinzubringen, schickten sie, bevor sie vom Bett aufstanden, ihn noch sechsmal in die Hölle, so daß der Hochmütige am Ende den Kamm sinken ließ und Ruhe gab. Er erhob sich allerdings hochmütig in der Folgezeit des öfteren wieder, und stets war Alibek willig, ihm den Hochmut auszutreiben. Nach und nach fand sie an dem Spiel Gefallen und sagte öfter zu Rustico: „Die guten Christen in Capsa hatten doch wohl recht, als sie sagten, Gott zu dienen sei süß. Ich kann mich nicht entsinnen, je etwas getan zu haben, was mir so viel Freude und Vergnügen bereitete, als den Teufel in die Hölle zu schicken. Jeder, der sich nicht nach Kräften bemüht, Gott zu dienen, ist weiß Gott ein Esel.“ Sie kam also oft zu Rustico und drängte ihn: „Ehrwürdiger Vater, ich bin hierher gekommen, Gott zu dienen, nicht aber müßig zu gehen. Kommt, wir wollen den Teufel in die Hölle schicken.“ Bei dieser Beschäftigung meinte sie zuweilen: „Rustico, ich begreife nicht, warum der Teufel aus der Hölle wieder herausgeht. Wäre er so gern darin, als die Hölle ihn gern einläßt und festhält, er ginge nie wieder heraus.“ Sie ermunterte auf diese Weise den jungen Rustico, und lud ihn zum Dienste Gottes ein. Schließlich hatte sie ihm die Wolle derart von der Jacke gezupft, daß er fror, wo ein anderer geschwitzt hätte. Deshalb ermahnte er denn das Mädchen, man dürfe den Teufel nur dann geißeln und in die Hölle schicken, wenn er voll Hochmut sein Haupt erhöbe. Durch Gottes Gnade hätten sie ihm seine Hoffart genommen, und er wäre nun so zerknirscht, daß er Gott bitte, in Frieden gelassen zu werden. Das verstummte eine Weile. Als sie aber sah, daß Rustico keine

Anstalten machte, den Teufel wieder in die Hölle zu schicken, sagte sie eines Tages zu ihm: „Rustico, dein Teufel mag gezüchtigt sein und dir nichts mehr zu schaffen machen. Jetzt läßt mir meine Hölle aber keine Ruh. Du wirst ein gutes Werk verrichten, wenn du mit deinem Teufel mir die Glut meiner Hölle löschen willst, so wie ich dir mit meiner Hölle geholfen habe, den Stolz deines Teufels zu demütigen." Rustico, der von Kräuterwurzeln und Wasser lebte, konnte dieser Aufforderung nicht mehr Folge leisten. Er sagte, daß viele Teufel dazu gehörten, die Hölle zu beschwichtigen. Doch wolle er tun, was er irgend könne, und befriedigte sie noch dann und wann, aber so selten, daß es nicht mehr besagte, als wenn man einem Löwen eine Bohne in den Rachen wirft. Hierüber maulte das Mädchen, das Gott zu dienen bestrebt war. Der Streit zwischen Rusticos Teufel und Alibeks Hölle dauerte wegen übermäßigen Verlangens einerseits und allzu geringen Vermögens andererseits noch an, als in Capsa ein Feuer ausbrach und Alibeks Vater samt seinen Kindern und sonstigen Angehörigen in den Flammen seines brennenden Hauses umkam und Alibek die Erbin des ganzen Gutes wurde.

Wie ein gewisser junger Mann namens Neerbal, der das seinige vertan hatte, hörte, daß sie noch am Leben sei, machte er sich auf, sie zu suchen, und war eben zu rechter Zeit glücklich genug, sie zu finden, ehe der Hof die Erbschaft wegen Mangel rechtmäßiger Erben an sich nahm. Er führte sie wider ihren Willen zur hellen Freude Rusticos nach Capsa, heiratete sie und ward Besitzer ihres Vermögens. Ehe er bei ihr lag, ward sie von den anderen Frauen gefragt, womit sie Gott in der Wüste gedient hätte. Sie antwortete, sie hätte den Teufel in die Hölle geschickt, und Neerbal hätte nicht wohl getan, sie von diesem Dienste abwendig zu machen. Als die Frauen darauf fragten, wie man den Teufel in die Hölle schicke, und sie es ihnen erklärte, halb mit Worten, halb mit Zeichen, mußten sie herzlich lachen und lachen wohl noch heute, und versicherten ihr: „Liebes Kind, sorge dich nicht, das kann man hier auch. Neerbal wird schon fleißig auf die gleiche Weise mit dir dem lieben Gott dienen." -- Eine erzählte es der andern in der Stadt, und es wurde zum Sprichwort: Der lustigste Gottesdienst sei, den Teufel in die Hölle zu schicken. Dieses Sprichwort ist übers Meer gekommen und noch heute im Schwange. Darum, ihr hübschen Mädchen, die ihr der Gnade Gottes bedürftig seid, lernt den Teufel in die Hölle schicken, denn das heißt Gott wohlgetan; die Beteiligten haben lebhaftes Vergnügen davon, und viel Gutes kann daraus erwachsen und auf die Welt kommen.

8. Novelle

Bruder Alberto macht einer Frau weis, daß der Engel Gabriel in sie verliebt sei, und stattet unter diesem Vorwande einige Male einen nächtlichen Besuch bei ihr ab. Endlich muß er aus Furcht vor ihren Verwandten durch das Fenster entspringen und nimmt seine Zuflucht zu dem Hause eines armen Mannes. Dieser führt ihn am folgenden Tage unter der Maske eines Wilden nach dem Markusplatz; dort erkennt man ihn, und er wird von seinen Mitbrüdern weggeführt und eingekerkert.

Es lebte einmal in Imola ein äußerst verworfener und lasterhafter Mensch, namens Berto della Massa. Sein schändlicher Lebenswandel war bei allen seinen Mitbürgern so berüchtigt, daß ihm nicht nur kein Mensch in Imola eine Lüge, sondern auch die Wahrheit selbst nicht mehr glaubte. Weil er nun fand, daß er dort mit seinen Bubenstücken nicht mehr durchkommen konnte, ging er aus Verzweiflung nach Venedig, wo man allen und jeden Auswurf aufnimmt, und plante, daselbst auf eine andere Art sein gottloses Wesen zu treiben und etwas Neues anzufangen, das er an anderen Orten noch nicht versucht hatte. Er stellte sich also, als wenn er sich zum gottseligsten Menschen von der Welt umzubilden bestrebte; verfluchte seine früheren Streiche, gebärdete sich unsäglich de- und reumütig. Er ging hin und ward Mönch bei den Minoriten, wo er sich Bruder Alberto von Imola nennen ließ. Er führte auch anfänglich in der neuen Tracht zum Schein ein sehr strenges Leben; sprach von nichts als von Fasten und Kasteien, aß kein Fleisch und trank keinen Wein, wenn er ihn nicht recht wohlschmeckend fand. Man hatte noch nie einen Menschen gesehen, der so bald aus einem Diebe, Kuppler, Betrüger und

Mörder auf einmal ein gewaltiger Prediger geworden wäre, ohne deswegen seinen vorigen Lastern zu entsagen, wenn er sie nur heimlich genug ausüben konnte. Wenn er als Priester, zu dem er geweiht worden war, am Altar ein Hochamt hielt und von vielen Leuten gesehen ward, so weinte er über das Leiden Christi wie ein Kind, weil ihm die Tränen nichts kosteten, wenn er sie brauchte.

Kurz, er wußte mit seinen Predigten und Tränen die Venezianer dergestalt zu betören, daß ihm fast von allen Testamenten die Ausführung anvertraut ward, daß ihn manche ehrliche Leute über ihre Beutel und Kisten schalten ließen, und daß ihn die meisten Männer und Weiber zu ihrem Beichtvater und Ratgeber erwählten. So warf sich dieser Wolf zum Hirten auf und stand fast in größerem Geruch der Heiligkeit als je der heilige Franz von Assisi.

Da begab es sich, daß ein junges, einfältiges, albernes Weibchen namens Madonna Lisetta da Caquirino, die Frau eines angesehenen Kaufmanns, der zu Schiff nach Flandern verreist war, mit einigen anderen Frauen zu diesem heiligen Mann kam, um ihm zu beichten. Wie sie nun vor ihm hinkniete und als echte venezianische Plaudertasche ihm einen Teil ihrer Heimlichkeiten entdeckt hatte, fragte sie Bruder Alberto, ob sie auch einen Liebhaber hätte.

„Was, Herr Pater?“ gab sie ihm erzürnt zur Antwort. „Habt ihr denn keine Augen im Kopfe? Scheinen Euch meine Reize von der Sorte wie die Reize anderer Frauenzimmer? Es sollte mir wohl an Liebhabern nicht mangeln, wenn ich nur wollte; aber meine Schönheit ist für den ersten besten Liebhaber zu gut. Wie viele habt Ihr wohl schon gesehen, die so hübsch wären wie ich? Im Paradiese selbst würde man mich für schön müssen gelten lassen.“ So fuhr sie fort, noch eine Menge Albernheiten über ihre Schönheit bis zum Überdruß auszukramen, so daß Bruder Alberto bald gewahr ward, daß sie nicht allzuviel Verstand übrig hatte; weil sie ihm jedoch im übrigen wohl behagte, so verliebte er sich in sie, doch verschob er es bis zu bequemerer Zeit, ihr Artigkeiten zu sagen, und um für diesmal den Schein der Heiligkeit beizubehalten, fing er an, sie zu ermahnen, sie wegen ihrer Eitelkeit zu strafen und was dergleichen Redensarten mehr waren.

Sie gab ihm aber zur Antwort, er wäre nicht gescheit und wüßte keinen Unterschied zwischen gewöhnlicher und übernatürlicher Schönheit zu machen.

Bruder Alberto wollte sie nicht zu böse machen; er erteilte ihr also die Absolution und entließ sie mit ihren Freundinnen. Einige Tage nachher ging er mit einem vertrauten Freunde nach ihrem Hause, wo er mit ihr in ein besonderes Zimmer ging, und als niemand ihn beobachten konnte, fiel er ihr zu Füßen und sagte: „Madonna, ich bitte Euch um Gottes willen, verzeiht mir, was ich Euch am verwichenen Sonntage wegen Eurer Schönheit sagte; man hat mich in der Nacht darauf so unbarmherzig dafür gezüchtigt, daß ich erst heute habe von meinem Lager wieder aufstehen können."

„Ei, wer hat Euch denn so gezüchtigt?" fragte die dumme Gans.

„Das will ich Euch sagen", sprach Bruder Alberto. „Als ich meiner Gewohnheit nach mein Gebet mitten in der Nacht verrichtete, sah ich mich plötzlich von einem großen Lichte umgeben, und ehe ich mich umkehren konnte, zu sehen, was es wäre, fiel ein wunderschöner Jüngling mit einem derben Knüttel über mich her, zog mich bei meiner Kutte unter sich und drosch mir fast alle Knochen im Leibe entzwei. Ich fragte ihn hernach, warum er das getan hätte. ›Weil du dich heute unterstanden hast,‹ sprach er, ›die himmlische Schönheit der Madonna Lisetta herabzuwürdigen, die ich nächst unserm Herrgott am meisten liebe.‹ ›Aber wer bist denn du?‹ fragte ich ihn. Er gab mir zur Antwort, er wäre der Engel Gabriel. ›Ach mein Herr,‹ sprach ich, ›dann bitt' ich um Verzeihung.‹ ›Gut,‹ sprach er, ›ich will dir verzeihen; doch mit der Bedingung, daß du hingehst, sobald du nur kannst, und sie um Verzeihung bittest, und wenn sie dir nicht vergibt, so komm' ich wieder und gebe dir noch so viel dazu, daß du dein Leben lang an mich denken sollst.‹ Was er mir noch weiter sagte, das mag ich Euch eher nicht erzählen, bis Ihr mir verziehen habt." Frau Windbeutel, die mehr Grütze als Hirn im Kopfe hatte, freute sich mächtig über diese Nachricht und hielt jedes Wort für pure Wahrheit: „Ich hab' es Euch wohl gesagt, Bruder Alberto," sprach sie, „daß meine Reize himmlisch wären; aber bei Gott! Es ist mir doch leid um Euch, und damit Euch in Zukunft nicht mehr Leid geschehe, so will ich Euch herzlich gern verzeihen, wenn Ihr mir sagt, was der Engel noch weiter mit Euch gesprochen hat."

„Madonna," sprach Bruder Alberto, „da Ihr mir verziehen habt, so will ich es Euch gern sagen; aber hütet Euch um Gottes willen, daß Ihr mit keinem Menschen in der Welt davon redet, sonst verderbt Ihr Euch selbst den ganzen Handel. Wißt demnach, Ihr seid das glücklichste Weib auf Erden; denn der Engel Gabriel läßt Euch durch mich sagen, er liebe Euch so sehr, daß er schon manchmal gern eine Nacht bei Euch würde zugebracht haben, wenn er nicht gefürchtet hätte, daß Ihr Euch vor ihm entsetzen würdet. Jetzt hat er mir aufgetragen, Euch zu melden, daß er Euch einmal des Nachts besuchen und ein wenig bei Euch verweilen will. Weil er aber ein Engel ist und Ihr mit ihm in seiner Engelsgestalt nicht in Berührung kommen könntet, so will er Euch zuliebe eine menschliche Gestalt annehmen, und wenn Ihr ihn nur wollt wissen lassen wann es Euch gefällt, daß er kommen soll, und in wessen Gestalt, so will er gleich zu Euch kommen; Ihr könnt Euch deswegen, mehr als irgendein Weib auf Erden, selig preisen."

Frau Gimpel antwortete, sie freue sich sehr, daß der Engel Gabriel ihr so zugetan wäre, denn auch sie wäre ihm von Herzen gut, und seitdem sie zuerst sein Bild gemalt gesehen, hätte sie nie versäumt, ihm ein Dreierlicht zu opfern; wenn er kommen wolle, so solle er ihr zu jeder Stunde willkommen sein und sie in ihrer Kammer finden; er dürfe sie aber auch nicht der Jungfrau Maria zuliebe wieder verlassen; denn sie hätte schon längst gehört, daß er dieser gut wäre, und das schiene wohl auch wahr zu sein, denn allenthalben, wo sie ihn nur sähe, läge er vor ihr auf den Knien; übrigens stände es bei ihm, zu kommen, in welcher Gestalt er wollte, wenn er sie nur nicht erschrecke.

„Madonna," sagte Alberto, „Ihr habt klüglich gesprochen, und ich werde ihm alles richtig bestellen, was Ihr mir sagt. Ihr könnt mir aber auch wieder eine große Gnade erweisen, die Euch nichts kostet, wenn Ihr ihn nämlich in dieser meiner Gestalt bei Euch erscheinen laßt. Ich will Euch auch sagen, weshalb Ihr mir dadurch eine Gnade erzeigt. Er wird nämlich meine Seele aus meinem Leibe gehen lassen und sie ins Paradies schicken, indem er in meinen Leib fährt, und solange er bei Euch bleibt, solange wird meine Seele im Paradiese weilen."

„Ich bin es zufrieden," sprach Frau Einfalt, „daß ihr dieses Vergnügen genießt für die Prügel, die er Euch um meinetwillen gegeben hat."

„So laßt nur", sprach Alberto, „diesen Abend Eure Haustür offen, damit er hineinkommen kann; denn da er einer menschlichen Leib annimmt, so kann er nicht anders, als durch die Tür hereinkommen."

Sie versprach es; Bruder Alberto ging fort, und sie sprang so außer sich vor Freude umher, daß das Hemd ihr hoch über dem Hintern wehte, und es sie tausend Jahre dünkte, bis der Engel Gabriel zu ihr käme.

Bruder Alberto, der glaubte, es sei nicht überflüssig, wenn sich der Engel Gabriel zugleich als ein mannhafter Ritter zeige, hielt es deswegen für gut, sich mit Konfekt und andern stärkenden Mitteln auszurüsten, um sich nicht aus dem Sattel heben zu lassen. Er forderte deswegen nebst einem treuen Gefährten Urlaub und ging mit ihm gegen Abend zu einer guten Freundin, von der aus er schon öfter zum Wettrennen gestartet war, wenn es nach Stuten laufen hieß. Wie er nun glaubte, daß es Zeit wäre, zog er mit allem möglichen Firlefanz sich als Engel an, begab sich nach dem Hause der Dame und ging als leibhaftiger Engel hinauf in ihre Kammer.

Als sie die weiße Gestalt hereintreten sah, kniete sie nieder; der Engel gab ihr seinen Segen, erhob sie von der Erde und winkte ihr, sich zu Bette zu begeben. Sie gehorchte ihm willig; der Engel folgte nach und legte sich neben sie, und da Bruder Alberto ein wohlgewachsener und ein noch rüstiger Kerl mit festen breiten Schenkeln war, so lag seine schöne Anbeterin, deren Fleisch fest und deren Haut weich war, besser bei ihm als bei ihrem Gatten gebettet und er lehrte sie mehr als einmal ohne Flügel fliegen, und erzählte dazwischen so vieles von den Freuden des Paradieses, daß er sie ganz vergnügt machte. Wie es bald tagen wollte, nahm er seine Sachen wieder zusammen, versprach wiederzukommen und kehrte wieder zu seinem Gefährten zurück, dem indessen (damit ihm nicht bange würde, wenn er allein schliefe) seine Wirtin Gesellschaft geleistet hatte.

Nach dem Mittagessen ging Frau Lisetta mit einigen Freundinnen zum Bruder Alberto und erzählte ihm von dem Engel Gabriel, was er ihr von den himmlischen Freuden berichtet hatte, wie er gestaltet wäre und noch hundert andere Märchen dazu.

„Madonna," antwortete ihr Bruder Alberto, „ich kann nicht wissen, wie Ihr Euch bei ihm befunden habt; aber von mir kann ich Euch sagen, daß er diese Nacht zu mir kam, und als ich Euren Auftrag an ihn ausgerichtet hatte, trug er den Augenblick meine Seele an einen Ort, wo so viele Rosen und andere Blumen waren, wie ich in meinem Leben nicht gesehen habe, und bis zur Mette befand ich mich an dem reizendsten Orte von der Welt. Was unterdessen aus meinem Leibe geworden ist, davon ist mir nichts bekannt."

„Hört Ihr denn nicht," sprach Frau Lisetta, „daß ich ihn samt dem Engel die ganze Nacht in meinen Armen gehabt habe? Wenn Ihr's nicht glaubt so seht nur unter Eurer linken Brustwarze nach, wohin ich ihn so fest geküßt habe, daß das Mal noch ein paar Tage zu sehen sein wird."

„Sehr wohl," sprach Alberto, „ich will einmal heute etwas tun, was ich seit langer Zeit nicht getan habe, ich will mich ausdrücklich deswegen ausziehen, um zu sehen, ob Ihr die Wahrheit sagt."

Nach mancherlei dergleichen Geschwätz ging das Weib wieder nach Hause, und Bruder Alberto stattete ihr in der Gestalt des Engels noch öfter ungehindert seinen Besuch ab.

Eines Tages kam Frau Lisetta einmal zu einer Gevatterin, und wie die Rede von der Schönheit war und Frau Lisetta die ihrige über alle anderen erheben wollte, sagte sie in ihrer Einfalt: „Wenn Ihr wüßtet, wer an meinen Reizen Gefallen findet, so würdet Ihr wahrlich von allen anderen schweigen."

Die Gevatterin, die ihre Freundin wohl kannte und sie gern ausforschen wollte, antwortete: „Freundin, Ihr mögt wohl wahr sprechen; aber mancher würde dies denn nicht so leicht zugeben, wenn man nicht weiß, wen Ihr damit meint.“

Das blöde Ding ließ sich nicht lange fragen, sondern sagte: „Hört, Gevatterin, es soll es zwar niemand wissen, aber Euch will ich es gestehen: der Engel Gabriel ist mein Liebhaber. Er liebt mich mehr als sich selbst und hält mich, wie er sagt, für das schönste Weib über Land und Meer.“

Die Gevatterin wollte fast platzen vor Lachen, doch bezwang sie sich, um sie noch mehr schwatzen zu hören. „Bei Gott, Frau Lisetta!“ sprach sie. „Wenn der Engel Gabriel Euer Liebhaber ist und Euch so etwas sagt, dann muß es wohl wahr sein; aber ich hätte nie gedacht, daß die Engel sich mit solchen Dingen befaßten.“

„Da irrt Ihr Euch, Gevatterin“, sprach Lisetta. „Bei den Wunden Jesu! Er versteht's besser als mein Mann und er sagt mir, daß sie's dort oben auch tun; weil ich ihm aber besser gefalle als irgendeine im Himmel, so hat er sich in mich verliebt und kommt recht oft zu mir; versteht Ihr mich?“

Wie die Gevatterin von Frau Lisetta Abschied nahm, konnte sie die Zeit kaum erwarten, bis sie jemand fand, dem sie alles wiedersagen konnte; und am nächsten Feiertage erzählte sie es laut in einer Gesellschaft von Weibern. Diese sagten es wieder ihren Männern und anderen Frauen, so daß in weniger als zwei Tagen die Geschichte in ganz Venedig herum war. Unter denen, welchen sie zu Ohren kam, waren auch Lisettas Schwäger, die sich in der Stille vornahmen, den Engel kennenzulernen und zu versuchen, ob er auch fliegen könne, weswegen sie ihm einige Abende nacheinander aufpaßten. Zufälligerweise hatte auch Bruder Alberto etwas von dem Gerücht vernommen und begab sich eines Abends zu Lisetta, um sie deswegen zur Rede zu stellen. Kaum hatte er Flügel und Kleider abgelegt, so waren auch ihre Schwäger, die ihn hatten kommen sehen, an der Kammertür und im Begriffe, sie aufzusprengen. Bruder Alberto, der das Geräusch hörte und ahnte, was es zu bedeuten hätte, öffnete ein Fenster, welches nach dem großen Kanal hinausging und sprang hinab in das Meer. Da er Tiefe genug hatte und ein guter Schwimmer war, so kam er ohne Schaden hinüber nach der anderen Seite, wo er eine Haustür offen fand, in welche er sich flüchtete, und einen ehrlichen Mann, der ihm entgegen kam, um Gottes willen bat, ihm das Leben zu retten, indem er ihm eine Fabel erzählte, warum er nackt und zu solcher Stunde sich dort befände. Der gute Mensch erbarmte sich über ihn, und da er schon früh etwas zu tun hatte, so räumte er ihm sein Bett ein und hieß ihn, darin liegen zu bleiben, bis er wiederkäme. Dann schloß er ihn ein und ging das seinige besorgen. Unterdessen waren Lisettas Schwäger in ihre Kammer gekommen und fanden, daß der Engel Gabriel davongeflogen war, aber die Flügel im Stiche gelassen hatte, worüber sie sich ärgerten, und das Weibchen, nachdem sie ihr die bittersten Vorwürfe gemacht hatten, ganz trostlos verließen und das Rüstzeug des Erzengels mit sich nach Hause nahmen. Es war inzwischen Tag geworden, und als der gute Mann, der den Bruder Alberto bei sich beherbergt hatte, auf Rialto vernahm, daß der Engel Gabriel in der vergangenen Nacht bei Frau Lisetta zu Besuch gewesen und wie er in Gefahr geraten wäre, von ihren Schwägern ertappt zu werden, vor Furcht in den Kanal gesprungen sei und sich noch nicht wiedergefunden habe, so kam er auf den Gedanken, daß er ihn vermutlich bei sich in seinem Hause beherberge. Er kehrte also zurück, entlockte seinem Gast ein Geständnis und brachte es nach einigem Wortwechsel dahin, daß er ihm fünfzig Dukaten geben mußte, damit er ihn nicht den Schwägern ausliefere. Als Bruder Alberto auf Mittel sann, weiter zu entkommen, sagte sein Wirt zu ihm: „Ich weiß nur ein einziges Mittel, und es kommt nur darauf an, ob Ihr Euch dazu entschließen könnt. Wir haben heute ein Volksfest, bei welchem man Menschen als Bären, wilde Männer usw. verkleidet, aufzuführen und hernach auf dem Markusplatz eine Hetze zu geben pflegt. Sobald der Spaß vorbei ist, geht ein jeder mit dem, den er zur Schau geführt hat, wohin er will. Wollt Ihr, ehe man Euch hier sucht, Euch auf die eine oder andere Art von mir dahin führen lassen, so kann ich Euch hernach bringen, wohin Ihr wollt, denn die Schwäger der Dame, die Euch in dieser Gegend vermuten, haben überall Wächter aufgestellt, Euch einzufangen."

So schwer es dem Bruder Alberto auch ankam, in einem solchen Aufzuge zu erscheinen, so trieb ihn doch dies Furcht vor Lisettas Verwandten, sich den Handel gefallen zu lassen; er sagte also seinem Wirt, wohin er ihn bringen solle, und überließ ihm die Art und Weise. Dieser beschmierte ihn erst von oben bis unten mit Honig und beklebte ihn hernach mit Flaumfedern, legte ihm eine Kette um den Hals, tat ihm eine Maske vor, gab ihm eine große Keule in die Hand und ließ ihn an der anderen ein Paar Bullenbeißer führen, die er von einem Fleischer borgte. Darauf schickte er jemand nach Rialto und ließ ausrufen: wer den Engel Gabriel sehen wolle, der solle nach dem Sankt-Markus-Platz kommen. So offenbarte sich an ihm die berühmte venezianische Treue. Nachdem dieses geschehen war, machte er sich mit ihm auf den Weg und ließ ihn an der Kette vor sich hergehen. Unter einem großen Zulauf von Menschen, die beständig riefen: „Was ist das? Was gibt's da?“ führte er ihn nach dem Platze, wo die Menschen, die ihm nachgefolgt waren und diejenigen, die der Ausruf auf Rialto herangelockt hatte, eine ungeheure Menge ausmachten. Hier band er seinen wilden Mann an einem hohen hervorragenden Ort an eine Säule und stellte sich, als ginge er hin, um die Hetze mit anzusehen, indes den armen Teufel, der mit Honig angeschmiert war, die Fliegen und Wespen bis aufs Blut marterten. Wie nun der Platz ganz mit Menschen angefüllt war, ging er zu seinem wilden Mann, als wenn er ihn wieder losmachen wolle, zog ihm aber statt dessen die Maske vom Gesicht und rief: „Ihr Herren, weil heute der Eber nicht gehetzt wird und sonst nichts zu tun ist, so will ich euch den Engel Gabriel zeigen, der des Nachts zur Erde heruntersteigt, um den Weibern in Venedig ein Vergnügen zu machen.“

Sobald die Maske herunter war, erkannte jeder den Bruder Alberto, und es erhob sich überall ein Geschrei über ihn, und ein jeder warf ihm so viele Schimpfwörter und abscheuliche Flüche ins Gesicht, als jemals ein Lump hat anhören müssen. Überdies bewarf man ihn von allen Seiten mit Kot und Unrat, und dieses dauerte so lange, bis von ungefähr die Brüder in seinem Kloster Nachricht davon bekamen; worauf sechs von ihnen herbeieilten, ihm eine Kutte umwarfen, ihn losmachten und nicht ohne ein lärmendes Gefolge nach ihrem Kloster schleppten, dort wurde er eingekerkert und soll elend umgekommen sein. So ging es diesem Heuchler, der Tugend log und Laster trieb und dennoch unbescholten blieb, bis er sich unterfing, den Engel Gabriel zu spielen, worüber er aus diesem in einen Wilden verwandelt wurde und mit verdienter Schmach lange Zeit für seine Lastertaten büßen mußte. Umsonst beweinte er seine vergangenen Verbrechen. Gott lasse es allen seinesgleichen so ergehen.

9. Novelle

Andriola liebt den Gabiotto. Sie erzählt ihm einen Traum, den sie gehabt hat, und er sagt ihr wieder, was ihm geträumt habe, worauf er plötzlich in ihren Armen stirbt. Indem sie mit Hilfe ihrer Magd seinen Leichnam nach seinem Hause schaffen will, werden sie beide von der Wache angehalten. Sie erzählt dem Stadtrichter den ganzen Verlauf der Sache und widersteht darauf seinen ungebührlichen Anmutungen. Ihr Vater erfährt ihr Schicksal und bewirkt ihre Befreiung, indem ihre Unschuld erwiesen wird. Sie entsagt darauf allem Umgange mit der Welt und geht in ein Kloster.

In Brescia lebte vor Zeiten ein Edelmann, namens Messer Negro da Ponte Carraro, der verschiedene Kinder und unter anderen eine sehr schöne, noch unverheiratete Tochter namens Andreola hatte, die sich zufälligerweise in einen ihrer Nachbarn verliebte, der Gabriotto hieß, und zwar von geringer Herkunft war, aber von löblichen Sitten und dabei schön und einnehmend von Gestalt. Mit Beihilfe einer Magd wußte sie nicht nur Gabriotto ihre Liebe zu erkennen zu geben, sondern es auch so einzurichten, daß er sie in einem schönen Garten ihres Vaters zu ihrem beiderseitigen Vergnügen mehr als einmal besuchen konnte, und damit nichts als der Tod ihre glückliche Verbindung trennen möchte, so wurden sie insgeheim Mann und Weib. Indem sie nun von Zeit zu Zeit ihre verstohlenen Zusammenkünfte fortsetzten, traf es sich einmal, daß

Andreola im Traume sich mit Gabriotto in dem Garten zu befinden und ihn voll beiderseitiger Wonne zu umarmen glaubte. Plötzlich schien es ihr, daß ein schwarzes und schreckliches Wesen aus seinem Leibe hervorginge, dessen Gestalt sie nicht erkennen konnte, das Gabriotto ergriff und all ihres Sträubens ungeachtet ihn mit unwiderstehlicher Gewalt ihren Armen entriß und mit ihm unter der Erde verschwand, so daß sie weder ihn noch das scheußliche Wesen weiter sehen konnte. Sie empfand darüber einen so heftigen Schmerz, daß sie davon erwachte. Wiewohl sie sich freute, daß es nur ein Traum gewesen war, so verursachte dieser Traum ihr doch einige Besorgnis. Als demnach Gabriotto am folgenden Abend wünschte, sie zu besuchen, gab sie sich alle Mühe, ihn davon abzuhalten. Weil er aber so sehr darauf bestand, daß sie fürchten mußte, er würde etwas Unrechtes argwöhnen, wenn sie sich seinem Willen widersetzte, so empfing sie ihn des Abends in ihrem Garten, woselbst sie, weil es Rosenzeit war, viele weiße und rote Rosen pflückten und sich neben einem schönen, kristallhellen Springbrunnen lagerten. Nachdem sie dort eine geraume Zeit in süßestem Genusse verweilt hatten, fragte Gabriotto sie nach der Ursache, weswegen sie ihm diese Zusammenkunft hätte versagen wollen. Sie erzählte ihm darauf den Traum der vergangenen Nacht und die Angst, die sie deswegen empfunden habe. Gabriotto lachte darüber und behauptete, es wäre eine große Torheit, an Träume zu glauben, weil sie bloß von zu vielem oder zu wenigem Essen und Trinken herrührten, und weil man täglich sähe, daß sie nichtig wären. „Wenn ich", fuhr er fort, „auf jeden Traum achten wollte, so wäre ich selbst heute nicht zu dir gekommen, und zwar nicht um deines Traumes willen, sondern wegen eines anderen, den ich selbst in der vorigen Nacht geträumt habe. Ich glaubte mich nämlich in einem schönen und anmutigen Walde zu befinden. Ich jagte dort und fing ein Reh, das so schön und zierlich war, als ich irgend eines gesehen hatte; es war weiß wie Schnee und gewöhnte sich in kurzer Zeit so sehr an mich, daß es mir nicht von der Seite ging; dabei war es mir so lieb geworden, daß ich, um es nie zu verlieren, ihm ein goldenes Halsband umtat, mit einer goldenen Kette, an der ich es beständig führte. Wie dieses Reh einmal mit seinem Kopf in meinem Schoß ruhte, schien es mir, als wenn ein kohlschwarzer Windhund (ich weiß nicht woher), heißhungrig und schrecklich anzusehen, auf mich zugesprungen kam, der mir die Schnauze an die linke Brust setzte, mir bis an das Herz hineinbiß, es herausriß und damit fortlief, was mich so greulich schmerzte, daß ich davon erwachte und den Augenblick mit der Hand nach meiner Seite fühlte, ob ich dort etwas fände. Als ich aber nichts fand, lachte ich über mich selbst, daß ich danach gesucht hatte. Allein, was hat das auf sich! Ich habe dergleichen Träume und noch wohl schrecklicher schon oft gehabt, und mir ist darum nichts mehr noch weniger geschehen; laß es also nur gut sein und laß uns die Zeit zu unserem Vergnügen anwenden."

War das junge Weib bereits über ihren eigenen Traum erschrocken, so erschrak sie jetzt noch mehr, da sie dieses hörte; doch um Gabriotto keinen Unmut zu verursachen, gab sie sich alle Mühe, ihre Furcht zu verbergen. Obwohl sie ihn demnach einmal über das andere mit anscheinender Heiterkeit zärtlich umarmte, so konnte sie sich dennoch nicht enthalten, eine gewisse Unruhe zu empfinden, die sie sich selbst nicht erklären konnte, und von Zeit zu Zeit, öfter als sie gewöhnt war, ihm ins Gesicht zu sehen, bald um sich herzuschauen, ob sich nicht etwas näherte. Mit einem Male stieß Gabriotto einen tiefen Seufzer aus, schmiegte sich an sie und rief: „O, meine Seele! Hilf mir, ich sterbe!" Mit diesen Worten sank er nieder auf den Rasen.

Äußerst erschrocken umfing ihn Andreola in ihrem Schoße und fragte mit Tränen: „Was ist dir, mein Geliebter?" Allein Gabriotto gab keine Antwort; der Todesschweiß trat ihm auf die Stirn, er atmete nur noch einmal auf und verschied. Wie heftig sein plötzlicher Tod die junge Frau bewegte, die ihn mehr als sich selbst liebte, das kann man sich leicht denken. Sie weinte bitterlich und rief ihn mehr als einmal; allein vergeblich. Nachdem sie ihn am ganzen Leibe befühlt und ihn überall kalt und erstarrt gefunden hatte, konnte sie seinen Tod nicht länger bezweifeln. Sie wußte sich weder zu raten noch zu helfen. Mit verweinten Augen eilte sie, ihre vertraute Magd zu rufen und klagte ihr ihre Not und ihren Schmerz, und nachdem sie beide eine Zeitlang über dem erblaßten Antlitz des Gabriotto geweint hatten, sagte die junge Frau zu ihrer Magd:

„Ich mag nicht länger leben, nachdem mir der Tod meinen einzigen Geliebten geraubt hat; doch ehe ich die Hand an mich selbst lege, wünschte ich, daß wir ein Mittel finden könnten, meine Ehre und das Geheimnis meiner Liebe in Sicherheit zu stellen, und diesem Leichnam, dessen geliebter Geist entflohen ist, zum Begräbnis zu verhelfen."

„Gott verhüte mein Töchterchen," versetzte die Magd, „daß du dich ums Leben brächtest. Denn nachdem du deinen Geliebten in dieser Welt verloren hast, so würde er auch in jener Welt für dich ewig verloren sein, wenn du zur Mörderin an dir selbst würdest; du würdest zur Verdammnis fahren, wohin seine Seele gewiß nicht gegangen ist, weil er ein edler Jüngling war. Du solltest lieber suchen, dich zu trösten, und durch Gebete und gute Werke seiner Seele beizustehen, wenn er dessen vielleicht wegen einiger Sünden bedürfte. Zu seinem Begräbnis ist leicht Rat zu schaffen. Wir können ihn entweder hier im Garten begraben, und niemand wird etwas davon erfahren, weil kein Mensch weiß, daß er jemals hierher gekommen ist; oder wenn dir das nicht gefällt, so laß uns ihn vor den Garten hinaustragen, wo man ihn morgen früh wohl finden und ihn nach Hause tragen wird, damit die Seinigen ihn zur Erde bestatten."

So tief betrübt die junge Witwe war und so wenig sie aufhören konnte zu weinen, so achtete sie doch aufmerksam auf die Ermahnungen der Magd. Der erste Teil wollte ihr nicht in den Sinn und auf den zweiten gab sie zur Antwort: „Das verhüte der Himmel, daß ich zugeben sollte, daß mein Geliebter und Gemahl wie ein Hund verscharrt oder auf die Straße hinausgeworfen würde! Meine Tränen sind über ihn geflossen, und soviel an mir liegt, will ich dazu beitragen, daß auch die Tränen seiner Verwandten ihm fließen sollen; ich weiß auch schon, wie wir es anfangen wollen."

Sie schickte darauf sogleich ihre Magd nach einem seidenen Gewande, das sie in ihrem Kasten hatte; dieses breitete sie auf die Erde und legte den Leichnam darauf, legte ihm ein Ohrkissen unter das Haupt, und nachdem sie ihm Mund und Augen zugedrückt, ihm einen Kranz von Rosen aufgesetzt und ihn mit den übrigen gepflückten Rosen bestreut hatte, sprach sie zu der Magd: „Von hier bis nach seiner Haustür ist der

Weg nicht lang; darum wollen wir, sobald wir ihn gehörig eingewickelt haben, ihn dahin tragen und ihn vor seiner Schwelle niederlegen. Der Tag ist nicht mehr fern; dann wird man ihn finden, und so wenig tröstlich dieses für seine Verwandten sein wird, so ist es doch für mich beruhigend, in deren Armen er gestorben ist."

Mit diesem Worten beugte sie sich noch einmal über das Antlitz des Toten und badete es lange Zeit mit ihren Tränen. Mehr als einmal mußte die Magd sie erinnern, daß es schon anfing zu tagen; endlich richtete sie sich wieder auf, zog den Ring von ihrem Finger, der sie mit Gabriotto vermählt hatte, und sprach mit Tränen, indem sie ihn an den seinigen steckte:

„Teuerster Gemahl! Wenn dein Geist mich noch umschwebt und meine Tränen sieht, oder wenn dem Leibe, nachdem die Seele entflohen ist, noch einige Empfindungen übrig bleiben, so empfange mit Wohlgefallen dies letzte Geschenk von derjenigen, die du in deinem Leben so sehr geliebt hast." Indem sie dieses sprach, sank sie ohnmächtig auf den Leichnam hin, und wie sie sich ein wenig wieder erholte, hob sie mit Hilfe ihrer Magd das Tuch auf, worin er gewickelt war, und nahm ihren Weg aus dem Garten nach seinem Hause. Der Zufall wollte, daß ihnen von ungefähr die Wächter begegneten, welche den Leichnam bei ihnen fanden und sie anhielten. Andreola, welche sich den Tod mehr als das Leben wünschte und die Wächter erkannte, sprach mit Entschlossenheit: „Ich sehe wohl, wer ihr seid, und daß ich umsonst versuchen würde, euch zu entfliehen; ich bin bereit, mit euch zu gehen und mich vor Gericht zu stellen, um von diesem Vorfalle Rechenschaft zu geben; doch keiner von euch unterstehe sich, da ich euch willig folge, Hand an mich zu legen oder etwas an diesem Leichnam zu berühren, wenn er nicht will, daß ich ihn verklagen soll." Die Wächter gehorchten und führten sie nach dem Richthause, ohne sie oder den Leichnam anzutasten.

Der Richter stand auf, ließ Andreola in sein Zimmer kommen und verhörte sie sehr umständlich, und nachdem auch die Ärzte den Leichnam besichtigt und untersucht hatten, ob er nicht durch Gift umgekommen wäre, verneinten sie solches und erklärten, daß ihm ein

Blutgefäß nahe am Herzen zersprungen sei, das ihn erstickt habe. Wie der Richter vernahm, daß man ihr wenig oder gar nichts zur Last legen könnte, wollte er sich dennoch das Ansehen geben, daß er ihr eine Gunst erwiesen, indem er ihr nur bloße Gerechtigkeit widerfahren ließ, und wollte ihr dagegen zumuten, ihre Freiheit von ihm auf Kosten ihrer Tugend zu erkaufen. Sie wies aber sein Verlangen mit Verachtung ab, und wie er darauf wider alles Recht und Billigkeit Gewalt brauchen wollte, lieh ihr gerechter Zorn ihr männliche Kräfte, sie verteidigte ihre Ehre gegen ihn, indem sie ihm zugleich mit schmählichen Worten seine Niederträchtigkeit vorwarf.

Indessen brach der Tag an; Messer Negro erfuhr alles, eilte höchst betrübt mit vielen seiner Freunde nach dem Richthause, beschwerte sich über das Verfahren gegen seine Tochter und verlangte sie zurück. Der Stadtrichter, welcher lieber mit guter Manier selbst eingestehen wollte, daß er Gewalt versucht hätte, als die Anklage der jungen Witwe abzuwarten, erhob ihre Tugend und Standhaftigkeit mit vielen Lobsprüchen und gestand, daß er beide auf die stärkste Probe gesetzt habe, um sie zu prüfen; ihr standhaftes Betragen habe ihn demnach zur Liebe bewogen, daß er sie, wenn ihr Vater und sie selbst nichts dawider hätten, gern zur Gemahlin nehmen würde, obwohl sie die Witwe eines Mannes von geringem Stande wäre. Indem davon gesprochen ward, erblickte Andreola ihren Vater, eilte ihm mit Tränen entgegen und sagte: „Mein Vater, ich glaube nicht, daß ich nötig habe, Euch die Geschichte meiner Unbesonnenheit und meines Unglücks zu erzählen; denn gewiß habt Ihr schon alles gehört und erfahren. Ich bitte Euch demnach, mir meinen Fehler zu verzeihen, daß ich ohne Euer Vorwissen denjenigen zu meinem Gemahl machte, den ich über alles liebte. Indem ich diese Verzeihung von Euch begehre, wünsche ich damit nicht mein Leben zu fristen, sondern nur als Eure Tochter und nicht als eine Euch Verhaßte aus der Welt zu scheiden.“

Mit diesen Worten fiel sie ihm weinend zu Füßen. Messer Negro, der schon sehr bei Jahren und von Natur ein liebreicher, gutmütiger Mann war, weinte selbst über ihre Worte und sprach zu ihr, indem er mit nassen

Augen sie aufhob: „Meine Tochter, es wäre mir freilich unendlich lieber gewesen, wenn du einen Mann nach meinem Herzen genommen hättest, oder wenn du ja deiner eigenen Wahl folgen wolltest, so hätte ich mir auch das gefallen lassen; darum muß es mich schmerzen, daß du mir deine Wünsche verschwiegen und mir so wenig Zutrauen bewiesen hast. Doch da die Sachen nun einmal so stehen, so will ich dasjenige, was ich für deinen Gatten in seinem Leben gern getan hätte, auch jetzt im Tode an ihm tun: daß ich ihn nämlich liebe und ehre als meinen Schwiegersohn."

Er wandte sich hierauf an seine Kinder und Verwandten und befahl ihnen, dem Gabriotto ein ehrenvolles Leichenbegängnis zu halten. Unterdessen waren auch die Verwandten und Freundinnen des Verstorbenen und fast alle Männer und Weiber der Stadt herbeigekommen. Man stellte deswegen den Leichnam auf dem Hofe aus, in dem Tuche, worin Andreola ihn gewickelt, und bedeckt mit allen Rosen, womit sie ihn bestreut hatte, und es beweinten und beklagten ihn nicht nur die Frauenzimmer, die mit ihm verwandt waren, sondern fast alle Weiber und manche Männer in der Stadt, und er ward nicht wie ein gemeiner Mann, sondern wie ein vornehmer Herr von den angesehensten Bürgern der Stadt auf dem Schloßhofe zu Grabe getragen.

Nach einiger Zeit warb der Stadtrichter aufs neue um Andreola, und ihr Vater unterstützte seinen Antrag bei ihr. Allein sie wollte von ihm nichts hören, und da ihr Vater sie bei ihrem Willen ließ, so ging sie mit ihrer Magd in ein Kloster, das wegen der Frömmigkeit seiner Bewohnerinnen berühmt war. Hier lebten sie noch lange Zeit als Nonnen in frommer Zurückgezogenheit.

10. Novelle

Die Frau eines Wundarztes legt ihren schlaftrunkenen Liebhaber für tot in einen Kasten, den ein paar Wucherer wegstehlen und nach ihrem Hause tragen. Dort kommt er wieder zur Besinnung und wird für einen Dieb gehalten. Die Magd der Frau sagt aber vor Gericht aus, sie selbst habe ihn in den Kasten gelegt, den die Geizhälse gestohlen hätten. Dadurch rettet sie ihn vom Galgen, und die Wucherer werden wegen des gestohlenen Kastens zu einer Geldbuße verdammt.

Es lebte einmal vor einiger Zeit in Salerno ein trefflicher Wundarzt, der sich Meister Mazzeo della Montagna nennen ließ, und der, als er schon ziemlich betagt war, ein sehr schönes, munteres und junges Mädchen aus seiner Stadt zum Weibe nahm und sie mit Kleidern, mit Schmuck und mit allem, was eine Frau sich von dergleichen Dingen nur wünschen kann, so reichlich wie keine sonst in der ganzen Stadt versorgte.

Allerdings litt sie die meiste Zeit an Erkältung, weil sie der Meister im Bett nicht immer so warm zudeckte, wie er wohl hätte tun sollen. So wie wir nun von dem wohlbelobten Herrn Ricciardo di Chinzica weiland gehört haben, daß er seiner Frau die Fast- und Feiertage im Kalender fleißig vorzählte, so schien dieser sein Weibchen belehren zu wollen, daß ein Mann, wenn er bei seiner Frau gelegen, Gott weiß wie viele Tage sich erholen müsse, womit er aber seine junge Frau ebensowenig als jener erbaute. Weil es ihr nun weder an Witz noch an warmem Blut fehlte, so entschloß sie sich, um ihren Hausvorrat nicht anzugreifen, sich außer dem Hause zu versorgen und wenn möglich von fremden Tellern zu essen. Und als sie demzufolge eine Menge junger Leute durchmustert hatte, fiel ihre Wahl auf einen, an dem sie so viel Gefallen fand, daß sie mit Leib und Seele an ihm hing und ihre ganze Hoffnung auf ihn setzte. Dem Jüngling, der dieses bald gewahr ward, kam es sehr gelegen, und er war froh, sich ihr ebenfalls gänzlich widmen zu können. Er nannte sich Ruggieri da Jeroli und war zwar von edler Geburt, aber desto verderbter von Sitten und Aufführung, so daß ihm auch kein Freund und Verwandter übrig geblieben war, der ihm wohl wollte, oder dem er auch nur vor Augen kommen durfte, weil er in ganz Salerno wegen Diebereien und anderer böser Streiche berüchtigt war; doch darum bekümmerte sich die Dame sehr wenig, da er ihr wegen etwas anderem gefiel. Sie veranstaltete demnach durch die Vermittlung ihrer Magd eine Zusammenkunft mit ihm, und nachdem sie aneinander eine Zeit ihre Lust gehabt hatten, stellte sie ihm sein bisheriges unordentliches Leben vor und bat ihn, es aus Liebe zu ihr zu unterlassen; und damit sie ihm auch die Mittel dazu erleichterte, so pflegte sie ihm von Zeit zu Zeit mit Geld zu unterstützen.

Indem sie auf diese Weise mit möglichster Vorsicht zu Werke ging, trug es sich zu, daß dem Wundarzt ein Kranker zu behandeln anvertraut ward, der einen Schaden an einem Beine hatte. Als er den Schaden besichtigte, erklärte er den Freunden des Kranken, wofern ihm ein eingefaulter Knochen nicht gleich herausgeschnitten würde, so müsse man ihm nachher das ganze Bein abnehmen, oder er müsse sterben. Wenn man den Knochen entferne, könne er zwar genesen, auf alle Fälle aber könne er für das Leben des Kranken nicht einstehen. Die Angehörigen waren mit diesem Vorbehalt einverstanden und übergaben ihm den Kranken. Weil der Wundarzt glaubte, daß jener ohne einen Schlaftrunk nicht imstande sein würde, den Schnitt auszuhalten, den er gegen Abend vorzunehmen gedachte, so ließ er zu diesem Zweck ein Wasser aus gewissen Mitteln abziehen, welches den Kranken so lange fest einschläfern sollte, bis er mit der Arbeit fertig wäre. Die Flasche mit dem Schlaftrunk stellte er in sein Zimmer und dachte nicht daran, seinen Hausgenossen zu sagen, was sie enthalte. Als die Vesperstunde kam, und der Wundarzt bald zu seinem Kranken gehen wollte, kam ein Eilbote von einigen seiner besten Freunde aus Amalfi, welche ihn bitten ließen, unverzüglich zu ihnen zu kommen, weil bei einer heftigen Schlägerei verschiedene von ihnen wären verwundet worden. Der Arzt ließ also seinen Kranken mit dem Bein bis zum folgenden Morgen warten, stieg in ein Boot und fuhr nach Amalfi. Weil nun seine Frau wußte, daß er die Nacht über nicht wieder nach Hause kommen würde, ließ sie ihrer Gewohnheit nach Ruggieri heimlich zu sich kommen und schloß ihn im Zimmer ihres Mannes ein, bis gewisse Leute im Hause zu Bett gegangen waren. Während Ruggieri in diesem

Zimmer wartete, wandelte ihn entweder infolge der Anstrengungen des Tages, oder weil er etwas Salziges gegessen hatte, oder weil er von Natur gern trinken mochte, ein gewaltiger Durst an, und als er die Flasche mit dem Wasser, das der Arzt für den Kranken bereitet hatte, fand und Trinkwasser darin vermutete, so setzte er sie an den Mund, leerte sie aus bis auf den letzten Tropfen und fiel bald darauf in einen tiefen Schlaf.

Die Frau vom Hause kam inzwischen, sobald sie konnte, in das Zimmer; als sie ihn schlafend fand, schüttelte sie ihn und sagte leise zu ihm, er möchte aufstehen; allein er gab keine Antwort und rührte sich nicht. Sie ward darüber ein wenig böse, rüttelte ihn stärker und sagte: „So steh doch auf, du Faulpelz! Wenn du schlafen wolltest, so hättest du zu Hause bleiben und nicht hierher kommen sollen." Da fiel Ruggieri von einer Bank, auf die er sich niedergelegt hatte, herunter und blieb wie ein Toter, ohne das geringste Merkmal des Lebens, liegen. Die Dame erschrak heftig, richtete ihn wieder auf, schüttelte ihn stärker als zuvor, zog ihn an seiner Nase und zupfte ihn am Bart. Es war alles umsonst, er hatte das Maultier an einen guten Pflock gebunden. Jetzt schöpfte sie Verdacht, er möchte wirklich tot sein. Indessen kniff sie ihn noch einmal heftig ins Fleisch und versengte ihn mit einer Kerze. Es half alles nichts, und nun zweifelte sie nicht mehr an seinem Tode; denn obwohl ihr Mann ein Arzt war, so war sie selbst doch eben keine Meisterin in der Heilkunde. Da sie ihn nun außerordentlich geliebt hatte, so kann man wohl denken, wie groß ihr Schmerz jetzt war; doch mußte sie in aller Stille ihr Unglück beklagen und über ihn weinen, weil sie kein Geräusch machen durfte. Damit sie jedoch außer ihrem Verlust nicht noch obendrein in Schande gerate, so mußte bald dafür gesorgt werden, den Leichnam aus dem Hause zu schaffen; und weil sie selbst keinen Weg sah, so rief sie in der Stille die Magd, zeigte ihr, welch Unglück sie betroffen hatte und bat sie um Rat. Die Magd war ganz erschrocken, und nachdem sie gleichfalls Ruggieri vergeblich gerüttelt und geschüttelt hatte und ihn ebensowohl als ihre Frau für tot hielt, war sie mit ihr der Meinung, man müsse ihn eilig aus dem Hause schaffen. „Allein wohin schaffen wir ihn," fragte die Dame, „damit man morgen früh, wenn man ihn findet, nicht merkt, daß er aus diesem Hause gebracht worden ist?“ „Madonna,“ sprach die Magd, „ich sah heute abend vor der Tür unseres Nachbarn, des Zimmermanns, einen leeren Kasten stehen, der uns trefflich zustatten kommen wird, wenn ihn der Nachbar nicht wieder ins Haus genommen hat. Da wollen wir ihn hineinlegen, ihm ein paar Messerstiche geben und ihn liegen lassen. Wer ihn dort findet, wird so wenig auf uns als auf jemand anders Verdacht schöpfen, sondern weil er immer ein Lump und ausschweifender Mensch war, so wird man denken, daß ein Feind bei irgendeiner Schandtat ihn betroffen, umgebracht und in den Kasten geworfen habe.“

Die Dame bezeigte ihren Gefallen an dem Rat der Magd, die Messerstiche ausgenommen, gegen welche sie sich erklärte, weil sie es für keinen Preis in der Welt über ihr Herz bringen könne. Sie ließ also ihre Magd zusehen, ob die Kiste noch da wäre. Die Magd ging hin und fand die Kiste noch an Ort und Stelle. Sie kam wieder, und da sie ein rüstiges, handfestes Weib war, so nahm sie Ruggieri auf die Achseln; die Frau ging voraus und gab acht, ob auch niemand käme, und so warfen sie ihn in den Kasten, machten den Deckel zu und gingen davon.

Ein paar Häuser weiter waren vor einigen Tagen zwei Leute eingezogen, die auf Wucher liehen und gern viel gewinnen, aber wenig ausgeben mochten. Diese brauchten noch allerlei Hausrat und hatten unter anderm ihre Augen auf diesen Kasten geworfen, um ihn wegzunehmen, wenn er die Nacht über auf der Straße stehenbleiben sollte. Sie kamen also um Mitternacht heraus und schleppten den Kasten, obwohl er ihnen ein wenig schwer zu sein schien, ohne lange Untersuchung nach ihrem Hause und stellten ihn neben die Kammer, wo ihre Weiber schliefen; worauf sie zu Bett gingen, ohne ihn erst zurechtzurücken, und sich vorderhand nicht darum bekümmerten, ob der Kasten feststände oder nicht.

Ruggieri, der eine geraume Zeit geschlafen hatte und bei welchem die Wirkung des Trankes allmählich nachließ, erwachte kurz vor Tagesanbruch; der Schlaf war ihm zwar vergangen und seine Sinne fingen an, wieder ihre Dienste zu verrichten, doch fühlte er noch eine gewisse Betäubung im Kopf, die noch einige Tage nachher dauerte. Als er die Augen öffnete und nichts sehen konnte, und als er die Hände ausstreckte und fühlte, daß er in einem Kasten lag, fing er an nachzusinnen und dachte bei sich selbst: „Was ist das? Wo bin ich? Schlafe ich oder bin ich wach? Ich war doch diesen Abend in dem Zimmer meiner Geliebten, und nun liege ich, wie es scheint, in einem Kasten; was mag das bedeuten? Sollte der Arzt wiedergekommen oder sonst etwas vorgefallen sein, daß sie mich in diesem Kasten verborgen hätte? Sowas muß es gewiß sein." Er lag demnach still und horchte, ob er nicht etwas vernehmen könne. Als er aber lange ausgeharrt hatte und seine Lage in dem engen Kasten ihm sehr unbequem ward, wollte er sich auf die andere Seite herumdrehen, weil ihn die eine schon schmerzte; und er tat dieses so ungeschickt, daß der Kasten, der auf einer ungleichen Stelle stand, durch den Stoß der Hüfte an die eine Seite ins Schwanken kam und schließlich umfiel, und beim Fallen ein solches Gepolter machte, daß die Frauen, welche dicht daneben schliefen, davon erwachten, aber vor Furcht stillschwiegen.

Ruggieri ward bei dem Falle des Kastens bange; weil er aber merkte, daß im Fallen zugleich der Deckel aufgesprungen war, wollte er vor allen Dingen lieber heraus sein als länger darin bleiben. Weil er aber nicht wußte, wo er war, und bald hier, bald dort im Hause herumtappte, um eine Tür oder eine Treppe zu suchen, um sich davonzumachen, so hörten ihn die Frauen sein Wesen treiben und riefen endlich: „Wer da?"

Ruggieri, der eine unbekannte Stimme hörte, gab keine Antwort, weswegen die Frauen die zwei Männer riefen, die aber, weil sie spät zu Bett gegangen waren, so fest schliefen, daß sie von allem nichts hörten. Die Frauen, die sich immer mehr fürchteten, sprangen endlich an ein Fenster und riefen aus vollem Halse: „Diebe, Diebe!" Darüber kamen einige von den Nachbarn über die Dächer und von da und dort in das Haus; die Hausherren wurden endlich von dem Lärm ebenfalls wach und standen auf. Ruggieri, der sich an diesem fremden Orte befand, war vor Schreck und Erstaunen außer sich und wußte weder List noch Kunst, wie er entkommen sollte. Die Stadtpolizisten hörten den Lärm und kamen dazu, nahmen ihn gefangen und führten ihn zum Richter. Weil ihn jedermann als einen liederlichen Burschen kannte, so spannte man ihn ohne viele Umstände auf die Folter und zwang ihn zu bekennen, daß er den Wucherern ins Haus geschlichen wäre, um sie zu bestehlen; und schon wollte der Stadtrichter ihn deswegen ohne weitere Untersuchung hängen lassen.

Inzwischen verbreitete sich des Morgens in ganz Salerno das Gerücht, daß Ruggieri über einem Diebstahl bei den Wucherern ertappt worden wäre. Die Frau des Arztes und ihre Magd erstaunten darüber dermaßen, daß sie beinahe glaubten, alles, was sie am vorigen Abend getan hätten, wäre nur ein Traum und keine Wirklichkeit gewesen. Überdies war der Dame wegen der Gefahr, worin Ruggieri schwebte, so angst, daß sie beinahe von Sinnen kam. Es war noch nicht viel mehr als anderthalb Stunden seit Sonnenaufgang verstrichen, als der Arzt von Amalfi zurückkehrte und nach seiner Flasche mit dem Tranke fragte, weil er hingehen wollte, seinen Kranken zu besorgen. Als er nun die Flasche leer fand, machte er einen gewaltigen Lärm darüber, daß in seinem Hause nichts an Ort und Stelle bleiben könne. Seine Frau, die andere Sorgen auf dem Herzen hatte, gab ihm verdrießlich zur Antwort: „Was würdest du erst sagen, wenn etwas von Wichtigkeit geschehen wäre, wenn du so viel Aufhebens um ein vergessenes Glas Wasser machst, als wenn sonst kein Wasser mehr in der Welt wäre."

„Du denkst wohl, Frau," sprach er, „daß nur klares Wasser in der Flasche war; aber das ist's nicht, sondern es war ein Schlaftrunk, den ich hatte machen lassen." Er erzählte ihr zugleich, warum und für wen er ihn verordnet hätte.

Als die Frau dieses hörte, fiel es ihr sogleich auf, daß Ruggieri ohne Zweifel diesen Trank genommen und daß sie ihn aus dieser Ursache für tot gehalten hätte. Sie entschuldigte sich demnach mit ihrer Unwissenheit und sagte zu ihrem Manne, er müsse ihn nun schon von neuem machen lassen; das tat der Doktor, weil es ja doch nicht mehr zu ändern war. Bald darauf kam die Magd zurück, die von ihrer Frau ausgesandt war, um sich zu erkundigen, was man von Ruggieri sage. „Madonna," sprach sie, „jedermann spricht Böses von ihm, und ich habe nicht gehört, daß ein einziger Freund oder Verwandter sich für ihn verwendet oder um ihn bekümmert. Man meint, daß ihn der Richter morgen wird aufknüpfen lassen. Ich will Euch noch sagen, auf welche Art er, wie ich merke, in das Haus der Wucherer muß gekommen sein, und was meint Ihr wohl wie? Ihr wißt doch, daß wir ihn gestern abend vor der Türe des Nachbars Zimmermann in einen Kasten legten? Jetzt eben gab's zwischen diesem und dem Manne, dem der Kasten gehört, einen heftigen Zank; denn der eine wollte das Geld für den Kasten haben, und der Zimmermann behauptete, er habe ihn nicht verkauft, sondern er sei ihm in der Nacht gestohlen worden. 'Das ist nicht wahr', sprach der andere. 'Du hast ihn den zwei Wucherern verkauft; das haben sie mir selbst gesagt, als ich ihn bei Ruggieris Gefangennehmung in ihrem Hause stehen sah.'

'Die Schelme lügen', antwortete der Zimmermann. 'Ich habe ihn nie an sie verkauft, sondern sie haben ihn mir wahrscheinlich diese Nacht gestohlen. Laß uns zu ihnen hingehen.' Damit gingen sie beide einträchtig nach dem Hause der Wucherer, und ich eilte nach Hause. Ihr begreift nun wohl ebensogut wie ich, daß man Ruggieri mit dem Kasten dahin getragen hat, aber das begreife ich nicht, wie er wieder auferstanden ist."

Die Frau sah jetzt vollkommen ein, wie alles zugegangen war; sie erzählte der Magd, was sie von ihrem Manne gehört hatte, und bat sie, auf Mittel zu denken, Ruggieri zu retten, wenn es irgend möglich wäre, ohne ihre eigene Ehre dabei aufs Spiel zu setzen.

„Sagt mir nur, Madonna, wie ich's anfangen soll," sprach die Magd, „so bin ich zu allem bereit."

Die Dame, der das Messer an der Kehle saß, besann sich dennoch geschwind auf einen Anschlag, den sie mit ihrer Magd verabredete. Demzufolge ging die Magd zuerst zu ihrem Herrn und sagte mit Tränen zu ihm: „Gestrenger Herr, ich muß Euch um Verzeihung bitten wegen eines großen Fehltritts, den ich begangen habe."

„Nun, was gibt's denn?" fragte der Arzt.

„Ach Herr," fuhr sie weinend fort, „Ihr wißt wohl, was Ruggieri da Jeroli für ein lockerer Gesell ist. Er hat sich in mich verliebt, und halb mit Liebe, halb mit Gewalt, hat er mich vor ein paar Tagen bewogen, seine Liebste zu werden. Als er nun hörte, daß Ihr gestern abend nicht zu Hause waret, hat er mir so lange zugesetzt, bis ich ihn in Eurem Hause zu mir in meine Kammer kommen ließ, bei mir zu schlafen. Er ward durstig, und weil ich mich vor Eurer Frau, die im Saale war, nicht wollte sehen lassen und die Flasche mit Wasser in Eurem Zimmer gesehen hatte, so holte ich sie her und gab sie ihm zu trinken und setzte die leere Flasche wieder hin. Ich höre, daß Ihr so zornig darüber gewesen seid, und ich muß in der Tat bekennen, daß ich sehr übel getan habe -- aber wer fehlt nicht einmal in seinem Leben? Es tut mir herzlich leid, daß ich's getan habe; nicht nur wegen der Sache selbst, sondern auch um der Folgen willen. Ruggieri ist in Gefahr, das Leben darüber zu verlieren; ich bitte Euch deswegen demütig um Vergebung und um Erlaubnis, hinzugehen und mein Bestes zu versuchen, um ihm loszuhelfen."

Als der Arzt dies hörte, konnte er bei all seinem Zorne sich des Lachens nicht enthalten und spöttelnd zu ihr zu sagen: „Du hast dich diesmal selbst gestraft; denn statt eines rüstigen Gesellen, der dir, wie du meintest, wacker den Schlaf vertreiben sollte, hast du eine Schlafmütze bei dir gehabt. Geh nun hin und suche deinen Liebhaber zu retten; aber hüte dich, daß du ihn mir künftig wieder ins Haus bringst, wenn du nicht willst, daß ich dir das Alte mit dem Neuen zugleich auszahlen soll." Als die Magd fand, daß der erste Streich ihr gut gelungen war, säumte sie nicht, nach dem Gefängnis zu eilen, und wußte den Gefangenenwärter schmeichlerisch zu bewegen, daß er ihr erlaubte, mit Ruggieri zu sprechen. Diesem gab sie Bericht von allem, was er vor dem Stadtrichter aussagen müsse, wenn er sein Leben retten wolle, und hernach brachte sie es dahin, daß der Stadtrichter sie vor sich kommen ließ. Weil sie ein hübsches, flinkes Mädchen war, so sagt man, habe sich der Herr Stadtrichter nur unter gewissen Bedingungen dazu willfährig finden lassen, welche sich die christliche Jungfrau, um ihren guten Endzweck zu fördern, gern gefallen ließ und hernach, als sie sich von ihrer Niederlage erhob, zu ihm sagte: „Gnädiger Herr, Ihr habt Ruggieri da Jeroli als einen Spitzbuben verhaften lassen, allein ihm geschieht Unrecht." Sie erzählte ihm darauf eine lange Geschichte vom Anfang bis zum Ende, daß er ihr Liebhaber wäre, daß sie ihn zu sich in das Haus ihres Herrn, des

Wundarztes, hätte kommen lassen; sie beschrieb ihm, wie sie ihm aus Unwissenheit den Schlaftrunk zu trinken gegeben und daß sie ihn hernach für tot in den Kasten gelegt habe; sie sagte ihm auch, wie sie das Gespräch zwischen dem Zimmermann und dem Eigentümer der Kiste gehört hätte, und erklärte ihm auf diese Weise, wie Ruggiere in der Kiste nach dem Hause der Wucherer gekommen wäre.

Der Stadtrichter fand, daß er leicht auf den Grund dieser Geschichte kommen könnte; er sandte also vor allen Dingen nach dem Arzte und erfuhr von ihm, daß es mit dem Schlaftrunk seine Richtigkeit habe. Darauf ließ er den Zimmermann und den Eigentümer des Kastens vorladen, desgleichen die beiden Wucherer, und nach langem Hin und Her fand er heraus, daß die Wucherer die Kiste wirklich in der Nacht gestohlen und nach ihrem Hause gebracht hatten. Zuletzt ließ er auch Ruggieri vorführen und fragte ihn, wo er die Nacht zugebracht habe. Dieser antwortete ihm, wo er sie zugebracht habe, das wisse er selbst nicht; wohl aber, daß er des Abends zu der Magd des Doktors Mazzeo gegangen wäre, in der Absicht, die Nacht bei ihr zu verbringen, daß er in ihrer Kammer vor Durst ein Wasser getrunken habe und daß er nicht wisse, was hernach mit ihm vorgegangen sei, bis er sich beim Erwachen in einer Kiste in dem Hause der Wucherer befunden habe.

Der Stadtrichter fand die ganze Begebenheit so spaßhaft, daß er sie sich von dem Mädchen, von Ruggieri, von dem Zimmermann und von den Wucherern mehr als einmal wiederholen ließ. Als er einsah, daß Ruggieri unschuldig war, ließ er ihn auf freien Fuß setzen und legte den Wucherern für den Diebstahl an der Kiste eine Geldbuße von zehn Unzen Silber auf.

Ruggieri war froh darüber, daß er so gut wegkam. Und seine Dame erst! Oft pflegte sie noch mit ihm und mit dem gutherzigen Mädchen, das ihn mit Messerstichen hatte traktieren wollen, sich über diesen Vorfall zu ergötzen und zu scherzen. Ihr Liebesverhältnis setzten sie noch lange vom Guten zum Besseren fort.

11. Novelle

Cimon wird durch die Liebe vernünftig; er entführt Iphigenia, seine Geliebte, mit Gewalt auf dem Meere. In Rhodus gerät er in Gefangenschaft, aus welcher Lysimachus ihn befreite und gemeinschaftlich mit ihm Iphigenia und Kassandra an ihrem Hochzeitstage entführt, worauf sie mit ihnen nach Kreta fliehen, sich mit ihren Geliebten vermählen und darauf in Frieden nach Hause berufen werden.

Wir lesen in den alten Geschichten der Cyprier, daß einst auf der Insel Cypern ein adeliger Mann lebte namens Aristippus, der unter allen seinen Landsleuten den größten Überfluß an zeitlichen Gütern besaß. Nichts werde seinem Glück gefehlt haben, wenn das Schicksal ihm nicht in einer Hinsicht ein größeres Herzeleid als anderen Menschen beschieden hätte; er hatte nämlich unter mehreren Kindern einen Sohn, der zwar an Größe, Wohlgestalt und Schönheit alle übrigen Jünglinge übertraf, allein ein Halbidiot war, so daß alle Hoffnung verloren schien, etwas aus ihm zu machen. Er hieß eigentlich Galeso; weil aber weder die Mühe, die seine Lehrer sich mit ihm gaben, noch die Güte oder Strenge seines Vaters, noch irgendein Mittel, welches andere Leute ersonnen, imstande waren, ihm das geringste von den Wissenschaften oder guten Sitten beizubringen, so pflegte man ihn wegen seiner groben und plumpen Stimme, Gebärden und Handlungen, die mehr viehisch als menschlich waren, Cimon zu nennen, ein Beiname, der bei ihnen ebensoviel bedeutete, als wenn wir jemand ein Vieh schelten. Sein ungeschliffenes Benehmen machte seinem Vater vielen Verdruß, bis er endlich alle Hoffnung aufgab, ihn zu einem rechtlichen Menschen zu erziehen. Um ihn nur aus seinen Augen zu entfernen, schickte er ihn auf ein Dorf und befahl ihm, bei den Knechten und Bauern zu bleiben. Dieses ließ er sich auch gern gefallen, weil ihm selbst die bäurische Lebensart besser behagte als der Umgang mit den Menschen in der Stadt.

Als nun Cimon auf dem Lande lebte und sich mit Feldarbeit beschäftigte, traf es sich eines Tages kurz nach Mittag, daß er mit seiner Hacke auf der Schulter von einem Dorf nach einem andern ging und durch ein hübsches Gehölz kam, welches, es war im Mai, in dem herrlichsten Laube prangte. Hier schien sein Glücksstern seine Schritte nach einer Wiese zu leiten, die von hohen Bäumen umgeben und an einer Seite von einem schönen kühlen Bache umflossen ward. An dessen Ufer sah er auf dem grünen Rasen ein wunderschönes Mädchen in einem so leichten Gewande schlafen, daß es fast keinen ihrer blendenden Reize verbarg; denn vom Gürtel niederwärts hatte sie nur eine feine weiße Decke über sich gebreitet. Zu ihren Füßen schliefen zwei Frauen und ein Mann, wohl ihre Bediensteten. Als Cimon das Mädchen erblickte, stutzte er, als wenn er noch nie eine weibliche Gestalt gesehen hätte, stützte sich auf seine Hacke und betrachtete sie mit stummer Verwunderung. In seiner rauhen Brust, der tausend Lehren und Ermahnungen nicht einen Funken Empfindung für eine gesittete Aufführung hatten beibringen können, ward auf einmal ein Gefühl erweckt, welches seinem groben, plumpen Vorstellungsvermögen zu verstehen gab, dies sei das schönste Wesen, welches jemals ein Sterblicher erblickt habe. Jetzt fing er an, auch die einzelnen Teile dieser Schönheit zu mustern; er bewunderte ihr Haupthaar, dem das Gold an Glanze weichen mußte, die Stirne, die Nase, den Mund, den Hals und die Arme; vor allen Dingen aber die sanften Brüste, die eben anfingen, sich zu wölben. Und als wenn er aus einem Bauern auf einmal zum Kenner und Richter der Schönheit geworden wäre, so konnte er sich den Wunsch nicht versagen, ihre Augen zu sehen, die ein tiefer Schlaf noch verschlossen hielt. Um diese zu erblicken, wandelte ihn mehr als einmal die Lust an, die schöne Schläferin zu wecken. Weil er sie aber unendlich schöner fand als alle Frauen, die er jemals gesehen hatte, so zweifelte er, ob sie nicht vielleicht eine Göttin wäre, und weil er noch Verstand genug hatte, um einzusehen, daß er Göttern mehr Ehrfurcht schuldig wäre als Menschen, so enthielt er sich und wollte lieber warten, bis sie von selbst erwachen würde. Wiewohl ihm darüber die Zeit fast zu lang ward, so empfand er doch so viel Vergnügen, daß er sich nicht entschließen konnte, sich zu entfernen. Endlich fügte es sich, daß die Jungfrau, deren Name Iphigenia war, früher als ihre Leute erwachte und, indem sie ihre Augen aufschlug und ihr Haupt erhob, den Cimon erblickte, wie er auf seine Hacke gestützt vor ihr stand. Da ihn jedermann kannte, sowohl wegen seines bäurischen Wesens und seiner schönen Gestalt, als weil er der Sohn eines so angesehenen und vermögenden Mannes war, so nannte sie ihn bei seinem Namen und fragte: „Cimon, was hast du um diese Stunde hier im Walde zu schaffen?“ Cimon antwortete nicht, sondern indem ihre Augen sich öffneten, blickten die seinigen sie unverwandt an, und er schien zu empfinden, daß eine sanfte Süßigkeit, die sie ihm einflößten, sein Innerstes mit einem nie gekannten Entzücken erfüllte. Dieses bemerkte die Jungfrau, und weil sie fürchtete, sein starrer Blick möchte ihn bei seinem bäurischen Wesen zu Unanständigkeiten führen, so weckte sie ihre Frauen, stand auf und sagte: „Gehab dich wohl, Cimon!“ Cimon antwortete: „Ich gehe mit dir.“ Und obwohl die Jungfrau sich seine Begleitung verbat, weil sie sich noch immer vor ihm fürchtete, so konnte sie ihn doch nicht los werden, bis er sie ganz nach ihrem Hause begleitet hatte. Von Stunde an ging er zu seinem Vater und erklärte ihm, er habe durchaus keine Lust, wieder nach dem Dorfe zurückzukehren. Dem Vater war dies zwar nicht lieb, doch ließ er ihm seinen Willen, indem er neugierig war, zu sehen, was ihn bewogen hätte, seinen Entschluß zu ändern. Da indessen Cimons Herz, auf welches weder Lehren noch Ermahnungen einigen Eindruck hatten machen können, von Iphigenias Reizen bezwungen, der Pfeil der Liebe getroffen hatte, so entwickelte sich nunmehr bei ihm von Tag zu Tag ein neuer Begriff nach dem andern, so daß sein Vater, seine Verwandten und alle, die ihn kannten, darüber in die äußerste Verwunderung gerieten. Zuerst bat er seinen Vater, ihn zierlich und ordentlich, so wie seine übrigen Brüder, kleiden zu lassen, was der mit Vergnügen tat. Hierauf suchte er den Umgang gebildeter Jünglinge und bemerkte mit Aufmerksamkeit die Aufführung, die sich für Edelleute und besonders für Verliebte schickte; und so lernte er gleich anfangs zu jedermanns Verwunderung in kurzer Zeit nicht nur die ersten Anfangsgründe der Wissenschaften, sondern ward auch bald einer der ersten und geschicktesten Philosophen. Die Liebe, die er zu Iphigenie im Herzen trug, wandelte nicht allein seine rohe bäurische Stimme zum städtischen Wohllaut, sondern er ward auch ein Meister im Gesang und Saitenspiel, im Reiten und Fechten, und bewies sich in allen kriegerischen Übungen zu Wasser und zu Lande gleich tapfer und geschickt. Mit einem Worte, es waren seit dem ersten Tage seiner Liebe noch keine vier Jahre verflossen, so war er der anmutigste, tugendhafteste und vollkommenste Jüngling auf der ganzen Insel Cypern.

Obwohl nun Cimon, wie Jünglinge wohl pflegen, in den Äußerungen seiner Liebe zu Iphigenia manches übertrieb, so ließ sich doch sein Vater dieses nicht nur gerne gefallen, sondern tat ihm auch selbst allen möglichen Vorschub, um in dieser Hinsicht nach seiner Neigung zu handeln, in der Erwägung, daß die Liebe ihn ja aus einem Tiere wieder zu einem Menschen gemacht hatte. Cimon, welcher nach diesem nie wieder Galeso heißen wollte, weil Iphigenia ihn einmal Cimon genannt hatte, suchte endlich das Ziel seiner Wünsche zu erreichen und ließ deswegen bei Cypseo, Iphigenias Vater, wiederholt um sie anhalten. Allein Cypseo gab zur Antwort, er habe sie einem gewissen adeligen Jüngling in Rhodus, namens Pasimunde, bereits versprochen, und er wolle sein Wort nicht brechen. Als nun die Zeit kam, daß die festgesetzte Vermählung sollte vollzogen werden, und der Bräutigam Abgesandte schickte, um seine Braut heimzuholen, dachte Cimon bei sich: Jetzt, Iphigenia, ist es Zeit, zu beweisen, wie sehr ich dich liebe. Dein Anblick hat mich zum Menschen gemacht, dein Besitz würde mich ohne Zweifel zu dem Glück eines Gottes erheben; und wahrlich, ich will dich besitzen oder sterben!

Er warb hierauf in der Stille einige junge Edelleute an, die seine Freunde und Waffenbrüder geworden waren, ließ heimlich ein Schiff ausrüsten und mit allem Nötigen zum Seegefecht versehen und stach in See, um das Fahrzeug abzufangen, das Iphigenia zu ihrem Bräutigam führen sollte. Dieses ging gleichfalls in See und steuerte gerade nach Rhodus zu. Der Vater des Mädchens hatte inzwischen den Freunden ihres Gatten die ihnen gebührende Ehre erwiesen; sie waren mit ihr zu Schiff gegangen und richteten geradeswegs auf Rhodus. Cimon aber lag nicht auf der Bärenhaut; er traf am folgenden Tage mit ihnen zusammen und schrie ihnen zu: „Streicht die Segel oder erwartet euren Tod in den Wellen, wenn ich euch überwinde!“

Seine Gegner brachten ihre Waffen aufs Verdeck und rüsteten sich zum Widerstande. Cimon aber warf nach seinen Worten dem modischen

Schiffe einen eisernen Enterhaken an Bord, als es sich schnell zu entfernen suchte, und befestigte es damit an dem Schnabel des seinigen. Er wartete nicht, bis seine Gefährten ihm folgten, sondern grimmig wie ein Löwe sprang er in das Schiff der Rhodier, achtete nicht die Zahl seiner Gegner, indem die Liebe ihm unüberwindliche Kraft verlieh, stürzte sich, einen Dolch in der Hand, mit erstaunlicher Gewalt mitten unter seine Feinde und schlachtete sie, mit seinem Dolch bald hier- bald dorthin stoßend, wie Schafe ab. Erschrocken warfen die Rhodier ihre Waffen von sich und baten einstimmig um Pardon. „Jünglinge," sprach Cimon zu ihnen, „mich trieb weder Raubgier noch Haß gegen euch, von Cypern auszulaufen und euch im offenen Meere mit bewaffneter Hand anzugreifen, sondern mich bewog das, was mir das Teuerste ist, was ich erwerben kann und was ihr mir ohne Mühe in Frieden gewähren könnt, nämlich Iphigenia, die ich über alles in der Welt liebe. Da ich sie nicht von ihrem Vater in Frieden und Freundschaft erhalten konnte, so zwang mich die Liebe, sie mit den Waffen in der Hand von euch zu gewinnen. Ich bin willens, die Stelle bei ihr zu vertreten, die man eurem Pasimunde bestimmt hatte. Gebt sie mir und zieht in Gottes Namen eure Wege."

Die Jünglinge überlieferten ihm, mehr gezwungen als freiwillig, die in Tränen schwimmende Iphigenia. Als Cimon ihre Tränen fließen sah, sprach er: „Edle Jungfrau, sei unbekümmert. Ich bin dein Cimon, dem seine standhafte Liebe ein größeres Recht gibt, dich zu besitzen, als Pasimunde die gegebene Zusage."

Sobald Cimon sie an Bord seines Schiffes sah, kehrte er wieder um zu seinen Gefährten und ließ die Rhodier fahren, ohne sie im geringsten an ihrem Eigentum zu verletzen. Höchst entzückt über die teure geliebte Beute, sann er nur darauf, sie zu beruhigen, und stellte hiernächst seinen Gefährten vor, daß es nicht ratsam wäre, gleich nach Cypern zurückzukehren; er fand sie auch einstimmig seiner Meinung, daß es besser sein würde, nach Kreta zu gehen, wo sie fast alle und Cimon insbesondere, durch ältere und neuere Verbindungen mit vielen angesehenen Geschlechtern verwandt und befreundet waren, und weil sie daselbst mit Iphigenia in Sicherheit zu sein glaubten, so richteten sie ihren Lauf dahin. Allein das Glück, welches dem Cimon die Eroberung seiner Geliebten leicht genug gemacht hatte, blieb ihm nicht lange treu, sondern es verwandelte nur zu bald die innige Freude des liebenden Jünglings in die bitterste Betrübnis. Es waren noch nicht vier Stunden seit jenem Gefecht mit den Rhodiern vergangen, als mit anbrechender Nacht, von der Cimon sich unaussprechliche, nie gefühlte Seligkeit versprochen hatte, sich ein fürchterlicher Sturm mit Ungewitter erhob, so daß die tobenden Wellen im schrecklichen Kampfe mit dem schwarzen Gewölk sich fast zu vermengen schienen und es den Schiffsleuten unmöglich machten, nicht nur das Schiff zu regieren, sondern sich auf Deck auch nur aufrecht zu erhalten, um alles Nötige zu unternehmen. Cimon war äußerst bekümmert um Iphigenia; er glaubte, die Götter hätten ihm nur deswegen seine Wünsche zum Teil gewährt, damit sie ihm den Tod desto schmerzlicher machten, dem er vorher mutig entgegengegangen war. Seine Gefährten waren nicht weniger in Ängsten; am meisten aber Iphigenia, die bei jeder Schlagwelle ihren Tod in den Wogen zu finden glaubte und Cimon mit seiner Liebe verwünschte und seine Vermessenheit schalt, weil sie gewiß glaubte, das Ungewitter wäre aus keiner anderen Ursache entstanden, als weil die Götter nicht zugeben wollten, daß der, welcher sie wider ihren Ratschluß zu seiner Gemahlin machen wollte, die Frucht seiner verwegenen Unternehmung genießen, sondern daß er sie zuerst elendiglich umkommen sehen und dann selbst dem Tode geweiht werden sollte. Indem nun der Sturm immer heftiger, die Wehklage immer lauter und die Verlegenheit der Schiffsleute immer größer und allgemeiner ward, und niemand wußte, wohin das Schiff triebe, wurden sie bis in die Nähe der Insel Rhodus verschlagen; sie wurden das Land gewahr, und ohne zu wissen, daß es Rhodus war, bemühten sie sich nur, das Schiff unter dem Schutze des Landes vor Anker zu bringen, um ihr Leben zu retten. Das Glück war ihnen auch insoweit günstig, daß sie eine kleine Bucht entdeckten, in die kurz vorher die Rhodier, mit welchen Cimon gekämpft hatte, eingelaufen waren, und kaum entdeckten sie in der Morgendämmerung, daß sie bei Rhodus vor Anker gekommen waren, so bemerkten sie auch, indem sich das Wetter ein wenig aufklärte, in der Entfernung eines Bogenschusses das Schiff, mit welchem sie sich des Abends vorher geschlagen hatten. Cimon ward darüber sehr bestürzt, und weil er ahnte, was ihm bevorstand, so befahl er, alle Kräfte anzustrengen, um das Schiff wieder in See zu bringen und sich dann der Führung des Schicksals zu überlassen, weil sie an keinen schlimmeren Ort als an diesen geraten könnten. Man tat alles mögliche, um die See wieder zu gewinnen, jedoch vergeblich. Der widrige Wind verhinderte sie nicht nur, aus der Bucht wieder auszulaufen, sondern er trieb sie, aller Anstrengungen ungeachtet, nur immer näher ans Land, wo sie von der Mannschaft des modischen Schiffes allsobald gesehen und erkannt wurden.

Unverzüglich lief einer von ihnen nach einem nahegelegenen Landgut, wohin die modischen Edelleute schon vorausgegangen waren, und meldete, daß Cimon und Iphigenia mit ihrem Schiffe zufälligerweise an die gleiche Stelle vom Unwetter verschlagen worden wären.

Dies war den Edelleuten sehr lieb zu hören; sie versammelten eine Menge Leute aus dem Dorfe und eilten nach dem Gestade, wo Cimon mit den Seinigen soeben gelandet und im Begriffe war, mit ihnen in den nahegelegenen Wald zu flüchten. Sie wurden aber sämtlich mit Iphigenia gefangengenommen und nach dem Landgut gebracht. Lysimachus, dem in diesem Jahr die oberste Gewalt auf der Insel anvertraut war, begab sich dahin, begleitet von einem zahlreichen Gefolge bewaffneter Leute aus der Stadt und ließ Cimon nebst den Seinigen, vermöge ihrer Anklage, die Pasimunde bei dem Senat von Rhodus angebracht hatte, ins Gefängnis führen.

So ward dem armen verliebten Cimon seine Iphigenia wieder entrissen, nachdem er sie eben erst entführt und ihr nichts als ein paar Küsse geraubt hatte. Iphigenia ward indessen von vielen edlen Frauen in Rhodus empfangen, die sich bemühten, ihr nach dem Schrecken über ihre Entführung und über die Wut des ungestümen Meeres einige Erholung zu verschaffen, und bei denen sie bis an den Tag verweilte, der zu ihrer Hochzeit angesetzt war. Cimon und seinen Gefährten schenkte man zwar das Leben, weil sie am Tage zuvor den Rhodischen Jünglingen freien Abzug vergönnt hatten (obgleich Pasimunde sich alle Mühe gab, ein

Todesurteil gegen sie auszuwirken), doch verdammte man sie alle zu lebenslänglicher Gefangenschaft.

Pasimunde eilte indessen, Anstalten zu seiner Vermählung zu treffen; doch indem er sich damit beschäftigte, schien das Schicksal es schon wieder zu bereuen, daß es Cimon plötzlich einen so bösen Streich gespielt hatte, und es führte von neuem eine Gelegenheit herbei, um ihm wieder aufzuhelfen. Pasimunde hatte nämlich einen Bruder, dem er zwar an Jahren, aber nicht an guten Eigenschaften überlegen war, namens Ormisda. Dieser hatte sich seit langer Zeit um ein schönes und edles Mädchen der Stadt, Kassandra genannt, beworben, in das Lysimachus gleichfalls sehr verliebt war; doch hatten dieser Heirat bisher verschiedene Hindernisse im Wege gestanden. Als aber Pasimunde jetzt im Begriffe war, seine eigene Hochzeit mit großem Gepränge zu begehen, hielt er es für das beste, um doppelte Unkosten und doppelte Feierlichkeiten zu sparen, daß Ormisda sich zur gleichen Zeit verheirate. Er knüpfte demnach die Unterhandlungen mit Kassandras Eltern wieder an und brachte es glücklich zustande, daß am gleichen Tage, an dem Pasimunde Iphigenia heirate, Ormisda sich Kassandra vermählen solle.

Als Lysimachus dies vernahm, schmerzte es ihn sehr, alle seine Hoffnungen getäuscht zu sehen, weil er sich ganz gewiß geschmeichelt hatte, Kassandra selbst zu bekommen, wenn aus der Heirat mit Ormisda nichts würde. Er verbarg inzwischen listig seinen Unmut darüber, indes er auf Mittel sann, Ormisdas Absichten zu vereiteln; doch sah er dazu keinen anderen Ausweg, als Kassandra zu entführen. Vermöge der Macht, die er in Händen hatte, schien ihm dieses nicht schwer zu sein; doch hielt er eben deswegen diese Maßregel für weniger erlaubt und anständig, als wenn ihm diese Gewalt nicht wäre anvertraut gewesen. Nachdem er jedoch lange darüber hin und her gedacht hatte, behielt endlich die Liebe den Sieg über die Gewissenhaftigkeit, und er entschloß sich, Kassandra zu entführen, es koste was es wolle. Indem er nun überlegte, welche Gehilfen er sich wählen und wie er die Anstalten treffen wolle, fiel ihm Cimon ein, der mit seinen Gefährten im Gefängnis schmachtete, und er glaubte, daß er nirgends einen besseren und treueren Helfer seiner Sache finden könne. Er ließ demnach an einem Abend Cimon insgeheim zu sich kommen und redete ihn folgendermaßen an: „Cimon! So wie die Götter sich den Menschen als die besten und reichlichsten Geber alles Guten zeigen, so wissen sie auch am besten, ihre Tugenden auf die Probe zu stellen und diejenigen nach Verdienst zu belohnen, welche am festesten und beständigsten in allen Wechselfällen des Schicksals befunden werden. Sie verlangten von deiner Tugend größere Beweise, als du in dem Hause deines Vaters hättest geben können, der, wie ich weiß, an allen Glücksgütern einen Überfluß hat. Deswegen haben sie dich, wie ich höre, zuerst durch den Stachel der Liebe aus einem unempfindlichen Tierleben zu einem vernünftigen Zustande erweckt; darauf hat dein hartes Schicksal dich hierher in eine beschwerliche Gefangenschaft geführt, weil die Götter versuchen wollten, ob dein Mut sich durch den plötzlichen Verlust deiner eroberten geliebten Beute würde wankend machen lassen. Bist du aber noch ebenso gesinnt wie vormals, so haben sie dir nie ein erwünschteres Geschenk gemacht als die Gelegenheit, welche sie dir jetzt bieten, und die ich dir verkünden will, damit du dich wieder ermannest und Mut gewinnst. Pasimunde, der sich über dein Unglück freut und dir gern den Tod bereitet hätte, beeilt sich jetzt, seine Vermählung mit deiner Iphigenia zu vollziehen, um sich des Schatzes zu erfreuen, welchen dir dein günstiges Glück zuerst bescherte und ihn dir dann plötzlich im launischen Zorn wieder entriß. Wie sehr dich dieses schmerzen muß, wenn du so zärtlich liebst, wie ich glaube, das weiß ich aus eigener Erfahrung, indem des Pasimundes Bruder Ormisda mir in Kassandras Person, die ich unaussprechlich liebe, an demselben Tage eine ähnliche Kränkung zubereitet. Ich weiß keinen anderen Weg, den das Schicksal uns offen gelassen hat, um diesem Unrecht und dieser Kränkung zuvorzukommen als durch unseren herzhaften Mut und durch die Kraft unseres Armes, der uns mit dem Schwerte die Bahn brechen muß, du zur zweiten, ich zur ersten Entführung der Geliebten. Denn wofern dir, ich will nicht sagen, deine Freiheit, denn diese hat wohl ohne den Besitz Iphigenias nur einen geringen Wert für dich, sondern die Wiedererlangung deiner Geliebten selbst am Herzen liegt, so geben sie dir die Götter in deine Hand, wenn du mir in meinen Unternehmungen beistehen willst."

Diese Worte weckten den gesunkenen Mut in Cimons Brust wieder auf. Er besann sich nicht lange auf eine Antwort, sondern sprach: „Lysimachus, du kannst dir bei dieser Unternehmung weder einen tapferen, noch einen treueren Gefährten wählen als mich, wenn ich dasjenige damit erlangen kann, was du mich hoffen lässest; sage mir also nur, was ich tun soll, so sollst du sehen, mit wieviel Eifer und Kraft ich es ausführen werde." Lysimachus antwortete: „Über drei Tage werden die beiden Bräute ihren Einzug in den Palast ihrer Gatten halten. Am Abend wollen wir beide, du mit deinen Gefährten und ich mit einigen zuverlässigen Männern, das Haus überfallen, unsere Geliebten mitten aus dem Kreise der versammelten Gäste entführen und sie auf ein Schiff bringen, das ich schon heimlich habe ausrüsten lassen, und wer sich uns widersetzt, der soll durch unser Schwert fallen."

Cimon gefiel der Anschlag, und er verhielt sich bis zum anberaumten Zeit still in seinem Gefängnis. Als der Hochzeitstag kam, war der Aufzug sehr festlich und prunkvoll, und im Hause der beiden Brüder erscholl alles von lautem Jubel. Als Lysimachus alles veranstaltet und sich und Cimon samt dessen Gefährten und seinen eigenen Freunden mit Waffen versehen hatte, die sie unter ihren Kleidern versteckten, ermunterte er sie durch eine zweckmäßige Anrede zur wackeren Ausführung der Tat und teilte sie hierauf in drei Haufen, wovon er den einen in der Stille nach dem Hafen schickte, um den Weg nach dem Schiffe nötigenfalls offen zu halten. Mit den beiden anderen Haufen ging er nach dem Hause des Pasimunde, wo er den einen an der Tür ließ, um sich den Rückweg zu sichern. Der andere folgte ihm und Cimon die Treppe hinauf. Als sie in den Speisesaal kamen, wo die jungen Bräute mitten unter vielen anderen Damen bereits an der Tafel saßen, sprangen sie zu, stießen die Tische um, bemächtigten sich ein jeder seiner Geliebten und übergaben sie dem Schutz ihrer Waffengenossen mit dem ausdrücklichen Befehl, sie sofort auf das segelfertige Schiff zu bringen. Die beiden Bräute weinten und jammerten, und alle übrigen Weiber samt den Dienern erhoben ein lautes

Jammern und bald widerhallte das ganze Haus von Lärm und Klagegeschrei. Cimon und Lysimachus zogen ihre Schwerter und bahnten sich, ohne Widerstand zu finden, da alle zurückwichen, den Weg zur Freitreppe. Indem sie die Treppe hinuntereilten, kam ihnen Pasimunde entgegen, der bei dem entstandenen Getümmel mit einer großen Keule herbeigelaufen kam. Cimon versetzte ihm aber einen Schwerthieb, der ihm den Schädel fast voneinander spaltete und ihn tot zu Boden streckte. Der unglückliche Ormisda, der seinem Bruder zu Hilfe eilte, fiel ebenfalls unter den Streichen des Cimon, und einige andere, die ihnen den Weg streitig machen wollten, wurden von den Gefährten des Cimon und Lysimachus verwundet und zurückgetrieben. Sie hinterließen im Hause Blut, Geschrei, Wehklagen und Trauer und erreichten in geschlossenem Haufen schnell und ungehindert den Hafen, wo sie die Damen einschifften und dann selbst in Eile ihr Schiff bestiegen, weil sie sahen, daß schon am Ufer eine Menge bewaffneter Leute sich zusammenrottete, um die beiden Jungfrauen wieder zu befreien. Sie ruderten schnell und fröhlich davon und wurden bei ihrer Ankunft in Kreta von ihren vielen Freunden und Verwandten freudig und herzlich aufgenommen, feierten ihre Hochzeit und erfreuten sich ihrer geliebten Beute. In Cypern und auf Rhodus entstanden indessen große und langwierige Fehden um ihretwillen. Doch endlich schlugen sich einige friedliebende Freunde und Verwandte auf beiden Inseln ins Mittel und brachten es dahin, daß Cimon und Iphigenia nach einer kurzen Verbannung wieder nach Cypern und Lysimachus mit Kassandra nach Rhodus zurückkehren durften. Und noch lange lebte jedes Paar glücklich in seiner Heimat.

12. Novelle

Ricccciardo Manardi wird von Messer Lizio da Valbona bei seiner Tochter im Bette gefunden; er heiratet sie und lebt ferner in Frieden und Freundschaft mit ihrem Vater.

Es ist noch nicht lange her, da in Romagna ein braver und angesehener Kavalier lebte, namens Messer Lizio da Valbona, den seine Gemahlin, Madonna Giacomina, indem er schon zu altern anfing, mit einer Tochter beschenkte, die, als sie heranwuchs, alle Mädchen an Schönheit und Liebreiz übertraf, und weil sie überdies das einzige Kind ihrer Eltern war, von ihnen außerordentlich geliebt und zugleich mit äußerster Sorgfalt bewacht ward, weil die Eltern hofften, sie besonders vorteilhaft zu verheiraten. Ein gewisser schöner, rüstiger Jüngling von dem Geschlecht der Manardi aus Bretinoio, namens Ricciardo, lebte inzwischen mit dem Vater auf einem so vertrauten Fuße, daß weder er noch seine Gattin ihn anders als wie ihren eigenen Sohn betrachteten und ihn ebenso unbefangen bei sich aus- und eingehen ließen. Als dieser das schöne, reizende, wohlerzogene Mädchen, das eben zum mannbaren Alter herangereift war, täglich vor Augen hatte, verliebte er sich glühend in sie, wußte aber seine Liebe so zu verbergen, daß nur sie allein sie bemerkte und nicht unterließ, seine Zärtlichkeit zu erwidern. Ricciardo war froh, als er diese Entdeckung machte, und mehr als einmal schwebte ihm seine Liebeserklärung auf der Zunge; doch lange hielt ihn seine Schüchternheit zurück, bis er sich endlich einst ein Herz faßte und sagte: „Catarina, ich bitte dich, laß mich nicht vor Liebe sterben."

„Wollte Gott," gab sie ihm zur Antwort, „daß du mich nicht noch mehr sterben, vielmehr verschmachten ließest." Diese Antwort löste ihm vollends die Zunge, und er versetzte: „An mir soll es nicht liegen, alles zu tun, was du wünschest; aber du mußt für das Mittel sorgen, dir und mir das Leben zu retten."

„Du siehst, Ricciardo," antwortete Catarina, „Wie streng ich bewacht werde, und ich weiß kein Mittel zu entdecken, wie du zu mir kommen könntest; kannst du dich aber auf etwas besinnen, das ich ohne

Verletzung meines guten Rufes tun kann, so sprich, und es soll geschehen."

Ricciardo, der darüber schon nachgedacht hatte, sagte sofort: „Holde Catarina, ich weiß kein anderes Mittel, als wenn du versuchtest, auf den Balkon, der nach eurem Garten herausgeht, zu kommen oder dort zu schlafen. Wenn ich dann wüßte, daß du in der Nacht dort wärst, wollte ich schon zu dir hinaufklettern, so hoch es ist."

„Wenn du es wagen willst hinaufzukommen, so hoffe ich es schon so einzurichten, daß man mir erlaubt, dort zu schlafen", sprach Catarina. Ricciardo antwortete, er wolle es gewiß wagen. Ein verstohlener Kuß besiegelte diese Verabredung, worauf sie einander schnell verließen. Es ging schon gegen Ende des Maimonats. Am folgenden Tage beklagte sich Catarina bei ihrer Mutter, daß sie in der vorigen Nacht in ihrem Zimmer vor Hitze nicht hätte schlafen können.

„Was sprichst du von Hitze, Kind?" sprach die Mutter. „Es war ja noch nicht einmal warm."

„Wenn Ihr sagtet," erwiderte Catarina, „meiner Ansicht nach, so möchte es wohl seine Richtigkeit haben, liebe Mutter. Aber Ihr müßt bedenken, daß junge Mädchen heißeres Blut haben als bejahrte Frauen."

„Das ist wahr, mein Töchterchen", sprach, die Mutter. „Allein ich kann nicht über Wärme und Kälte gebieten, wie du wohl wünschest. Man muß die Witterung so nehmen, wie sie die Jahreszeit mit sich bringt; vielleicht wird es künftige Nacht kühler, daß du ruhiger schlafen kannst."

„Das gebe der Himmel", sprach Catarina. „Aber die Nächte pflegen gewöhnlich gegen den Sommer nicht kühler zu werden."

„Was soll denn also nach deinem Willen geschehen?" fragte die Mutter wieder.

„Wenn Ihr und der Vater nichts dawider hättet," antwortete die Tochter, „so möchte ich mir wohl neben seinem Zimmer, auf dem Balkon, der nach dem Garten liegt, ein Bett machen und die Nacht da schlafen. Ich würde die Nachtigall singen hören und im Kühlen viel besser schlafen als bei Euch in Eurem Zimmer."

„Gut, mein Töchterchen", sprach die Mutter. „Ich will's dem Vater sagen, und wenn er damit zufrieden ist, so soll es geschehen."

Als die Frau Messer Lizio die Sache vortrug, gab er ihr, weil er ein alter Mann und daher vermutlich ein wenig mürrisch war, zur Antwort: „Was schwatzt das Mädel von einer Nachtigall, die sie in den Schlaf singen soll? Ich werde sie lehren, sich vom Gezirp der Zikaden einschläfern zu lassen."

Als Catarina diese Antwort von ihrer Mutter hörte, brachte sie, mehr aus Verdruß als vor Hitze, die folgende Nacht nicht allein schlaflos zu, sondern sie ließ auch ihrer Mutter keine Ruhe und klagte beständig über die große Hitze. Des andern Morgens sprach die Mutter zu Messer Lizio: „Du hast wenig Liebe für das arme Mädchen. Was kann es dir schaden, wenn sie auf dem Balkon schläft? Sie hat die vergangene Nacht vor lauter Hitze im Bett keine Ruhe gehabt; und ist es denn so wunderbar, daß ein junges Mädchen so gern die Nachtigall singen hört? Sie ist ja noch blutjung. Jugend ist Jugend und liebt, was sie mag."

„Nun gut denn," sprach Messer Lizio, „laß ihr ein Bett machen wie und wo du willst, aber laß es mit Vorhängen umgeben; mag sie sich dann nach Herzenslust vom Gesang der Nachtigall einwiegen lassen."

Als Catarina dies erfuhr, eilte sie, sich ihr Bett bereiten zu lassen, und weil sie schon in der folgenden Nacht dort schlafen durfte, gab sie, sobald sie Ricciardo gewahr ward, ihm ein gewisses Zeichen, woran er ersah, was er zu tun hätte. Messer Lizio, der hörte, daß seine Tochter zu Bett gegangen war, verschloß die Tür, die aus seinem Zimmer nach dem Balkon ging, und legte sich gleichfalls zu Bett. Als Ricciardo merkte, daß alles im Hause still war, erstieg er mit Hilfe einer Leiter die Gartenmauer und kletterte dann an den Absätzen der Mauer des Hauses, nicht ohne große Gefahr abzustürzen, hinauf bis auf den Balkon, wo ihn sein Mädchen in aller Stille mit großer Freude empfing. Sie küßten sich und legten sich zusammen nieder und schenkten sich gegenseitig alle Freuden und Wonnen ihrer jungen Leiber und Seelen. Die Geschichte sagt nicht, wie oft sie die Nachtigall schlagen ließen; weil aber ihre Lust groß und die Nacht kurz war, so verging ihnen diese so schnell, daß sich ihnen unbemerkt der Tag bereits näherte, als sie kaum Zeit gehabt hatten, ein wenig einzuschlummern; und teils die warme Jahreszeit, teils ihre zärtlichen Liebkosungen hatten sie so erhitzt, daß sie ohne alle Bedeckung lagen. Catarina hatte mit der Rechten den Hals ihres Geliebten fest umschlungen und mit der Linken hielt sie das Ding, das Frauen, besonders vor Männern, zu nennen sich schämen. In dieser Lage schliefen sie noch, als der Tag sie überraschte, aber nicht weckte. Messer Lizio stand auf, und weil es ihm einfiel, daß seine Tochter auf dem Balkon schlief, war er neugierig zu sehen, wie sie bei dem Nachtigallensang geruht hätte. Leise öffnete er die Tür, hob den Vorhang, der vor das Bett gespannt war, vorsichtig auf und fand die beiden Verliebten in der vorbeschriebenen Stellung nackt, unbedeckt und umschlungen im süßesten Schlafe. Als er das Gesicht des Ricciardo erkannte, kehrte er wieder um, ging nach der Kammer seiner Frau, weckte sie und sagte: „Steh geschwind auf, Frau; deine Tochter hat die Nachtigall so reizend gefunden und ihr so gut nachgestellt, daß sie sie gefangen hat und noch immer in der Hand hält."

„Wie ist das möglich!" rief die Frau.

„Das sollst du sehen, wenn du nur geschwind kommst", antwortete Messer Lizio.

Sie warf geschwind ihr Morgengewand über und folgte leise ihrem Manne, der sie an das Bett führte, den Vorhang wegschob und ihr zeigte, wie fest ihre Tochter die Nachtigall hielt, nach deren Gesang sie sich so gesehnt hatte. Die Mutter, welche sich von Ricciardo gröblich betrogen fühlte, wollte Lärm machen und ihn mit Vorwürfen überschütten! Allein Messer Lizio sagte zu ihr: „Frau, wenn du mich liebst, so halte den Mund. Da sie die Nachtigall einmal gefangen hat, so soll sie sie auch behalten. Ricciardo ist reich und ein Edelmann; eine Verbindung mit ihm kann nicht anders als vorteilhaft für uns sein. Will er sich mit mir in Güte vertragen, so muß er das Mädchen heiraten, damit er innewird, daß er die Nachtigall nicht in einen fremden Käfig, sondern in seinen eigenen gesperrt hat."

Damit ließ sich die Frau besänftigen, zumal sie sah, daß ihr Mann über den Vorfall nicht aufgebracht war. Weil sie fand, daß ihre Tochter eine gute Nacht gehabt, gut geschlafen und den Vogel gefangen hatte, so gab sie sich zufrieden und schwieg.

Bald nach diesem Gespräch, sie brauchten nicht lange zu warten, erwachte Ricciardo, und als er fand, daß es schon hellichter Tag war, dachte er, er wäre des Todes. „O Himmel, liebes Herz!" rief er, indem er Catarina weckte. „Was fangen wir an? Der Tag ist schon angebrochen und hat mich hier überrascht."

Indem hob Messer Lizio den Vorhang auf und sagte: „Dafür soll wohl Rat werden."

Ricciardo glaubte schon, daß ihm das Herz aus dem Leibe gerissen würde, als er den Alten erblickte. „Ach, Herr!" sprach er, indem er sich im Bett aufrichtete. „Habt Gnade mit mir, um Gottes willen! Ich bekenne, daß ich als ein treuloser und böser Mensch den Tod verdient habe. Macht mit mir, was Ihr wollt, nur bitte ich Euch, schonet womöglich mein Leben und bringt mich nicht um."

„Ricciardo," antwortete der Alte, „meine Liebe für dich und das Vertrauen, das ich dir schenkte, hatten diesen Lohn nicht von dir verdient. Weil aber die Sache einmal so steht, und weil deine Jugend dich zu diesem großen Fehltritt verleitet hat, so kannst du deinen Tod und meine Schande abwenden, wenn du dich mit Catarina vermählst, sie auf immer zu der Deinigen machst, damit sie immer dein sei, wie sie es diese Nacht gewesen ist. Auf diese Weise kannst du meine Verzeihung erlangen und dir selbst das Leben retten. Wo nicht, so befiehl deine Seele Gott!"

Catarina hatte indessen die Nachtigall losgelassen, die Decke über die Augen gezogen und bitterlich geweint. Jetzt bat sie ihren Vater um Verzeihung für Ricciardo und ihren Geliebten um seine Einwilligung in die ihm vorgeschriebene Bedingung, damit sie einander in guter Ruhe noch viele Nächte wie die vergangene schenken könnten. Ricciardo ließ sich nicht lange bitten; denn ihn bewog teils die Scham über seinen begangenen Fehler und der Wunsch, ihn wieder gutzumachen, teils die

Furcht vor dem Tode und die Liebe zum Leben; und vor allen Dingen seine innige Liebe und die Begierde, seine Geliebte völlig zu besitzen, so daß er sich nicht einen Augenblick bedachte und erklärte, er wolle sich in den Willen Messer Lizios fügen und tun, was er heische. Lizio ließ sich demnach von seiner Frau einen Ring bringen, mit dem Ricciardo in ihrer beider Gegenwart sich unverzüglich mit Catarina feierlich verlobte. Darauf gingen die beiden Alten wieder davon und sagten. „Schlaft nun aus, denn das habt ihr vielleicht nötiger als das Aufstehen." Nach ihrem Weggang umarmten sich die beiden jungen Menschen von neuem, und da sie in der Nacht erst sechs Meilen geritten waren, so brachten sie es, bevor sie aufstanden, noch auf weitere zwei und ließen es dann für diesen Tag genug sein. Ricciardo nahm sogleich nach dem Aufstehen mit seinem Schwiegervater gehörige Abrede, wiederholte in Gegenwart aller beiderseitigen Freunde und Verwandten die Vermählung nach einigen Tagen förmlich, worauf er seine junge Frau mit großem Prunk heimführte, ein stattliches, schönes Hochzeitsfest veranstaltete und in der Folge den Nachtigallenfang bei Tage und bei Nacht mit ihr in Freude und Frieden fortsetzen konnte, so oft es ihm beliebte.

13. Novelle

Theodoro verliebt sich in Violante, die Tochter seines Herrn Messer Amerigo. Sie wird schwanger, und er wird zum Galgen verurteilt. Indem man ihn mit Geißelhieben nach dem Richtplatze führt, erkennt ihn sein Vater; er kommt los und heiratet seine Geliebte.

Zur Zeit, als der gute König Wilhelm über Sizilien herrschte, lebte auf dieser Insel ein Edelmann namens Messer Amerigo, Abata von Trapani, der unter anderen zeitlichen Gütern auch mit Kindern reichlich gesegnet war. Weil er nun viele Bedienung nötig hatte, und einmal einige genuesische Freibeuter auf ihren Galeeren aus der Levante ankamen, die an der armenischen Küste gekreuzt und eine Menge Kinder entführt hatten, so kaufte er einige davon, weil er sie für Türken hielt. Die meisten schienen Kinder von Hirten, aber ein Knabe befand sich darunter von edlerer Bildung und Anstand als die übrigen, der Theodoro hieß. Als er heranwuchs, ward er, seiner Dienstbarkeit ungeachtet, ein beständiger Gesellschafter der Kinder seines Herrn, und da bei ihm die Natur über die zufälligen Umstände siegte, so ward er so wohlerzogen und gesittet, daß Amerigo großen Wohlgefallen an ihm fand und ihm die Freiheit schenkte. Weil er von ihm nichts anderes wußte, als daß er ein Türke wäre, so ließ er ihn taufen und Pietro nennen und machte ihn zum Verwalter seines Hauswesens, weil er unbedingtes Zutrauen auf ihn setzte.

Als die Söhne des Amerigo heranwuchsen, entwickelte sich eine seiner Töchter, namens Violante, zu einem sehr schönen und liebenswürdigen Mädchen, und weil ihr Vater eben nicht eilte, sie zu verheiraten, so hatte sie Zeit, sich in Pietro zu verlieben, den sie wegen seines angenehmen Wesens und seiner Aufführung sehr hoch schätzte; doch schämte sie sich, ihm ihre Neigung zu entdecken. Die Liebe sparte ihr indessen diese Mühe; denn so schüchtern auch die Blicke Pietros ihre Reize gemustert hatten, so hinterließen diese dennoch einen so tiefen Eindruck auf sein Herz, daß ihm nicht wohl war, wenn er sie nicht sah; wiewohl er sich sorgfältig hütete, daß jemand seine Liebe gewahr würde, die er selbst nicht für erlaubt hielt.

Doch die Jungfrau, die ihn gern sah, ward bald von seiner Gegenliebe überzeugt, und um ihn noch mehr aufzumuntern, ließ sie ihn deutlich merken, daß sie sie billige. So stand es eine geraume Zeit zwischen ihnen, ohne daß sie sich getrauten, einander ihre Herzen zu eröffnen, so sehr dieses auch ihr beiderseitiger Wunsch war. Doch indem sie sich beide von der Glut ihrer Liebe durchdrungen fühlten, bereitete der Zufall eine Gelegenheit, welche sich ihnen ausdrücklich anzubieten schien, damit sie die Schüchternheit fahren ließen, welche bisher ihrer Liebe im Wege gestanden hatte. Herr Amerigo hatte nämlich ungefähr eine Meile von Trapani ein sehr schönes Landhaus, wohin seine Gattin mit ihrer Tochter und mit anderen Frauen oft zum Vergnügen zu Fuß zu gehen pflegte.

Als sich einst an einem schwülen Tage daselbst befanden und Pietro sie dahin begleitet hatte, überzog sich, wie oft im Sommer, der Himmel plötzlich mit Wolken, die ein nahes Ungewitter ankündigten, daher die Dame mit ihrer Gesellschaft, um nicht dort von dem Unwetter überrascht zu werden, sich aufmachte und so schnell wie möglich nach Trapani zurückeilte. Ihre Tochter und Pietro gingen indessen als junge Leute viel schneller als die Mutter und die übrige Gesellschaft, und vielleicht beflügelte die Liebe ihre Schritte nicht weniger als die Furcht vor dem Sturme. Als sie nun bereits einen solchen Vorsprung vor den übrigen gewonnen hatten, daß sie ihnen fast aus dem Gesicht gekommen waren, entstand nach einigen Donnerschlägen ein heftiges Hagelwetter. Die alte Dame nahm nebst ihren Gefährtinnen Zuflucht in einem Bauernhause. Pietro und Violante aber hatten sich in eine kleine, leere, verfallene Hütte geflüchtet, wo sie genötigt waren, sich unter dem geringen Obdach ganz nahe aneinander zu schmiegen. Diese Berührung weckte ihre Sehnsucht und gab ihnen Mut und Worte, sie zu gestehen. Pietro sprach zuerst: „Ach, wollte Gott, daß der Hagel nimmer aufhören möchte, wenn ich unterdessen immer in meiner jetzigen Lage bleiben könnte!“

„Ach!“ seufzte das Mädchen. „Ich fühle mich hier nicht weniger behaglich.“

Auf diese Worte folgte ein Händedruck, auf diesen eine Umarmung; ihre Lippen begegneten einander. Und währenddessen hagelte es immer weiter. -- Doch warum soll ich jede Stufe beschreiben, welche sie allmählich, noch bevor es zu hageln aufhörte, bis zum letzten und höchsten Wonnegenuß der Liebe führte? Genug, sie wurden einig, sich diesen Genuß in Zukunft ferner heimlich zu verschaffen. Das Ungewitter ging vorüber, sie erwarteten vor dem Tore, welches nicht mehr weit war, die Mutter und kehrten mit ihr nach Hause zurück. Hier wußten sie ihre Maßregeln so geschickt zu treffen, daß sie sich noch oft ihrer Liebe insgeheim erfreuen konnten, und dieses währte so lange, bis das Mädchen endlich schwanger ward, worüber sie beide in unbeschreibliche Verlegenheit gerieten. Deshalb probierte sie allerlei Mittel, gegen das Gebot der Natur sich ihrer Leibesfrucht zu entledigen. Aber vergebens. Pietro war deshalb für sein Leben besorgt und wollte fliehen. Als er dieses aber seiner Geliebten sagte, antwortete sie ihm: „Wenn du mich verläßt, so bringe ich mich selbst ums Leben.“

Pietro, der sie zärtlich liebte, versetzte: „Wie kannst du wünschen, meine Seele, daß ich hier bleiben soll? Deine Schwangerschaft wird unsern Fehltritt entdecken. Dir zwar wird man leicht verzeihen, aber ich Armer werde allein für dein und mein Vergehen büßen müssen.“

Das Mädchen erwiderte: „Pietro, mein Fehltritt wird sich freilich nicht verhehlen lassen; aber sei versichert, daß der deinige nimmermehr kund werden soll, wenn du dich nicht selbst verrätst.“

„Wenn du mir dies versprichst, so will ich bleiben,“ sprach Pietro, „aber vergiß nicht, mir Wort zu halten.“ Violante, die, solange sie konnte, ihre anderen Umstände verhehlte, vermochte endlich nicht länger, den zunehmenden Umfang ihrer Gestalt zu verbergen, so daß sie sich gezwungen sah, ihrer Mutter mit Tränen ihren Zustand zu offenbaren und sie um Schonung und Rettung zu bitten. In der ersten Hitze machte die Mutter ihr die härtesten Vorwürfe, indem sie zugleich darauf drang, genau zu wissen, wie alles zugegangen wäre. Violante fand jedoch Mittel, die Wahrheit in ein fabelhaftes Gewand zu hüllen, um alles Unglück von Pietro abzuwenden. Die Mutter glaubte ihr und schickte ihre Tochter nach einer entlegenen Meierei, um ihren Zustand zu verbergen. Hier überfiel sie die Stunde der Geburt, und wie die Frauen zu tun pflegen, schrie sie in den Wehen. Amerigo, dessen Gegenwart seine Gattin hier nicht vermutete, weil er äußerst selten an diesen Ort zu kommen pflegte, kam unglücklicherweise eben von der Reiherbeize dahin und ging nahe an dem Zimmer vorbei, wo er das Geschrei der Gebärenden hörte und voll Verwunderung hineintrat, um zu sehen, was es gäbe. Als seine Gattin ihn so unerwartet erblickte, stand sie auf und gestand ihm mit Schmerzen, was ihrer Tochter begegnet war. Weil er aber nicht so leichtgläubig war wie die gute Frau, so ließ er sich durchaus nicht einreden, daß das Mädchen nicht wüßte, von wem sie schwanger sei, und er drang in sie, wenn sie Verzeihung von ihm erlangen wolle, ihm die reine Wahrheit zu gestehen oder ohne Barmherzigkeit ihren Tod zu gewärtigen. Die Frau gab sich zwar alle ersinnliche Mühe, ihrem Manne die Sache so vorzustellen, wie ihre Tochter sie erzählt hatte. Allein es war umsonst. Er ging sinnlos vor Raserei mit gezücktem Degen auf das Mädchen los, das während des Wortwechsels ihrer Eltern von einem Knaben entbunden worden, und schrie ihr zu: „Sage, wessen Kind dies ist, oder stirb auf der Stelle!“

Das arme Mädchen brach in Todesangst das Pietro gegebene Wort und berichtete alles was zwischen ihm und ihr vorgegangen war. Kaum enthielt sich der wütende Vater, sie ums Leben zu bringen; doch machte er nur mit Worten und Vorwürfen seinem Zorne Luft, schwang sich dann auf sein Roß, ritt nach Trapani und klagte dem königlichen Statthalter, Messer Currado, welchen Schimpf ihm Pietro angetan hätte. Dieser ward demnach, ehe er sich's versah, ergriffen und gestand auf der Folter alles. Er ward hierauf nach einigen Tagen von dem Statthalter verurteilt, öffentlich durch die Stadt gestäupt und gehängt zu werden. Und damit auf einmal die beiden Liebenden und die Frucht ihrer Liebe getilgt würden, so mischte Amerigo, dem es nicht genügte, Pietro zum Tode gebracht zu haben, einen Gifttrank und gab ihn nebst einem gezückten Dolche einem Diener mit dem grausamen Befehl: „Geh mit diesen beiden Dingen zu Violante und sage ihr in meinem Namen, sie soll zwischen diesen beiden Todesarten, dem Gift und dem Dolche, wählen, oder ich werde sie im Angesicht aller Einwohner der Stadt verbrennen lassen, wie sie es verdient hat. Dann nimm ihr neugeborenes Kind, zerschmettere ihm den Schädel an der Mauer und wirf es den Hunden zum Fraß vor.“

Als der grausame Vater diesen unmenschlichen Befehl gegen seine Tochter und seinen Enkel gegeben hatte, ging der Diener davon und war nur zu sehr geneigt, den blutdürstigen Auftrag zu vollziehen.

Indem Pietro seinem Urteil gemäß von den Schergen nach dem Richtplatz gegeißelt ward, traf es sich, daß der Zug von ihnen vor einem Gasthofe vorbeigeführt wurde, in dem drei edle Armenier abgestiegen waren, die als Abgesandte des Königs von Armenien mit wichtigen Aufträgen, einen neuen Kreuzzug betreffend, zum Papst reisen sollten und sich hier einige Tage aufhielten, um auszuruhen und sich zu erholen, und vom Adel in Trapani, besonders von Herrn Amerigo, äußerst liebenswürdig aufgenommen wurden. Als diese den Zug kommen hörten, der Pietro vorbeiführte, traten sie ans Fenster, um zuzusehen. Pietro war bis an den Gürtel entblößt, und die Hände waren ihm auf den Rücken gebunden.

Einer von den drei Abgesandten, ein sehr ehrwürdiger alter Mann namens Fineo, ward von ungefähr gewahr, daß Pietro auf der Brust einen großen roten Fleck hatte, der nicht von irgendeinem äußeren Grund, der Stäupung etwa, herrührte, sondern in der Natur der Haut lag, mit anderen Worten ein Muttermal, wie wir es nennen, war. Dieses Mal erinnerte ihn auf der Stelle an einen Sohn, den ihm vor mehr als fünfzehn Jahren am Ufer von Lajazzo die Seeräuber geraubt hatten, und von dem er nie die geringste Nachricht hatte erhalten können. Als er nun das Alter des Gestäupten ungefähr schätzte, so meinte er, sein Sohn, wenn er noch lebe, müsse gerade so alt sein, und das Mal veranlaßte ihn vollends zu glauben, daß er es selbst wäre, und daß er sich in diesem Falle seines eigenen und des väterlichen Namens noch wohl erinnern und die armenische Sprache nicht ganz vergessen haben würde. Er rief ihn demnach, als er näher kam, bei seinem Namen Theodoro!

Pietro horchte auf, und Fineo fragte ihn auf armenische „Aus welchem Land und wessen Sohn bist du?"

Aus Achtung für den ehrwürdigen Alten hielten die Häscher still und ließen Pietro Zeit zu antworten. „Ich bin aus Armenien", gab er zur Antwort, „und bin der Sohn eines Mannes, der sich Fineo nennt. Unbekannte Männer haben mich als Kind entführt."

Mehr Zeugnis brauchte Fineo nicht, um versichert zu sein, daß er seinen längst verlorenen Sohn wiedergefunden hatte. Er eilte mit nassen Augen mit seinen Gefährten die Treppe hinunter, umarmte ihn mitten unter den Henkersknechten, warf ihm seinen eigenen Mantel von kostbarem Stoff um und bat den, der ihn zum Tode führte, zu warten, bis er Befehl erhalten würde, ihn weiterzuführen.

Dieser zeigte sich willig, zu warten. Fineo hatte die Ursache schon vernommen, weswegen Pietro das Leben abgesprochen worden war, weil das Gerücht davon sich schon überall verbreitet hatte. Er eilte demnach mit seinen Gefährten und Dienern zum Statthalter und sagte zu ihm: „Mein Herr, der, den Ihr als einen leibeigenen Knecht zum Tode verurteilt habt, ist ein freigeborener Mensch und mein leiblicher Sohn und ist bereit, die zu seiner Gattin zu nehmen, die er, wie ich höre, um ihre Jungfräulichkeit gebracht hat. Ich bitte Euch demnach, seine Hinrichtung so lange aufzuschieben, bis man erfahren kann, ob sie ihn haben will; damit Ihr nicht im Falle, daß sie ihn mag, ungesetzlich gegen ihn verfahrt." Messer Currado erstaunte nicht wenig, als er hörte, daß Pietro der Sohn des Fineo wäre; er gestand, daß dieser recht hätte, war ein wenig beschämt über den bösen Streich, den das Schicksal dem Jüngling gespielt hatte, und ließ ihn deswegen eiligst holen und Messer Amerigo zu sich rufen, um ihm zu erzählen, was geschehen war. Amerigo, der glaubte, daß seine Tochter und sein Enkel schon hingerichtet wären, empfand darüber die bitterste Reue, als er sah, daß alles so glücklich könne ausgeglichen werden, wenn sie noch lebten. Er sandte jedoch eiligst hin, um womöglich die Ausführung seines Befehls noch zu verhindern. Glücklicherweise fand man den Diener, den Amerigo abgeschickt hatte, noch mit dem Dolche und Giftbecher in der Hand, aber im Begriff, das unglückliche Mädchen, das nicht den Mut hatte zu wählen, mit harten Worten zur Entscheidung zu zwingen.

Auf den Befehl seines Herrn ließ er nunmehr ab und kam zurück, um ihm zu sagen, wie die Sachen ständen. Amerigo war darüber sehr froh; er eilte zu Fineo, entschuldigte sich so gut er konnte unter Tränen wegen des Geschehenen und bat ihn um Verzeihung, mit der Versicherung, daß er seine Tochter mit Freuden Theodoro zur Gemahlin geben wolle, wenn er willig sei, sie zu heiraten. Fineo ließ die Entschuldigung gelten und antwortete: „Mein Sohn soll allerdings Eure Tochter heiraten, und weigert er sich, so mag das gesprochene Urteil über ihn ergehen."

Da Amerigo und Fineo darüber einig waren, begaben sie sich zu Theodoro, der noch zwischen der Todesangst und der Freude, seinen Vater wiedergefunden zu haben schwebte, und verlangten seine Entschließung zu wissen. Als dieser vernahm, daß er Violante zur

Gemahlin haben solle, glaubte er einen Sprung aus der Hölle ins Paradies zu tun und versicherte den beiden Alten, daß sie ihm keine größere Gnade gewähren könnten, wenn es ihnen so gefiele.

Jetzt sandte man noch zu Violante, um auch ihren Willen zu vernehmen. Als sie hörte, was Theodoro geschehen war, und als man ihr sagte, was ihnen beiden jetzt bevorstehe, nachdem sie kurz vorher voll Schmerz und Verzweiflung einem augenblicklichen Tode entgegengesehen hatte, so kostete es sie nicht wenig Mühe, die gute Nachricht zu glauben und sich allmählich wieder zu erheitern. Endlich antwortete sie, wenn sie selbst wählen dürfte, so könne ihr kein größeres Glück widerfahren, als die Gattin Theodoros zu werden; doch unterwerfe sie sich ganz den Befehlen ihres Vaters.

Nachdem man also über des Mädchens Vermählung einer Meinung war, wurde zur großen Freude aller Einwohner von Trapani ein glänzendes Fest gefeiert. Violante erholte sich, sie übergab ihren Knaben einer Amme und verließ schöner als je das Wochenbett. Als Fineo von Rom zurückkam, bezeigte sie ihm ihre kindliche Ergebenheit, wie es einem Vater gegenüber geziemt. Er freute sich seiner schönen Schwiegertochter; die Hochzeit ward von ihm mit Pracht und Jubel gefeiert, und Fineo liebte sie stets mit väterlicher Zärtlichkeit wie seine eigene Tochter. Nach wenigen Tagen ging er mit Sohn, Schwiegertochter und Enkel zu Schiff und begab sich mit ihnen nach Lajazzo, wo sie ferner blieben und das junge Ehepaar bis ans Ende seiner Tage in Frieden und Eintracht lebte.

14. Novelle

Pietro di Vinciolo geht aus zum Abendessen. Seine Frau läßt unterdessen einen jungen Burschen zu sich kommen. Pietro kommt wieder nach Hause und entdeckt die Streiche seiner Frau; weil er aber selbst nicht besser ist als sie, so verträgt er sich mit ihr in Güte.

In Perugia wohnte einmal ein reicher Mann namens Pietro di Vinciolo, der vielleicht mehr in der Absicht, andern ein Blendwerk vorzumachen und die böse Meinung zu widerlegen, die jedermann in Perugia von ihm hatte, als aus Neigung eine Frau nahm. Das Schicksal führte ihm auch ein Weib zu, welches ein Seitenstück zu seinen eigenen bösen Begierden war; denn die Frau, die er sich wählte, war ein derbes rothaariges Weibchen von so warmem Blute, daß sie lieber zwei Männer als einen genommen hätte, indes sie einen Mann an ihm bekam, der sich mehr um andere Dinge als darum bekümmerte, seiner Frau die Liebe zu geben, die sie beanspruchen durfte. Da sie dieses gewahr ward und sich selbst jung und hübsch, voll Kraft und Saft fühlte, so kam es ihr im Anfang sehr ungelegen und gab nicht selten Anlaß zu harten Worten und zu unangenehmen Auftritten zwischen ihr und ihrem Ehemann. Als sie aber fand, daß sie dadurch mehr aufgebracht als ihr Mann gebessert ward, dachte sie bei sich selbst: Der Nichtswürdige vernachlässigt mich, um in Holzpantinen durchs Trockne zu gehen; warum soll ich nicht ebensogut ins Wasser gehen? Ich habe ihn geheiratet und ihm eine große Mitgift zugebracht, weil ich glaubte, einen Mann an ihm zu finden, der das begehre, wonach die Männer begehren und begehren müssen. Wenn ich anders von ihm gedacht hätte, so würde ich ihn nicht genommen haben. Er wußte, daß er an mir ein Weib bekäme, und wenn ihm das nicht behagte, so hätte er mich können sitzen lassen, wenn er die Weiber nicht ausstehen kann. Das läßt sich nicht länger aushalten. Wenn ich nicht hätte wollen in der Welt leben, so wäre ich in ein Kloster gegangen; wenn ich aber, um das Leben zu genießen, da ich nun einmal lebe und leben will, solange warten wollte, bis ich bei diesem mein Glück und mein Vergnügen fände, so könnte ich grau darüber werden, und wenn ich alt würde, es zu spät bereuen, daß ich meine Jugend ungenutzt hätte verstreichen lassen. Er selbst zeigt mir den

Weg, wo ich meinen Zeitvertreib suchen soll, und was ihm zur Schmach und Schande gereichen muß, das ist für mich noch eher erlaubt und schicklich, denn ich handle dann nur den Gesetzen, er aber ihnen und der natürlichen Ordnung zugleich zuwider.

Nachdem das Weibchen dieses mehr als einmal bei sich erwogen hatte, machte sie, um ihren Endzweck heimlich zu erreichen, Bekanntschaft mit einer alten Frau, die eine wahre heilige Verdiana zu sein schien, die die Schlangen aus der Hand füttert. Mit dem Rosenkranz in der Hand war sie bei allen Wallfahrten zugegen, sprach von nichts als von dem Leben der Heiligen oder von den Wunden des heiligen Franziskus und ward fast von jedermann selbst für eine Heilige gehalten. Dieser offenbarte sie bei einer Gelegenheit, die ihr günstig schien, ihr Anliegen ohne Rückhalt.

„Bei Gott, der alles weiß, mein Töchterchen," sprach die Alte, „du hast wohl recht, und wenn du sonst keine Ursache dazu hättest, so ist's doch von dir und von einem jeden jungen Weib wohlgetan, daß ihr eure Jugendzeit nicht verschleudert; denn nichts kann einen mehr schmerzen, wenn man's recht betrachtet, als verlorene Zeit; und wozu, in Henkers Namen, sind wir weiter nütze, wenn wir alt werden, als daß wir die Asche in der Kohlenpfanne glimmend erhalten? Wenn das irgend jemand weiß und davon erzählen kann, so bin ich's. Ich bin eine von denen, die jetzt im Alter, da mir's nicht mehr helfen kann, mit schweren und bittern Gewissensbissen bedauern muß, daß ich die Zeit so verstreichen ließ; denn obwohl ich sie nicht gänzlich verloren habe (du kannst wohl denken, daß ich keine solche alberne Gans war!), so tat ich doch nicht alles, was ich hätte tun können, und wenn ich jetzt an die Vergangenheit denke, da, wie du siehst, keiner mehr bereit wäre, Feuer aus mir zu schlagen, so weiß der Himmel, wie es mich schmerzt. Mit den Männern ist es ganz was anderes; die sind zu allerhand anderen Dingen nütze, und überhaupt taugen die meisten im Alter mehr als in der Jugend. Wir Weiber aber taugen zu nichts als hierzu und Kinder zu gebären, und darum sucht man uns auch nur und geht uns nach. Und sähest du's an nichts anderem, so könntest du es doch daraus entnehmen, daß wir Frauen zu jederzeit dazu bereit sind, die Männer aber nicht. Überdies bringt ein Weib zehn Männer von Kräften, aber zehn Männer vermögen nicht, eine Frau mattzusetzen. Weil wir nun einmal zu diesem Endzweck geboren sind, was ich dir wohl noch mit mehreren Gründen beweisen könnte, so sage ich dir noch einmal, vergilt deinem Manne Gleiches mit Gleichem, damit im Alter deine Seele dem Leibe keine Vorwürfe zu machen habe. Man hat auf dieser Welt nichts als was man genießt, besonders haben die Frauen noch mehr Ursache als die Männer, ihre Zeit zu nützen; denn du siehst wohl, wenn wir alt werden, so kümmert sich weder unser Mann noch andere Leute mehr um uns, sondern man schickt uns in die Küche, um mit dem Kater uns zu unterhalten und Töpfe und Näpfe zu zählen, und sie machen noch wohl noch gar Gassenhauer auf uns und singen: 'Für die jungen Weiber Liebe, für die alten Weiber Hiebe'. Doch um dich nicht aufzuhalten, Töchterchen, so will ich dir jetzt nur sagen, daß du niemand besser wählen konntest als mich, um dir nach Wunsch zu dienen; denn mir ist gewiß keiner zu fein, daß ich mich nicht unterstände, ihm zu sagen, was nötig ist, und keiner zu plump und ungeschliffen, daß ich ihn nicht abhobelte und ihn dazu brächte, was ich will. Sage mir nur, wer dir am besten gefällt, und laß mich handeln. Aber eines muß ich dir sagen, mein Töchterchen, du darfst mich nicht vergessen; ich bin ein armes Weib, und du sollst auch von nun an Teil haben an all meinen Gebeten und Wallfahrten, damit unser Herrgott deinen abgeschiedenen Verwandten Licht und Kerze beschere."

Die Alte schwieg, und die junge Frau ward mit ihr handelseinig, indem sie ihr das Nötige überließ. Sie beschrieb ihr einen jungen Menschen, den sie oft in ihrer Straße gesehen hatte, gab ihr ein Stück Pökelfleisch und ließ sie gehen mit Gott. Nach einigen Tagen führte ihr die Alte den von ihr bezeichneten Jüngling heimlich zu, und von Zeit zu Zeit wieder andere, und das Weibchen ließ, bei aller Furcht vor ihrem Mann, keine einzige gute Gelegenheit unbenutzt vorbeigehen.

Einmal war ihr Mann des Abends bei einem seiner Freunde namens Ercolano zum Essen eingeladen; sie befahl demnach der Alten, ihr einen Jüngling, der einer der hübschesten und muntersten in Perugia war, zu bringen. Die Alte richtete den Auftrag pünktlich aus. Als sie sich eben mit dem jungen Menschen zu Tische setzen wollte, pochte unvermutet ihr Mann an die Haustür. Sie war vor Schrecken fast des Todes und suchte womöglich den Jüngling vor ihm zu verbergen. Weil sie sich auf keinen besseren Platz besann oder keinen andern hatte, so ließ sie ihn im Hausflur neben dem Zimmer, wo sie aßen, sich unter einem Hühnerkorb verstecken, der dort war, und warf den Überzug einer Matratze darüber, die sie an diesem Tage hatte lüften lassen, worauf sie geschwind ihrem Mann die Tür öffnete. „Nun," rief sie ihm entgegen, „hast du dein Abendessen so schnell durch die Gurgel gejagt?"

„Ich habe noch keinen Bissen über die Zunge gebracht", sprach Pietro.

„Wie wäre das wohl zugegangen?" fragte sie.

„Das will ich dir sagen", antwortete Pietro. „Ercolano, seine Frau und ich hatten uns kaum zu Tische gesetzt, so hörten wir neben uns jemand niesen. Das erste und zweite Mal achteten wir nicht darauf; als aber der Niesende sich zum dritten, vierten und fünften Male hören ließ und gar nicht aufhörte zu niesen, da nahm es uns endlich wunder, und Ercolano, der schon über seine Frau gemurrt hatte, daß sie uns zu lange an der Tür hatte warten lassen, fuhr auf und schrie wütend: 'Was ist das? Wer niest hier so?' Damit stand er auf und lief einer Treppe zu, die nicht weit von uns war und unter welcher sich ein Bretterverschlag befand, um Sachen aus der Hand zu legen, wie man dergleichen zur Bequemlichkeit der Bewohner in manchen Häusern hat. Weil es ihm schien, daß das Niesen von dorther komme, so öffnete er den Verschlag, und es schlug ihm ein unleidlicher Schwefeldampf entgegen. Ich muß dir sagen, daß uns der Schwefelgeruch schon vorher beschwerlich geworden war, und wie wir uns darüber beklagten, sprach die Frau, sie hätte ihre Schleier geschwefelt, um sie weiß zu bleichen, und hätte die Schwefelpfanne unter die Treppe gesetzt, wovon es noch ein wenig röche. Als der Dampf sich etwas verzogen hatte, guckte Ercolano in den Verschlag hinein und wurde den gewahr, der geniest hatte und noch immerfort nieste, weil ihm der Schwefeldampf den Atem benommen und alles Niesens ungeachtet die Brust schon dermaßen beklemmt hatte, daß er einige Minuten später nicht mehr hätte niesen noch irgend etwas anderes tun können. Als ihn

Ercolano gewahr ward, rief er: 'Ha, Weib! Jetzt seh' ich, warum wir solange vor der Tür haben warten müssen, ehe du uns aufmachtest; aber ich will nimmer froh werden, wo ich dir das nicht bezahle.' Als die Frau diese Drohung hörte und fand, daß ihre Sünde ans Licht gekommen war, sprang sie vom Tische auf und lief Hals über Kopf von dannen, ohne an eine Entschuldigung zu denken, und ich weiß nicht, wohin sie gelaufen ist. Ercolano merkte nicht darauf, daß seine Frau sich aus dem Staube machte, sondern rief dem Niesenden immer lauter zu, er solle herauskommen; allein er mochte rufen, solange er wollte, so rührte sich jener nicht, weil er schon ohnmächtig geworden war. Ercolano schleppte ihn also bei den Füßen heraus und sprang schon nach einem Messer, um ihm vollends den Rest zu geben. Weil mir selbst aber vor der Polizei bange war, so eilte ich hinzu und wehrte ihm, daß er den Menschen um die Ecke brachte, noch ihm Schaden zufügte. Indem ich nun den Burschen verteidigte und einen Riesenspektakel machte, kamen auch die Nachbarn dazu. Diese nahmen den jungen Mann, der sich nicht widersetzen konnte, und führten ihn weg, ich weiß nicht wohin. Siehst du! So wurden wir um unsere Mahlzeit betrogen, und ich habe sie nicht nur nicht durch die Gurgel gejagt, sondern noch keinen Bissen zum Munde gebracht, wie ich dir vorhin sagte.“

Die Frau merkte aus dieser Geschichte, daß andere Weiber ebenso klug wären wie sie, obwohl es nicht immer bei allen glücklich damit abliefe, und sie hätte zwar gern der Frau des Ercolano das Wort geredet; weil sie aber glaubte, sich von ihren eigenen Fehlern um so eher weiß zu brennen, wenn sie fremde Sünden tadele so rief sie: „Schöne Geschichten sind das, die ich da höre! Das ist also das ehrbare fromme Weib; das ist die keusche, treue Ehefrau, die ich immer für so heilig gehalten habe, daß ich bei ihr hätte beichten mögen; und was noch am schlimmsten ist: es sind ihre Jugendjahre schon vorbei, und sie sollte anderen mit gutem Beispiel vorangehen. Verwünscht sei die Stunde, da sie geboren ward, und verwünscht jede Stunde, die sie noch lebt, das treulose, ehrvergessene Weib, diese ewige Schmach und Schande aller Weiber in der Stadt. Sie tritt so ihre Ehre, die Treue, die sie ihrem Mann gelobt hat, und die

Achtung der Welt mit Füßen. Sollte sie sich nicht schämen, ihren braven Mann, einen der ehrenhaftesten Bürger, der ihr so gut begegnet, durch einen anderen beschimpfen zu lassen und sich selbst mit in Schande zu stürzen? Ich will vor Gott keine Gnade haben, wenn ein solches Weibsbild Barmherzigkeit verdient; man sollte sie umbringen; man sollte sie lebendig auf den Scheiterhaufen setzen und sie zu Asche verbrennen."

In dem Augenblick fiel ihr ihr guter Freund ein, der nicht weit davon unter dem Hühnerkorb saß, und sie fand deswegen für gut, ihren Mann zu erinnern, daß es Zeit wäre, zu Bett zu gehen. Pietro, der mehr Lust hatte zu essen als zu schlafen, fragte sie, ob sie nicht etwas zum Abendessen bei der Hand hätte.

„Abendessen?" sprach sie. „Hat sich was mit dem Abendessen, wenn du nicht zu Hause bist! Glaubst du, ich bin so eine wie das Weib des Ercolano? Geh nur lieber zu Bett, das wird das beste sein."

Von ungefähr waren desselben Abends einige Bauern von Pietros Landgut zur Stadt gekommen, die ihm Feldfrüchte gebracht und ihre Esel in einen Stall gezogen hatten, der an den Hausflur stieß, in welchem der junge Mensch saß. Da sie vergessen hatten, ihr Vieh zu tränken, so zog einer von den Eseln, den der Durst anwandelte, den Kopf aus der Halfter, ging aus dem Stalle heraus und schnüffelte allenthalben nach Wasser herum, und so kam er gerade an den Hühnerkorb, unter welchem der Jüngling verborgen lag. Weil dieser sich auf allen Vieren niederducken mußte, so ragten die Finger seiner einen Hand ein wenig unter dem Korbe hervor, und sein Glück oder sein Unglück, wie man es nehmen will, fügte es so, daß ihn der Esel darauftrat so daß er vor Schmerz laut aufschrie. Den Pietro nahm das gewaltig wunder, weil er merkte, daß die Stimme sich in seinem Hause hören ließ. Er ging also hinaus in die Kammer, und da der arme Schelm, dem der Esel die Fingerspitzen noch immer festklemmte, fortfuhr zu winseln, so rief er: „Wer da?"

Ging nach dem Hühnerkorbe, hob ihn auf und fand den jungen Menschen darunter, der außer dem Schmerz, den ihm der Tritt des Esels verursachte, auch noch vor Furcht zitterte, daß Pietro ihm übel mitspielen würde. Als Pietro in ihm einen erkannte, dem er aus seiner lasterhaften Neigung heraus schon lange nachgestiegen war, fragte er ihn: „Wie kommst du hierher?“

Der Jüngling antwortete ihm aber nicht auf seine Frage, sondern bat ihn nur um Gottes willen, Barmherzigkeit mit ihm zu haben.

„Steh auf“, sprach Pietro, „und fürchte nichts von mir -- aber sage mir aufrichtig, wie und warum du hierher gekommen bist.“

Der arme Junge beichtete ihm alles. Pietro war über den Fund ebenso froh, als seine Frau bekümmert war. Er führte den Jüngling bei der Hand in das Zimmer, wo seine Frau in größten Ängsten saß. Pietro setzte sich ihr gegenüber und sagte: „Du schimpftest ja eben erst so unbarmherzig auf die Frau des Ercolano und sagtest, man müsse sie verbrennen, weil sie euch allen zum Schandfleck gereiche; warum vergaßest du aber, dich selbst mit einzuschließen? Oder wenn du dazu keine Lust hattest, wie durftest du es dann wagen, so von ihr zu reden, da du doch wußtest, daß du selbst es nicht besser machtest? Dich bewog wahrlich nichts anderes als der Hang, der euch allen gemein ist, daß ihr gern die fremde Schuld zum Deckmantel eurer eigenen gebraucht. Möchte das Feuer vom Himmel fallen und euch alle verzehren, ihr Natterngezücht!“

Als die Frau merkte, daß die erste Hitze ihres Mannes in Scheltworten verdampfte, und daß er eben nicht so gar böse darüber war, einen hübschen Knaben bei ihr zu finden, gewann sie wieder Mut und sagte: „Ich glaube wohl, daß du das Feuer vom Himmel über uns herunter wünschest, weil du deine Frau so lieb hast, wie der Hund den Knüppel; aber beim Himmel, dein Wunsch wird dir nicht erfüllt werden! Doch ich möchte wohl wissen, worüber du dich so zu beklagen hast; denn es wäre wahrhaftig sehr artig von dir, wenn du mich mit der Frau des Ercolano über einen Kamm scheren wolltest, die ein altes, scheinheiliges Mensch ist und dennoch von ihrem Mann alles hat, was sie nur wünschen kann, und er ihr begegnet, wie es einer Frau gebührt. Aber ich armes Weib habe es nicht so gut; denn du gibst mir zwar Kleider und Schuhe, aber du weißt leider wohl, wie es um das übrige steht, und wie lange es her ist, daß du nicht mehr bei mir gelegen hast; da ich doch lieber barfuß und in Lumpen gehen möchte, wenn ich von dir nur im Bett gut behandelt würde, als alle schönen Sachen von der Welt haben und mir so von dir begegnen lassen muß, wie du mich behandelst. Denn ich muß dir's nur geradeheraus sagen, Pietro, ich bin eine Frau, so gut wie jede andere, und habe dieselben Neigungen und Bedürfnisse wie andere Frauen, und wenn ich finde, daß du sie nicht befriedigst, so hast du keine Ursache zu schelten, wenn ich mich anderswo versorge. Zum wenigsten mache ich dir nicht die Schande, daß ich mich mit Straßenjungen oder mit liederlichen Lumpenkerlen abgebe."

Pietro merkte wohl, daß seine Frau nicht leicht wieder aufhören würde, da ihr die Zunge einmal gelöst war. Weil er sich nun wenig aus ihr machte, so sprach er: „Schweige nur, Frau, ich will dich schon zufriedenstellen. Tue mir nur jetzt den Gefallen, uns etwas zu essen zu geben; denn ich denke, dieser Bursche hat wohl ebensowenig zu Nacht gegessen als ich selbst."

„Freilich nicht," sprach die Frau; „denn als dich der Unstern herführte, wollten wir uns eben zu Tische setzen und essen."

„So spute dich nur," sprach Pietro, „daß wir zu essen bekommen; ich will hernach schon alles so einrichten, daß du dich nicht sollst zu beklagen haben."

Als sie ihren Mann besänftigt sah, erhob sie sich, ließ schnell den Tisch decken und das Essen auftragen, das schon früher hergerichtet war. Dann ließ sie es sich mit ihrem lasterhaften Mann und dem hübschen Knaben gut schmecken. Wie Pietro nach dem Abendessen seine Einrichtung traf, um alle drei zufriedenzustellen, das ist nicht bekannt. Nur soviel weiß man, daß am nächsten Morgen der Junge, als er heimging, sich lange nicht darüber klar werden konnte, ob die Frau oder der Mann ihm eifriger Bescheid getan. Genug, es soll damit gesagt sein, daß ein jeder suche, Gleiches mit Gleichem zu vergelten, und wenn er's nicht auf der Stelle tun kann, so warte er, bis die Gelegenheit kommt; denn wie man in den Wald ruft, so schallt es wieder heraus.

15. Novelle

Madonna Filippa, die ihr Mann in den Armen ihres Liebhabers überrascht, wird vor Gericht gefordert. Sie rettet sich durch eine dreiste und launige Verantwortung und bringt zugleich die Milderung eines harten Gesetzes zuwege.

In der Stadt Prato hatte man vor Zeiten ein Gesetz, das ebenso streng als ungerecht jedes Weib, das von ihrem Ehemann im Ehebruch mit einem Geliebten betroffen wurde, nicht minder zu dem grausamen Tode auf dem Scheiterhaufen verdammte als diejenige, die aus schnödem Geiz und Gewinnsucht sich einem jeden für Geld überließ. Als dieses Gesetz noch in Kraft war, begab es sich, daß eine schöne, adlige und sehr verliebte Dame, Madonna Filippa, von ihrem Gemahl Rinaldo Pugliesi eines Nachts in ihrem eigenem Zimmer in den Armen des Lazarino Guazzaglio, eines schönen und edlen Jünglings ihrer Nachbarschaft, den sie zärtlich liebte, überrascht wurde. Rinaldo war so aufgebracht, daß er sich kaum enthalten konnte, auf sie zuzustürzen und sie beide auf der Stelle ums Leben zu bringen; er hätte sie auch gewiß nicht verschont, wenn ihn nicht die Besorgnis um sein eigenes Leben abgehalten hätte, dem ersten Antriebe seines Zorns zu folgen. Allein obwohl er seine erste Hitze unterdrückte, so konnte er es doch nicht über sich gewinnen, auf das Pratesische Gesetz Verzicht zu leisten, welches seiner Gemahlin den Tod bestimmte, den mit eigener Hand zu geben ihm nicht gestattet war. Da er nun Beweis genug gegen sie in Händen hatte, ihr Vergehen zu bezeugen, trug er kein Bedenken, sie am folgenden Morgen zu verklagen und sie vor Gericht zu fordern. Die Dame, hochherzig wie es die wahrhaftig liebenden Frauen zu sein pflegen, ließ sich durch alle ihre Freunde und Verwandten nicht abhalten, vor Gericht zu erscheinen und lieber mit dem freimütigen Bekenntnis der Wahrheit in den Tod zu gehen, als durch eine feige Flucht sich einer entehrenden Verbannung auszusetzen und sich dadurch des edlen Jünglings, in dessen Armen sie die vergangene Nacht geliebt und liebend geruht, unwürdig zu bezeigen.

Als sie demnach in Begleitung vieler Herren und Damen, die ihr noch immer rieten, sich aufs Leugnen zu legen, vor dem Richter erschien, fragte sie mit ruhigem Blick und fester Stimme, warum sie vorgeladen sei.

Der Richter, gerührt von ihrer großen Schönheit, von ihrem edlen Anstand und von dem festen Mut, den sie in ihrer Rede zeigte, hatte Mitleid mit ihr und wünschte, daß sie nicht ein Bekenntnis ablegen möchte, das ihn um seiner eigenen Pflicht und Ehre willen nötigte, sie zum Tode zu verurteilen. Weil er jedoch nicht vermeiden konnte, sie wegen der Anklage zu befragen, so sprach er:

„Madonna, Ihr seht hier Euren Gemahl Rinaldo, der sich beklagt, daß er Euch mit einem andern Mann im Ehebruch betroffen habe, und verlangt, daß ich Euch deswegen dem hergebrachten Gesetze gemäß zum Tode verurteilen soll. Dieses kann aber nicht geschehen, wofern Ihr selbst Euch nicht schuldig bekennt. Überlegt demnach wohl, was Ihr antwortet, und sagt mir, ob das wahr sei, dessen Euch Euer Gemahl beschuldigt."

Die Dame antwortete, ohne die Fassung zu verlieren, mit heiterer Miene:

„Messer, es ist wahr, daß Rinaldo mein Mann ist und daß er mich gestern abend in den Armen des Lazarino angetroffen hat, bei dem ich wegen meiner herzlichen und aufrichtigen Liebe zu ihm oft gelegen habe. Das kann und will ich nicht leugnen. Allein Ihr werdet vermutlich wohl wissen, daß kein Gesetz einseitig sein sollte, und daß zugleich ein jedes billig mit Zustimmung aller derer, die es angeht, abgefaßt werden sollte. Das ist aber bei diesem Gesetz nicht beobachtet worden, das nur den armen Frauen allein zur Last fällt, da sie doch bei der Abfassung desselben weder ihre Stimme dazu gegeben haben, noch dabei zu Rat gezogen worden sind. Es verdient demnach mit Recht den Namen eines höchst unbilligen Gesetzes. Wollt Ihr es aber dennoch zum Schaden meines Leibes und Eurer Seele an mir zur Ausführung bringen, so habt Ihr die Gewalt dazu in den Händen. Ehe Ihr jedoch zu meiner Verurteilung schreitet, bitte ich Euch, mir die kleine Gunst zu erweisen, daß Ihr meinen Mann fragt, ob ich ihm jemals eine abschlägige Antwort gegeben habe, oder ob ich ihm nicht jederzeit auf den ersten Wink, und so oft es ihm beliebte, zu Willen gewesen sei."

Rinaldo wartete nicht, bis ihn der Richter fragte, sondern gab seiner Frau freiwillig das Zeugnis, daß er sie zu jeder Stunde willig und bereit gefunden hätte, seine Wünsche zu erfüllen.

„Herr Richter!" fuhr sie fort. „Da also mein Mann immer bei mir fand, was er bedurfte und was ihm Vergnügen machte, so frage ich Euch, was ich mit dem machen sollte, was er übrig ließ? Sollte ich es vielleicht den Hunden vorwerfen? Oder war es nicht besser, einen Edelmann, der mich mehr als sich selbst liebte, damit zu beschenken, als es umkommen und verderben zu lassen?"

Es hatten sich bei dem Verhör einer so vornehmen und angesehenen Dame fast alle Bürger aus Prato eingefunden, und als sie diese lustige Frage hörten, riefen sie nach vielem Gelächter einmütig, sie hätte recht und führe ihre Sache vortrefflich. Und ehe sie von der Stelle gingen, milderten sie mit Genehmigung und auf den Vorschlag des Richters das unbarmherzige Gesetz und setzten fest, daß es künftighin nur gegen solche Weiber in Kraft bleiben solle, die für Geld ihren Männern untreu würden. Dem Rinaldo gereichte demnach sein unüberlegtes Unterfangen nur zur Demütigung, und seine Frau, als wäre sie vom Scheiterhaufen erstanden, kehrte frei und fröhlich, mit Ruhm bedeckt, nach Hause zurück.

16. Novelle

Perronella verbirgt, indem ihr Mann nach Hause kommt, ihren Liebhaber in einem Fasse. Der Mann sagt ihr, er habe das Faß verkauft, und sie erwidert ihm, sie habe es an einen andern noch besser verkauft, der eben hineingekrochen sei, um zu versuchen, ob es wasserdicht sei. Darauf steigt der Liebhaber heraus, befiehlt dem Manne, das Faß rein zu liefern, und nimmt es mit nach Hause.

In Neapel -- es ist noch nicht lange her -- hatte ein armer Mann ein niedliches und lebhaftes Mädchen namens Perronella zur Frau genommen; er selbst brachte sich in seinem Handwerk als Maurer und sie mit Spinnen durch, wobei sie jedoch nur kümmerlich ihr Leben fristeten. Einst warf ein junger lockerer Gesell seine Augen auf Perronella, und sie gefiel ihm so sehr, daß er sich in sie verliebte und auf mancherlei Weise so lange um ihre Gegenliebe warb, bis sie ihm nachgab.

Da nun der Mann am Morgen in aller Herrgottsfrühe ausgehen mußte, um zu arbeiten oder Arbeit zu suchen, so ward zwischen ihnen verabredet, daß der Liebhaber in der Nähe aufpassen sollte, wenn der Ehemann wegginge, um sich hernach ins Haus zu schleichen, und weil das Gäßchen, wo sie wohnte, es hieß Avorio, sehr wenig belebt war, wurde es ihnen leicht, auf diese Weise des öfteren zusammenzukommen.

Inzwischen traf es sich aber an einem Morgen, als der brave Maurer ausgegangen und der junge Gesell, der sich Giannello Strignario nannte, sich zu dem Weibchen ins Haus gestohlen hatte, daß der Mann, der sonst vor abends nicht wiederzukommen pflegte, sehr bald wieder zurückkehrte und, weil er die Tür verschlossen fand, anklopfte. Gott sei ewig Lob, dachte er bei sich selbst, der mich zwar in Armut leben läßt, aber mir doch ein zumeist tugendsames, ehrbares Weib beschert hat! Seht doch, wie sie den Augenblick, da ich kaum den Rücken wende, die Haustür verriegelt, damit sie keinen lästigen Besuch bekomme.

Perronella, die ihren Mann schon am Klopfen erkannte, rief: „Ach, Giannello, ich bin des Todes! Da führt der Teufel meinen Mann her, der sonst nie um diese Zeit heimzukommen pflegt. Ich begreife nicht, was das bedeutet; wenn er nur dich nicht etwa gesehen hat, wie du hereinkamst. Doch dem sei, wie ihm wolle, und so bitte ich dich, krieche in das Faß, das dort steht; ich will hingehen und ihm aufmachen und sehen, wie es zugeht, daß er so früh wieder nach Hause kommt."

Giannello stieg geschwind in das Faß. Perronella öffnete hierauf ihrem Manne die Tür und sagte übelgelaunt zu ihm: „Was ist das für eine Neuerung, daß du diesen Morgen so früh wieder zurückkommst? Es hat schier den Anschein, als hättest du heute nicht Lust zu arbeiten, daß du so mit deinem Handwerkszeuge im Arm wieder da bist. Wenn's so weitergeht, wovon sollen wir dann leben? Woher sollen wir Brot nehmen? Denkst du, daß ich es dulden werde, daß du mir meinen Rock und mein bißchen übrige Habseligkeit verpfändest? Da sitze ich Tag und Nacht und spinne mir die Haut von den Fingern, nur um das Lampenöl zu verdienen. Mann! Mann! Es ist keine Frau in der Nachbarschaft, die sich nicht darüber verwundert und darüber aufhält, daß ich mir so viele Mühe gebe und mir's so sauer werden lasse, und hier kommst du mir wieder und läßt die Arme hängen, da du arbeiten solltest?" Bei diesen Worten fing sie an bitterlich zu weinen und fuhr fort zu klagen: „Ach, ich armes, geschlagenes Weib! Ich bin in einer Unglücksstunde geboren! Wie weit ist es mit mir gekommen; da ich doch den feinsten Jüngling zum Manne hätte haben können und ihn nur darum ausschlug, daß ich mir diesen nähme, der es nicht zu schätzen weiß, welch ein Weib er an mir bekommen hat. Andere Weiber tun sich gütlich mit ihren Liebhabern, und es gibt nicht eine, die nicht ein paar oder noch mehrere hat und läßt sich's wohl sein und macht ihrem Manne weis, daß es um Mitternacht heller Tag ist. Aber ich armes Weib habe nichts als Kummer und Verdruß, weil ich zu gut bin und nicht an dergleichen Sachen denke; und ich weiß wahrlich nicht, warum ich mir nicht, so gut wie andere das tun, ein paar Liebhaber anschaffe. Merke dir's nur, Mann, wenn ich das tun wollte, so würde sich bald genug jemand finden; denn es gibt feine, artige junge Leute genug, die mich lieben und die mir gewogen sind, und haben mir viel Geld und Kleider, Kleinode und was ich sonst nur wünsche, anbieten lassen. Ich hab's aber nie übers Herz bringen können, weil ich nicht so eine oder so einer Tochter bin; und nun kommst du nach Hause, statt deiner Arbeit nachzugehen!“

„Ei, Frau,“ sprach der Mann, „laß dir doch um des Himmels willen nicht deswegen das Herz schwer werden. Du kannst mir glauben, daß ich weiß, wer du bist, und daß ich es gerade diesen Morgen erst wieder bemerkt habe. Ich bin allerdings aus dem Hause gegangen, um zu arbeiten; allein ich sehe wohl, du weißt's ebensowenig, als ich daran dachte, daß heute Sankt-Galleons-Tag ist und daß nicht gearbeitet wird, und deswegen siehst du mich um diese Stunde wiederkommen. Nichtsdestoweniger habe ich dafür gesorgt und auch Mittel gefunden, daß wir auf einen Monat und länger Brot haben werden; denn ich habe diesem Mann, der hier mit mir gekommen ist, das leere Stückfaß verkauft, das uns schon seit langer Zeit im Wege stand. Er gibt mir fünf Gulden dafür.“

„Das ist mir eben leid genug“, sprach Perronella. „Du bist ein Mann und gehst an allen Orten aus und ein und solltest daher am besten von allem Bescheid wissen, und doch verkaufst du ein Faß für fünf Gulden, das ich, als ein Weib, das kaum über die Schwelle kommt, da ich sah, daß es nur im Wege ist, für sieben an einen Menschen verkauft habe, der in dem Augenblicke, da du nach Hause kamst, hineingestiegen ist, um zu sehen, ob es auch dicht sei.“

Der Mann war froh, dies zu hören. „Guter Freund,“ sprach er zu dem, der mit ihm gekommen war, das Faß zu besichtigen, „nehmt's nicht übel, Ihr hört wohl, meine Frau hat das Faß schon für sieben Gulden verkauft; wofür Ihr mir nur fünf geboten habt.“

„Ei, in Gottes Namen“, sprach der andere und ging seiner Wege.

„Komm jetzt her,“ sprach Perronella zu ihrem Manne, „weil du doch hier bist und mach' selbst die Sache mit ihm ab.“

Giannello, der beide Ohren gespitzt und gehorcht hatte, ob er etwas zu befürchten hätte oder sich sonst auf etwas gefaßt machen mußte, hörte kaum Perronellas Worte, als er geschwind aus dem Fasse sprang und sich stellte, als ob er nichts davon gemerkt hätte, daß der Mann gekommen war. „Wo seid Ihr, gute Frau?“ sprach er.

„Ich bin hier. Was ist zu Dienst?“ sprach der Mann, der hinzukam.

„Wer seid denn Ihr?“ fragte Giannelllo. „Ich wollte die Frau sprechen, mit der ich über das Faß gehandelt habe.“

„Das könnt Ihr getrost mit mir abmachen,“ antwortete der andere, „denn ich bin ihr Ehemann.“

„Das Faß scheint dicht genug zu sein,“ versetzte Giannello; „allein Ihr scheint Hefe dringehabt zu haben, denn es sitzt voll krustigem Weinstein, der sich mit den Nägeln nicht abkratzen läßt, und ehe es nicht rein ist, mag ich's nicht haben..“

„Darum soll der Handel nicht zurückgehen“, sprach Perronella. „Mein Mann wird es schon reinmachen.“ „Das versteht sich“, sagte der Mann, legte sein Handwerkszeug ab, zog sein Wams aus, ließ ein Licht anzünden, sich eine Trogscharre geben, stieg in das Faß und fing an es abzukratzen. Perronella lehnte sich mit dem halben Leibe oben über das Faß, das nicht allzu hoch war, als wolle sie ihm zusehen, steckte den einen Arm bis über die Schultern hinein und zeigte ihm bald hier, bald dort eine Stelle, die er noch putzen müßte. „Schau, hier ist auch noch etwas sitzengeblieben.“ Und während sie in dieser Lage den Mann auf dies und jenes aufmerksam machte, fiel es Giannello, der am Morgen sein Verlangen nicht völlig befriedigt hatte, weil der Ehemann zu früh heimkam, ein, es zu löschen, so gut er vermochte, da er im Moment nicht konnte, wie er eigentlich wollte. Er trat an die Frau heran, die mit ihrem Leib die ganze Öffnung des Fasses verschlossen hielt, und brachte seine jugendliche Begierde zur Erfüllung in der Art, wie in den weiten Steppen die zügellosen, brünstigen Hengste die parthischen Stuten bespringen, und ward in dem Augenblick fertig, als das Faß fertig ausgeschabt war. Dann zog er sich zurück, Perronella zog den Kopf aus dem Faß, und der Mann kroch heraus.

„Da habt Ihr das Licht, guter Freund,“ sprach Perronella zu Giannello; „seht nach, ob es Euch jetzt rein genug ist.“ Giannello warf einen Blick hinein, sagte, es sei in Ordnung, bezahlte die sieben Gulden und ließ das Faß nach seinem Hause bringen.

17. Novelle

Bruder Rinaldo ergötzt sich mit seiner Gevatterin, ihr Mann kommt nach Hause und findet ihn in ihrer Kammer; sie machen ihm aber weis, daß er dem Kinde die Würmer vertreibt.

In der Stadt Siena lebte vor einiger Zeit ein hübscher junger Mann aus einem wohlangesehenen Geschlecht, namens Rinaldo, welcher sich in eine sehr schöne Frau verliebte, die seine Nachbarin und Gattin eines reichen Mannes war, und er machte sich Hoffnung, alles, was er wünschte, von ihr zu erhalten, wenn er nur Gelegenheit finden könnte, mit ihr unter vier Augen zu sprechen. Da er aber diese Gelegenheit nicht herbeizuführen wußte, und die Dame eben schwanger war, so kam er auf den Einfall, ihr Gevatter zu werden. Er suchte demnach die Bekanntschaft ihres Mannes, bot sich diesem auf die unverdächtigste Art zum Gevatter an und wurde angenommen. Da ihm nun seine Gevatterschaft mit Frau Agnese manchen guten Vorwand verschaffte, sie zu sprechen, wagte er es, ihr das mit Worten zu erklären, was seine Blicke ihr längst entdeckt hatten; allein, obgleich es der Dame nicht unangenehm war, dies zu hören, so führte es ihn dennoch nicht zu seinem Ziel. Nicht lange danach ging Rinaldo, man weiß nicht, aus welcher Ursache, in ein Kloster, und wie es ihm daselbst auch behagen mochte, genug, er war und blieb ein Mönch. Doch wenn er gleich eine Zeitlang nach seinem Eintritt in den geistlichen Orden die Liebe zu seiner Gevatterin und andere weltliche Eitelkeiten ein wenig beiseite setzte, so kam er doch, ohne seiner Kutte zu entsagen, bald wieder darauf zurück und fand ein Vergnügen daran, sich in bestes Tuch zu kleiden, in seinem ganzen Wesen artig und zierlich zu tun, Canzonen, Sonette und Balladen zu dichten und Lieder zu singen und sich mit allerhand solchen Dingen die Zeit zu vertreiben. Doch warum galt das bei Bruder Rinaldo als etwas Besonderes? Wo ist der Mönch, der nicht dasselbe tut? Welch Schandfleck unserer verderbten Zeit ist nicht jeder von ihnen? Sie schämen sich nicht, mit feisten Wänsten und rubinroten Nasen in üppigen Kleidern einherzugehen und in allen Wollüsten zu leben, und gleichen nicht den Tauben, sondern den übermütigen Hähnen, die mit erhobenem Kamme protzen und sich brüsten. Nicht genug, daß sie ihre Zellen voll von Gläsern und Latwergen und Salben, von Schachteln und Morsellen, von Fläschchen mit abgezogenen Wassern und Ölen, von Fäßchen mit Malvasier, griechischen und anderen feinen Weinen haben, so daß sie dem Besucher nicht Mönchszellen, sondern vielmehr Apotheken und Spezereibuden zu sein scheinen. Auch schämen sie sich nicht, den Leuten zu zeigen, daß sie voll Gicht und Podagra stecken, und meinen, daß andere Leute nicht wissen, daß vieles Fasten, rauhe und kärgliche Kost und nüchternes Leben die Menschen dürr und hager machen und sie gesund erhalten; oder wenn sie krank dabei werden, daß sie wenigstens nicht das Zipperlein davon bekommen, gegen welches man den Kranken die Enthaltsamkeit und alles andere ordentlich zu empfehlen pflegt, was eigentlich zu der Lebensart eines bescheidenen Klosterbruders gehört. Sie meinen, man wisse nicht, daß außer der mageren Kost die langen Nachtwachen, Gebete und Bußübungen blasse Gesichter und abgemergelte Leiber zuwege bringen, und daß weder Sankt Franziskus noch Sankt Dominikus sich drei bis vier Kutten von dem feinsten, in der Wolle gefärbten Tuch und von anderem schönen Zeug machen ließen, sondern die grobe Wolle in ihrer natürlichen Farbe trugen, um die Kälte abzuhalten, und nicht, um darin zu prangen. Gott wird Einsehen haben und der frommen, einfältigen Seelen gedenken, welche sie unterhalten müssen.

Als demnach Bruder Rinaldo wieder zu seinen vorigen Neigungen zurückkehrte, fing er an, seine Gevatterin fleißig zu besuchen, und weil er unter der Kutte viel dreister geworden war als vorher, so trug er ihr sein Anliegen, wonach er Begehren trug, jetzt weit dringender vor. Die gute Frau, die sich so heftig attackiert sah, und die ihn vielleicht jetzt auch hübscher fand als vordem, nahm endlich, als er ihr einmal sehr lebhaft zusetzte, ihre Zuflucht zu den Worten, die diejenigen Frauen tun, die nicht übel Lust haben, das zu gewähren, um was man sie bittet. Sie sagte: „Bruder Rinaldo, tun denn auch die Mönche sowas?“ „Madonna,“ versetzte Rinaldo, „die Kutte ist bald abgeworfen, und dann sollt Ihr mich gewiß nicht für einen Mönch halten, sondern für einen so wackern Mann wie jeden andern.“

Das Weibchen verzog den Mund ein wenig zum Lächeln und erwiderte: „O weh! Ich bin ja Eure Gevatterin! Wie wird es damit werden? Das wäre ja, wie man mir gesagt hat, eine gar zu große Sünde. Sonst würde ich gern Euren Wünschen Gehör geben."

„Ihr seid nicht gescheit," versetzte Bruder Rinaldo, „wenn Ihr Euch deshalb wollt abhalten lassen. Ich will gerade nicht behaupten, daß es keine Sünde wäre, aber es werden wohl größere Sünden dem Reumütigen in der Beichte vergeben. Doch sagt mir nur, wer ist mit Eurem Kinde näher verwandt: ich, der ich es zur Taufe gehalten habe, oder Euer Mann, der es gezeugt hat?"

„Mein Mann, ohne Zweifel", antwortete sie. „Ganz richtig", sprach Bruder Rinaldo. „Und liegt denn Euer Mann nicht bei Euch?"

„Ei freilich", sprach Frau Agnese.

„Gut!" erwiderte Bruder Rinaldo. „Wenn also Euer Mann bei Euch schlafen darf, der soviel näher mit Eurem Kinde verwandt ist als ich, warum sollte es dann mir verwehrt sein?"

Die Frau, die nichts von Logik verstand und bei der es keiner großen Überredung bedurfte, glaubte ihm entweder wirklich oder stellte sich, als wenn sie es glaubte. „Ach," sprach sie, „wer kann gegen Eure gelehrten Gründe etwas vorbringen?" Mit einem Worte, es ward der Gevatterschaft unbeschadet eine Verwandtschaft von einer andern Art zwischen ihnen gestiftet, und sie ließen es nicht bei diesem ersten Male bewenden, sondern sie fanden unter dem Mantel der Gevatterschaft um desto bequemere Gelegenheit zu öfteren Zusammenkünften, weil man sie um desto weniger im Verdacht hatte.

Einmal traf es sich indessen, daß Bruder Rinaldo mit einem anderen Klosterbruder zu Frau Agnese kam und außer einem hübschen, niedlichen Dienstmädchen niemand bei ihr fand. Er schickte demnach seinen Gefährten mit dem Mädchen nach dem Taubenschlag hinauf, um ihr das Paternoster zu lehren, indes er selbst mit der Frau, die ihren kleinen Knaben an der Hand hatte, in die Kammer ging, die Tür hinter sich verschloß und sich auf einem Ruhebett mit ihr ergötzte. Mitten in ihrer Unterhaltung kam der Gevatter nach Hause, und unbemerkt von jedermann kam er bis an die Kammertür, klopfte an und rief seine Frau.

„Ich bin des Todes", rief Frau Agnese, als sie ihren Mann vernahm. „Nun wird er dahinterkommen, was der Grund unserer Freundschaft ist."

Bruder Rinaldo hatte Skapulier und Kutte abgelegt und war im bloßen Wams. „Ach, nur allzu wahr!" sprach er. „Wär' ich angekleidet, so ließe sich noch eher eine Ausrede finden. Aber wenn Ihr ihn einlaßt und er mich so antrifft, so wie ich hier bin, so hilft keine Entschuldigung."

Die Frau fand den Augenblick Rat. „Zieht Euch nur an," sprach sie, „und wenn Ihr fertig seid, so nehmt Euren kleinen Paten auf den Arm. Merkt aber wohl auf, was ich meinem Mann sagen werde, damit Eure Rede mit der meinigen übereinstimmt."

Der gute Mann hatte kaum aufgehört zu klopfen, so antwortete ihm seine Frau: „Ich komme schon." Sie öffnete ihm die Tür, ging ihm mit froher Miene entgegen und sagte: „Heute, lieber Mann, ist einmal Bruder Rinaldo zur guten Stunde, wie ein Schutzengel zu uns gekommen, sonst hätten wir gewiß unser Kind verloren."

Als dies der arme Tropf hörte, war er ganz bestürzt und fragte, was denn geschehen wäre.

„Ach, lieber Mann," sprach sie, „er fiel vorhin in eine so heftige Ohnmacht, daß ich dachte, er wäre schon tot, und daß ich nicht wußte, was ich tun oder wie ich mir raten sollte. Zum Glück kam Bruder Rinaldo, unser Gevatter, dazu und nahm ihn auf den Arm. 'Gevatterin,' sprach er, 'das Kind hat Würmer im Leibe, die ihm schon nahe ans Herz kommen und ihn nur gar leicht ums Leben bringen könnten. Seid aber unbesorgt; ich will sie beschwören, daß sie alle sterben sollen, und ehe ich wieder davongehe, sollt Ihr Euer Kind so gesund wiederhaben, als es jemals gewesen ist.' Wir hätten auch dich gerne hier gehabt, um einige Gebete dabei zu sprechen. Weil du aber nicht zu Hause warst und die Magd dich nicht finden konnte, so hat er die Gebete durch einen seiner Mitbrüder ganz zuoberst im Hause sprechen lassen. Er ging indessen mit mir in diese Kammer, weil niemand als die Mutter des Kindes bei der Beschwörung gegenwärtig sein durfte, und damit uns niemand stören möchte, schlossen wir die Tür zu. Er hat das Kind noch jetzt im Arm, und ich glaube, er wartet nur, bis sein Mitbruder die Gebete gesprochen hat, und der wird wohl schon zu Ende sein. Denn das Kind ist schon wieder bei völliger Besinnung."

Der arme Kerl war so zärtlich um sein Kind besorgt, daß er alles glaubte und nicht das mindeste von dem Streiche argwöhnte, den ihm seine Frau gespielt hatte, sondern mit einem tiefen Seufzer sagte: „Ich will gleich hingehen und ihn sehen."

„Beileibe nicht!" sprach die Frau. „Warte noch ein wenig, damit du nicht alles wieder verdirbst. Ich will hineingehen und zusehen, ob du kommen kannst, und will dich dann schon rufen."

Bruder Rinaldo, der alles aufmerksam gehört und Zeit gehabt hatte, sich anzukleiden und das Kind auf den Arm zu nehmen, rief: „He! Gevatterin, höre ich nicht die Stimme des Gevatters?"

„Ja, Euer Ehrwürden", antwortete der dumme Kerl.

„Kommt nur herein, Gevatter", sprach Rinaldo.

Er ging hinein; Bruder Rinaldo kam ihm entgegen und sagte: „Da habt Ihr durch Gottes Gnade Euer Söhnchen frisch und gesund, um welches wir vor einem Stündchen besorgt waren, daß Ihr es diesen Abend nicht lebendig wiedersehen würdet. Lasset deswegen zur Ehre des Herrn dem heiligen Ambrosius ein Wachsbild des Kindes in Lebensgröße opfern; denn um seines Verdienstes willen hat es Euch der Himmel in Gnaden wiedergeschenkt." Als der Knabe seinen Vater gewahrte, lief er ihm entgegen und schmeichelte ihm, wie Kinder zu tun pflegen. Der Vater hob ihn auf und vergoß Freudentränen, als wenn er ihn aus der Gruft gezogen hätte. Er küßte das Kind und dankte dem Gevatter, der ihm das Leben gerettet hätte.

Der Genosse des Paters, der die Magd mehr als ein Paternoster -- es waren wohl deren vier -- gelehrt, hatte ihr ein Beutelchen von weißem Zwirn gegeben, das ihm eine Nonne geschenkt hatte, und war ihr

Seelsorger geworden, an dem sie mit frommer Verehrung hing. Als er hörte, daß der gute Ehemann in die Kammer seiner Frau gerufen wurde, schlich er sich leise an einen Ort, wo er alles hören konnte, was vorging. Als er nun merkte, daß alles glücklich abgelaufen war, kam er herunter und sagte: „Bruder Rinaldo, ich habe die vier Paternoster gesprochen, wie Ihr mir befohlen habt."

„Wohlgetan, mein Bruder!" sprach Rinaldo. „Du hast guten Atem. Ich für meinen Teil hatte nur erst zwei sprechen können, als der Gevatter kam, allein der Herr hat meine und deine Arbeit gnädig gedeihen lassen, und das Kind ist wieder gesund."

Der arme Betrogene ließ hierauf Wein und Erfrischungen bringen und bewirtete den Gevatter und seinen Mitbruder damit, womit ihnen beiden am besten gedient war. Er begleitete sie selbst bis zur Tür, empfahl sie Gott und versäumte nicht, das Wachsbild zu bestellen und es vor dem Bilde des heiligen Ambrosius neben den übrigen aufstellen zu lassen, übrigens nicht vor dem in Mailand.

18. Novelle

Ein Eifersüchtiger verkleidet sich als Priester und hört die Beichte seiner Frau. Sie beichtet ihm, daß sie einen Priester liebt, der sie alle Nächte besucht, und indem der Eifersüchtige deswegen vor seiner Tür Schildwache steht, läßt sie ihren Liebhaber über das Dach zu sich ins Haus kommen.

In Rimini war einmal ein Kaufmann, der an Geld und Gütern reich und auf seine sehr schöne Frau im höchsten Grade eifersüchtig war, und zwar aus keiner anderen Ursache, als weil er sie sehr liebte und sie für sehr schön hielt, und weil er sah, daß sie sich alle mögliche Mühe gab, ihm zu gefallen. Deswegen meinte er, ein jeder andere müßte sie ebenso liebenswürdig finden, und sie gäbe sich gleichfalls Mühe, einem jeden ebensosehr zu gefallen als ihm, die Schlußfolgerung eines Mannes von schlechtem Charakter und geringem Verstande. Seine Eifersucht verleitete ihn, sie so rigoros zu bewachen, daß mancher Missetäter, der zum Tode verurteilt ist, von seinem Kerkermeister nicht strenger gehalten werden kann. Nicht genug, daß er ihr nicht erlaubte, zu irgendeiner Hochzeit oder Feierlichkeit, oder auch nur in die Kirche zu gehen, sie durfte unter keiner Bedingung den Fuß aus dem Hause setzen sie wagte nicht einmal, sich am Fenster oder an der Tür zu zeigen, um auf die Straße hinauszusehen, so daß sie ein höchst unerträgliches Leben führte. Dieses empfand sie um desto schmerzlicher, je weniger sie es verdient hatte. Da sie nun unschuldigerweise so vieles von ihrem Manne dulden mußte, so beschloß sie endlich zu ihrer eigenen Genugtuung, wenn es möglich wäre, diese strenge Behandlung zu verdienen. Weil sie keine Gelegenheit hatte, sich am Fenster zu zeigen und irgendeinen Vorbeigehenden, der etwa mit ihr kokettierte, durch Blicke aufzumuntern, daß sie sich seine Liebe würde gefallen lassen, so machte sie einen Anschlag auf einen hübschen, anmutigen Jüngling, von dem sie wußte, daß er in dem Hause neben dem ihrigen wohnte, und sie beschloß, zu versuchen, ob nicht irgendwo ein Loch in der Mauer wäre, wo sie die Gelegenheit erspähen könnte, mit dem jungen Manne zu sprechen, ihm ihre Liebe anzutragen, die Mittel zu einer Zusammenkunft mit ihm zu verabreden und sich mit ihm die trüben Stunden solange zu vertreiben, bis der Eifersuchtsteufel aus ihrem Manne gefahren wäre. Indem sie nun, so oft ihr Mann nicht zu Hause war, bald hier, bald dort die Mauer des Hauses untersuchte, fand sie endlich an einem ziemlich verborgenen Orte einen kleinen Riß in der Mauer, durch den sie zwar nicht deutlich sehen aber doch so viel bemerken konnte, daß er in eine Kammer des benachbarten Hauses ausging. Sie wünschte nunmehr nichts sehnlicher, als daß diese die Kammer des Filippo, ihres jungen Nachbarn, sein möchte, und sie gab deswegen einer Magd, die sie bedauerte, den Auftrag, sich danach zu erkundigen. Zu ihrer großen Freude erfuhr sie, daß er wirklich dort ganz allein schlief. Von nun an besuchte sie den Spalt, so oft sie konnte, und als sie einst merkte, daß der junge Mann in seiner Kammer war, ließ sie Steinchen und Holzstückchen durch die Ritze in sein Zimmer fallen, bis sie seine Aufmerksamkeit erregte, und der Jüngling sich näherte, um zu sehen, was es zu bedeuten hätte. Jetzt rief sie ihn leise, und er, der ihre Stimme erkannte, antwortete ihr. Sie entdeckte ihm mit wenigen Worten ihr ganzes Herz, und der Jüngling war so froh darüber, daß er von seiner Seite alles beitrug, um den Spalt unbemerkt zu erweitern; so daß sie bequemer miteinander sprechen und sich die Hände geben konnten.

Weiter konnten sie es jedoch wegen der unermüdlichen Wachsamkeit des Eifersüchtigen nicht bringen.

Als das Weihnachtsfest herankam, sagte die Frau zu ihrem Manne, wenn er nichts dawider hätte, so wünschte sie am ersten Feiertage zur Frühmette in die Kirche zur Beichte und Kommunion zu gehen, wie andere gute Christen täten.

„Was hast du gesündigt, daß du beichten willst?“ fragte der Eifersüchtige.

„Glaubst du denn, daß ich eine Heilige geworden bin, weil du mich so einschließest?“ erwiderte die Frau. „Du kannst wohl denken, daß ich Sünden begehe wie andere sterbliche Menschen, aber dir will ich sie nicht bekennen, denn du bist kein Priester.“

Diese Worte waren ein neuer Zunder für den Verdacht des Eifersüchtigen; er nahm sich vor, zu wissen, welche Sünden seine Frau begangen hätte, und besann sich auch schnell auf ein Mittel dazu. Er antwortete demnach seiner Frau, er wäre es zufrieden; allein er verlangte, daß sie in keine andere Kirche gehen solle als in ihre eigene Kapelle, wohin sie sich frühmorgens begeben könne, auch solle sie entweder bei ihrem Kaplan beichten oder bei dem, den ihr dieser zuweisen würde, und bei keinem andern, und alsdann gleich wieder nach Hause kommen. Die Frau glaubte seine Absicht schon halb erraten zu haben, doch ließ sie sich nichts merken, sondern versprach bloß, alles so zu tun. Als der Christtag kam, stand sie des Morgens früh in der ersten Dämmerung auf, kleidete sich an und ging in die Kirche, die ihr Mann ihr angegeben hatte. Der Eifersüchtige war nicht minder früh bei der Hand und hatte sich schon vor seiner Frau nach derselben Kirche begeben. Mit dem Priester hatte er schon alles verabredet, was zu seiner Absicht diente; er zog einen Chorrock an, setzte eine große Kapuze mit Backenklappen auf, wie sie

Priester zu tragen pflegen, zog sie tief ins Gesicht und nahm Platz im Chor. Als die Dame in die Kirche kam, fragte sie nach dem Kaplan. Dieser erschien, und als sie ihm sagte, daß sie beichten wolle, entschuldigte er sich, daß er zwar selbst nicht Zeit hätte, ihre Beichte zu hören, doch versprach er, ihr einen seiner Amtsbrüder zu schicken. Er ging darauf weg und schickte den Eifersüchtigen zu seinem bösen Stündlein hin. Dieser kam langsam einhergeschritten; allein ob es gleich noch nicht hell war und er seine Kapuze so tief als möglich in die Augen gerückt hatte, so erkannte ihn doch seine Frau auf den ersten Blick. Nun, gottlob dachte sie bei sich, mein Eifersüchtiger ist aus einem Kerkermeister zum Priester geworden, aber laßt ihn nur machen, er soll bei mir finden, was er sucht. Sie tat demnach, als ob sie nichts merke, und kniete vor ihm nieder. Der Eifersüchtige hatte ein paar Kieselsteine in den Mund genommen, um seine Stimme vor seiner Frau zu verstellen, und glaubte überhaupt sich so vermummt zu haben, daß niemand ihn erkennen könnte. Die Frau begann ihre Beichte, und nachdem sie ihm gesagt hatte, daß sie verheiratet sei, gestand sie, sie wäre sehr verliebt in einen Priester, und er schliefe alle Nächte bei ihr. Bei diesem Geständnisse ward dem Eifersüchtigen zumute, als wenn ihm ein Dolch ins Herz gestoßen würde und wenn er nicht begierig gewesen wäre, mehr zu erfahren, so wäre er mitten in der Beichte davongelaufen.

Er hielt indessen Stich und fragte: „Schläft denn nicht Euer Mann bei Euch?“

„Ei freilich, ehrwürdiger Herr“, sprach die Dame.

„Wie kann denn auch der Priester bei Euch schlafen?“ fragte der verkappte Beichtvater.

„Herr,“ versetzte sie, „ich weiß nicht, welche Kunst er anwendet, aber es ist keine Tür in unserem Hause so fest verschlossen, die sich ihm nicht öffnet, sobald er sie nur berührt, und er hat mir auch gesagt, daß er gewisse Worte spricht, ehe er in meine Kammer kommt, die meinen Mann augenblicklich einschläfern, und sobald er merkt, daß dieser schläft, öffnet er die Tür, kommt herein und bleibt bei mir, und dies schlägt ihm niemals fehl."

„Madonna, das ist sehr übel getan," sprach der Eifersüchtige, „und Ihr müßt es beileibe nicht mehr tun."

„Ach, Ehrwürdiger," versetzte die Frau, „ich glaube nicht daß ich es unterlassen kann, denn ich liebe ihn gar zu sehr."

„Dann kann ich Euch nicht lossprechen", antwortete ihr Mann.

„Das tut mir leid," versetzte die Frau, „allein ich bin nicht hergekommen, um Euch zu belügen; wenn ich glaubte, daß ich es lassen könnte, so würde ich's Euch sagen."

„Es tut mir wahrlich leid um Euch, Madonna," sprach der Eifersüchtige, „weil ich sehe, daß Ihr auf diese Weise Eure Seele ins Verderben stürzt. Ich will inzwischen Euch zuliebe besonders für Euch beten, vielleicht wird Euch das helfen. Ich will deswegen meinen Chorknaben bisweilen zu Euch schicken, und Ihr könnt ihm sagen, ob mein Gebet Euch geholfen hat oder nicht. Hilft es, so will ich damit fortfahren."

„Tut das ja nicht, ehrwürdiger Herr," sprach sie, „daß Ihr mir jemand ins Haus schickt. Mein Mann ist gar zu eifersüchtig, und wenn er's erführe, so würde alle Welt ihm den Verdacht nicht aus dem Kopfe bringen, daß der Mensch um unerlaubter Dinge willen zu mir käme, und dann hätt' ich in Jahr und Tag keine gute Stunde mehr bei ihm."

„Davor fürchtet Euch nicht, Madonna", sprach der Eifersüchtige. „Ich will es schon so einrichten, daß Ihr nie ein Wort von ihm deswegen hören sollt."

„Wenn Ihr das zuwege bringt, so bin ich's zufrieden", sprach die Frau. Sie schloß hierauf ihre Beichte, empfing die Absolution, stand auf und ging in die Messe.

Der Eifersüchtige keuchte vor Wut über sein Mißgeschick. Er legte seine Priesterkleider ab und ging nach Hause, voll Begier, den Priester bei seiner Frau zu ertappen und ihnen beiden übel mitzuspielen.

Als die Frau aus der Kirche kam, sah sie bald an der Miene ihres Mannes, daß sie ihm einen bösen Christtag verschafft hatte; er suchte jedoch soviel wie möglich sich nichts merken zu lassen, was er getan hatte und was er meinte erfahren zu haben. Da er nun beschlossen hatte, die folgende Nacht bei der Haustür aufzupassen, ob der Priester kommen würde, so sagte er zu seiner Frau: „Ich werde heute abend auswärts essen und auch die Nacht nicht zu Hause zubringen. Sieh zu, daß du die Haustür, die Treppentür und die Kammertür gut verschließest und geh zu Bett, wenn es Zeit ist."

„Schön!" sagte die Frau und ging, sobald sie Zeit fand, zu ihrer Mauerspalte. Auf ein gegebenes Zeichen stellte sich Filippo den Augenblick ein. Sie erzählte ihm, was sie des Morgens getan und was ihr Mann ihr nach der Mahlzeit gesagt hatte. „Ich bin versichert," sprach sie, „daß er nicht aus dem Hause gehen, sondern an der Tür Nachtwache halten wird. Versuche über das Dach zu mir ins Haus zu kommen, damit wir beieinander sein können."

„Madonna, laßt mich nur machen", sprach der Jüngling voller Freuden.

Als der Abend kam, nahm der Eifersüchtige seinen Degen und verbarg sich heimlich in einem Kämmerchen im Erdgeschoß, dicht neben der Haustür. Die Frau vergaß nicht, alle Türen zu verschließen, vor allen Dingen aber die Treppentür, damit ihr Eifersüchtiger nicht zu ihr herauf kommen könne. Zu gelegener Zeit kam der junge Nachbar still und vorsichtig zu ihr herüber, und beide legten sich zu Bett, um sich miteinander zu vergnügen, bis der Tag kam und der Jüngling in sein Haus zurückkehrte.

Indes klapperten dem Eifersüchtigen, der nichts zu Abend gegessen hatte, vor Hunger, Frost und Verdruß die Zähne. Er blieb fast die ganze Nacht hindurch wach und unter den Waffen und wartete auf den Priester. Als schon der Morgen dämmerte, legte er sich endlich in dem Kämmerchen zu ebener Erde nieder und schlief bis zur dritten Morgenstunde. Sobald die Haustür offen war, stand er auf und stellte sich als ob er eben nach Hause käme, ging hinauf in sein Zimmer und frühstückte. Bald nachher schickte er einen Knaben zu seiner Frau, der sich für den Chorknaben des Priesters, bei dem sie gebeichtet hatte, ausgeben und sich erkundigen mußte, ob der Bewußte wieder bei ihr gewesen wäre.

Die Frau kannte den Abgesandten recht gut und gab ihm zur Antwort, der Bewußte sei in der vergangenen Nacht nicht gekommen, und wenn er noch öfter ausbliebe, so wäre es möglich, so leid ihr das auch sein würde, daß sie ihn gar vergäße.

Der Eifersüchtige fuhr noch viele Nächte fort, an der Tür zu wachen, um den Priester zu ertappen; die Frau versäumte unterdessen nicht, sich mit ihrem Liebhaber gütlich zu tun. Endlich konnte der Eifersüchtige sich nicht länger halten und fragte mit zorniger Miene seine Frau, was sie dem Priester an jenem Morgen in der Beichte gesagt hätte.

Sie gab zur Antwort, sie würde es ihm nicht sagen, weil es weder ehrbar noch geziemend wäre, es ihn wissen zu lassen.

„Gottloses Weib!“ fuhr er sie an. „Ich weiß trotzdem, was du ihm gebeichtet hast, und nun will ich durchaus wissen, wer der Priester ist, in den du dich vergafft hast, und der durch seine Zauberei alle Nächte bei dir schläft. Gestehe mir's, oder ich schneide dir den Hals ab.“

Die Frau antwortete, es wäre nicht wahr, daß sie einen Priester liebe.

„Was?“ sprach der Mann. „Hast du dem Priester nicht so und so alles gestanden, als du ihm beichtetest?“

„Das kann er dir nur selbst erzählt haben. Du sprichst so, als ob du selbst dabeigewesen bist. Freilich habe ich ihm das alles gesagt.“

„Wohlan, so sage mir, wer dieser Priester ist, und zwar sofort“, sprach der Eifersüchtige.

Die Frau lachte und gab ihm zur Antwort: „Es macht mir nicht wenig Spaß, daß ein kluger Mann sich von einem einfältigen Weib bei der Nase führen läßt wie ein Schöps bei den Hörnern zur Schlachtbank. Aber du bist freilich nicht recht klug und warst es nie, von dem Tage an, da du dich von dem verdammten Teufel der Eifersucht betören ließest, ohne selbst zu wissen warum; und je törichter und einfältiger du dich bewiesen hast, um so weniger Ehre macht es mir, dich überlistet zu haben. Meinst du denn, mein Herr und Gemahl, daß ich an den Augen des Leibes so blind bin wie du an den Augen des Geistes? Nein, das bin ich wahrlich nicht! Ich sah und wußte wohl, wer der Priester war, dem ich beichtete, und das warst du selbst. Ich nahm mir aber vor, dir zu geben, was du haben wolltest, und ich gab es dir. Wärst du so gescheit gewesen wie du dich dünkst, so hättest du freilich nicht auf solche Art gesucht, hinter die Geheimnisse deines guten Weibes zu kommen; du hättest auch wohl, ohne dir eitle und nichtige Grillen in den Kopf zu setzen, einsehen können, daß ich dir die reine Wahrheit bekannte, ohne jedoch das geringste wider dich gesündigt zu haben. Ich sagte dir, ich liebe einen Priester. Und hattest denn du, den ich mehr liebe, als du es verdienst, dich nicht in einen Priester verwandelt? Ich sagte dir, keine Tür in meinem Hause könne ihm den Weg versperren. Und welche Tür hätte dich denn jemals zurückhalten können, wenn du zu mir kommen wolltest? Ich sagte, der Priester schliefe alle Nächte bei mir. Und welche Nacht hättest du nicht bei mir geschlafen? So oft du nachher deinen Chorknaben zu mir sandtest, weißt du, daß ich dir jedesmal, wenn du nicht bei mir gewesen bist, dir ebenso oft habe sagen lassen, der Bewußte wäre ausgeblieben. Welcher Narr außer dir, der du dich von der Eifersucht hast verblenden lassen, hätte das alles nicht eingesehen? Überdies bist du zu Hause geblieben, hast an der Tür Schildwache gestanden, und mir glaubtest du weiszumachen, du hättest anderswo zur Nacht gegessen und geschlafen. Bessere dich doch endlich und werde wieder ein Mann, wie du gewesen bist, und mache dich nicht zum Gespött bei denen, die dich kennen, wie ich dich kenne, und laß das feierliche Wachestehen bleiben, wie du es bis jetzt ausübst. Denn ich schwöre dir bei Gott, wenn mir die Lust ankäme, dir Hörner aufzusetzen, und du hättest hundert Augen statt deiner zwei, ich würde wissen, meinen Willen durchzusetzen, ohne daß du das geringste gewahr würdest."

Der Eifersüchtige, der meinte, das Geheimnis seiner Frau so schlau ausgekundschaftet zu haben, merkte nun, daß sie ihn zum besten gehabt hatte. Er erwiderte ihr kein Wort, und von der Stunde an hielt er sie für das beste und keuscheste Weib und entsagte seiner Eifersucht in dem Augenblick, da sie begründet gewesen wäre, nachdem er sich ihr zur Unzeit überlassen hatte, solange es nicht nötig war. Die kluge Frau hatte von der Zeit an fast freie Hand, sich ihrem Vergnügen zu überlassen, und sie brauchte nun nicht mehr ihren Liebhaber über die Dächer kommen zu lassen wie ein Kater, sondern konnte ihn zur Tür hereinlassen. Sie stellte es so vorsichtig an, daß sie zu vielen Malen frohe Stunden und ein heiteres Leben genoß.

19. Novelle

Lodovico macht Frau Beatricen eine Liebeserklärung. Sie schickt ihren Mann in ihrer Kleidung in den Garten und läßt den Lodovico unterdessen seinen Platz einnehmen, welcher hernach aufsteht und den Gemahl im Garten verprügelt.

In Paris war vor nicht gar zu langer Zeit ein florentinischer Edelmann, den seine zerrütteten Vermögensverhältnisse gezwungen hatten, ein Kaufmann zu werden, und das Glück war ihm bei seinen Geschäften so günstig gewesen, daß er ein sehr reicher Mann geworden war. Er hatte mit seiner Frau nur einen einzigen Sohn, namens Lodovico. Weil er nun wünschte, daß dieser, seiner Geburt gemäß, als ein Edelmann und nicht als Kaufmann sollte erzogen werden, so hatte er ihn nie in ein Geschäft stecken wollen, sondern ihn mit andern jungen Edelknaben am Hofe des Königs von Frankreich Dienst nehmen lassen, woselbst er seine Sitten sehr vorteilhaft gebildet und viel Gutes gelernt hatte. Während dieser Zeit kamen einmal einige Edelleute, die eben von einer Wallfahrt nach dem Heiligen Grabe zurückkehrten, in eine Gesellschaft junger Leute, bei der sich auch Lodovico befand; und indem sie von den schönen Frauen in Frankreich, England und anderen Ländern sprachen, behauptete einer von ihnen, daß es auf dem weiten Rund der Erde unter allen Frauen, die er gesehen hätte, keine schönere gäbe als Madonna Beatrice, die

Gemahlin des Egano de Galuzzi in Bologna. Eben dies bestätigten auch alle seine Reisegefährten, die mit ihm in Bologna gewesen waren. Lodovico, der das hörte und noch nie geliebt hatte, ward durch diese Beschreibung so neugierig gemacht, sie zu sehen, daß er mit keinem anderen Gedanken umging und es sich fest vornahm, nach Bologna zu reisen, um sie kennen zu lernen und dazubleiben, wenn sie ihm gefiele. Er gab demnach gegen seinen Vater vor, daß er nach dem Heiligen Grabe wallfahren wolle, und erhielt die Erlaubnis dazu, nicht ohne viel Schwierigkeit. Unter dem angenommenen Namen Anichino kam er nach Bologna; und das Glück fügte es so, daß er schon am folgenden Tage bei einem öffentlichen Feste Beatrice zu sehen bekam, die er noch weit schöner fand, als er sie sich vorgestellt hatte, und sich deswegen vornahm, Bologna nicht eher zu verlassen, als bis er ihre Liebe gewonnen habe. Nachdem er sich lange über die Mittel bedacht hatte, seinem Ziel näherzukommen, deuchte ihm endlich das beste zu sein, von anderen Plänen abzusehen und bei ihrem Gemahl, der eine sehr zahlreiche Dienerschaft unterhielt, Dienste zu nehmen. Er verkaufte demnach seine Pferde, brachte seine Leute gehörig unter und befahl ihnen, sich nie merken zu lassen, daß sie ihn kannten. Hierauf entdeckte er seinem Wirte, daß er wohl Lust hätte, bei einem guten Herrn in Dienst zu gehen.

Der Wirt gab ihm zur Antwort: „Du scheinst mir gerade der Mann zu sein, um einem gewissen Edelmann zu Bologna, namens Egano, willkommen zu sein. Er hält viele Diener und sieht es gern, daß sie so manierlich aussehen wie du. Ich will mit ihm sprechen."

Er hielt ihm auf der Stelle Wort und brachte es auch gleich bei der ersten Unterredung dahin, daß Egano den Anichino in seine Dienste nahm, was diesem sehr erfreulich war. Als er nun bei diesem angestellt war und öfter Gelegenheit hatte, seine Gebieterin zu sehen, ließ er es sich angelegen sein, seinen Herrn so aufmerksam zu bedienen, daß er seine Liebe bald in einem solchen Grade gewann, daß er nichts ohne ihn vornahm und ihm alle seine Angelegenheiten anvertraute.

Einmal, Egano war auf die Reiherbeize geritten und Anichino zu Hause geblieben, setzte sich Beatrice (die zwar von seiner Liebe noch nichts ahnte, aber an seinen Manieren viel Gefallen fand und ihm deswegen sehr zugetan war) mit ihm zum Schachspiel, und Anichino, um ihr Vergnügen zu machen, wußte es sehr geschickt so einzurichten, daß sie gewann, worüber sie große Freude hatte. Während des Spieles hatten sich ihre Frauen eine nach der andern entfernt, und sobald sie beide allein waren, tat Anichino einen tiefen Seufzer.

„Was ist dir, Anichino?" fragte Beatrice und sah ihn an. „Ist es dir so leid, daß ich gewinne?"

„Ach, Madonna!" antwortete Anichino, „etwas viel Wichtigeres hat mir diesen Seufzer ausgepreßt."

„So sage es mir, wenn du mich lieb hast", versetzte Beatrice.

Ein noch tieferer Seufzer als der erste entfuhr Anichino, als er die Worte „wenn du mich lieb hast" von der hörte, die er über alles liebte. Beatrice bat ihn deswegen nochmals, ihr zu sagen, worüber er seufze.

„Madonna," erwiderte Anichino, „ich fürchte, Ihr werdet mir zürnen, wenn ich es Euch sage, und ich muß besorgen, daß Ihr es einer anderen Person wiedersagen werdet."

„Ich verspreche dir," versetzte sie, „daß ich es nicht übelnehmen will, und du kannst versichert sein, daß ich ohne deinen Willen von dem, was du mir entdeckst, nie einem andern etwas wiedersagen werde."

„Wenn das ist, so will ich es Euch gestehen", sprach Anichino, und fast traten ihm die Tränen in die Augen, als er ihr erzählte, wer er wäre, was er von ihr gehört hätte und wo und wie er verliebt in sie geworden wäre und weswegen er Dienst bei ihrem Gemahl genommen hätte. Zugleich bat er sie demütig, Mitleid mit ihm zu haben und seiner ebenso feurigen als verschwiegenen Liebe, wenn es möglich wäre, Gehör zu geben; oder wenn sie sich dazu nicht entschließen könne, ihm wenigstens zu vergönnen, sie ferner in seinem bisherigen Verhältnis zu verehren.

O du ausbündige, sanfte Wärme des bolognesischen Blutes! Wie bist du immer in solcher Herzensqual zu preisen gewesen! Nie konntest du dein Auge weiden an den Tränen, an den Seufzern der Liebenden; nie warst du taub gegen zärtliche Bitten, sondern mit gütiger Herablassung kamst du jederzeit den Wünschen der aufrichtigen Liebe entgegen. Wäre ich imstande, dich nach Verdienst zu rühmen, so würde mein Mund nie von deinem Lobe schweigen.

Die edle Frau verwandte keinen Blick von Anichino, indem er sprach, und da sie seinen Worten Glauben beimaß, wirkte die Liebe durch seine Bitten so mächtig auf ihr Herz, daß auch sie sich bewegt fühlte und mit mehr als einem Seufzer ihm zur Antwort gab: „Sei getrost, lieber Anichino! Mich haben zwar bisher weder Geschenke noch Verheißungen, weder Bitten noch Schmeicheleien von Rittern und Herren oder auch von anderen Personen zur Liebe reizen können, obwohl ich genug Anfechtungen dieser Art gehabt habe und noch habe. Aber du hast mich durch deine Worte in diesen wenigen Augenblicken mehr zu der Deinigen gemacht, als ich mir selbst gehöre. Ich halte dich meiner Liebe vollkommen wert und will sie dir gewähren, und ich verspreche dir, ehe die künftige Nacht zu Ende geht, dich ihre Früchte genießen zu lassen. Komm um Mitternacht in meine Kammer, du wirst die Tür offen finden. Du weißt, an welcher Seite des Bettes ich schlafe. Dort komm hin, und wenn ich ja eingeschlummert wäre, so wecke mich nur mit einer leisen Berührung und erwarte von mir den Lohn deiner langen Sehnsucht. Damit du mir glaubst, so nimm diesen Kuß zum Unterpfand." Sie schlang ihm die Arme um seinen Hals und küßte ihn so liebevoll wie Anichino sie. Nachdem sie das besprochen hatten, ging Anichino weg, um seine Geschäfte zu besorgen, und erwartete mit zärtlicher Ungeduld die kommende Nacht. Egano kam von seiner Jagd zurück, und weil er sehr müde war, ging er bald nach dem Abendessen zu Bett, und seine Gemahlin folgte ihm und ließ wie verabredet, die Kammertür offen. Anichino kam um die bestimmte Zeit, trat leise in die Kammer, verschloß die Tür von innen, ging an die Seite des Bettes, wo die Dame lag, und legte die Hand auf die Brust der Dame, die er noch wachend antraf. Sie faßte mit ihren beiden Händen die seinige und hielt ihn fest. Hierauf warf sie sich, immer ihn festhaltend, so lange im Bett hin und her, bis ihr Gemahl erwachte. Als er wach war, sagte sie zu ihm: „Ich habe dich heut abend nicht aufhalten wollen, weil ich glaubte, du wärest müde, aber sage mir doch jetzt, ich bitte dich, wen hältst du wohl unter allen deinen Dienern für den treuesten und für den, der dir am meisten ergeben ist?"

„Was willst du mit dieser Frage sagen?" sprach Egano. „Weißt du das nicht selbst? Ich glaube nicht, daß ich jemals einen treueren Bedienten gehabt habe oder noch habe, auf den ich mehr Vertrauen setze, oder ihn lieber hätte, als Anichino. Aber noch einmal, warum stellst du diese Frage?"

Als Anichino fand, daß Egano wache, und als er hörte, daß von ihm die Rede war, versuchte er mehr als einmal, seine Hand wegzuziehen und sich zu entfernen, weil er fürchtete, die Dame wolle ihn verraten; allein sie hielt ihn so fest, daß er sich nicht loswinden konnte. Sie antwortete ihrem Gemahl: „Ich glaubte ebenfalls, daß es sich so verhielte, wie du sagst, und daß er dir treuer wäre als irgendein anderer; allein er selbst hat mir die Augen geöffnet. Denn als du heute auf die Beize geritten warst, blieb er zu Hause, und wie er glaubte, er hätte eine treffliche Gelegenheit gefunden, war er so unverschämt, von mir zu verlangen, ich solle ihm zu Willen sein. Um mich der Mühe zu überheben, dich davon weitläufig zu überführen, stellte ich mich, als ob ich dareinwillige, und versprach ihm, um Mitternacht in den Garten zu kommen und ihn unter dem Fichtenbaume zu erwarten. Du kannst wohl denken, daß ich nicht Lust habe, hinzugehn. Willst du aber die Treue deines Dieners auf die Probe stellen, so brauchst du nur eines von meinen Nachtkleidern anzulegen, einen Schleier über den Kopf zu werfen und ihn im Garten zu erwarten; ich glaube nicht, daß er ausbleiben wird."

„Das will ich doch wirklich sehen!" sprach Egano, stand auf, zog, so gut es im Dunkeln ging, ein Nachtkleid seiner Frau an, hüllte sich in ihren Schleier und ging in den Garten, um unter dem Fichtenbaum auf Anichino zu warten. Kaum war er hinausgegangen, so stand auch sie auf und verriegelte die Tür von innen. Anichino, der die größte Angst von der Welt ausgestanden, sich immer aus den Händen der Dame loszuwinden gesucht und hunderttausendmal sie und seine Liebe, sich selbst und seine Leichtgläubigkeit verwünscht hatte, war nunmehr außer sich vor Wunder und Wonne und eilte, nachdem sie wieder zu Bett gegangen war und er sich nach ihrem Wunsch entkleidet hatte, in die Arme seiner Geliebten, die ihn mit den süßesten Freuden beglückte. Nachdem sie eine geraume Zeit zusammen zugebracht hatten und die Dame glaubte, daß es für Anichino Zeit wäre, sich wegzubegeben, ließ sie ihn sich wieder ankleiden und sagte zu ihm: „Jetzt, mein Lieber, versieh dich mit einem tüchtigen Stock, geh in den Garten und stell dich, als wenn du meinen Mann für mich hieltest und mich mit deinem Liebesantrag nur hättest in Versuchung führen wollen. Überhäufe ihn mit Vorwürfen und präge sie ihm ein mit dem Knüttel, es wird uns zu nicht geringem Nutzen und Vergnügen gereichen."

Anichino stand auf, nahm einen schlanken Weidenstock mit und ging in den Garten. Als er sich dem Fichtenbaum näherte, und Egano ihn gewahr ward, ging ihm dieser entgegen, als wenn er ihn mit Freuden empfangen wollte.

„Ehrvergessenes Weib!" schrie Anichino ihn an. „Bist du denn wirklich gekommen und hast geglaubt, daß es mir jemals einfallen könne, diese Schandtat an meinem Herrn zu begehen? Aber warte, du sollst mir tausendmal dein böses Stündlein verfluchen, das dich hergeführt hat." Damit erhob er seinen Stock und fing an, Egano die Schultern damit zu messen. Kaum hörte dieser seine Worte und fühlte den Knüttel, so lief er, ohne einen Laut von sich zu geben, aus Leibeskräften davon. Anichino verfolgte ihn und rief noch immer: „Daß dich der Teufel hole, du liederliches Weibsstück! Warte nur, ich will morgen Egano von deinen Streichen erzählen."

Egano, der ein paar tüchtige Hiebe davongetragen hatte, lief so geschwind als möglich in seine Kammer zurück, und seine Frau empfing ihn mit der Frage, ob Anichino sich eingestellt habe.

„Ich wollte, er wäre weggeblieben", sprach Egano. „Er hielt mich für dich und hat mir mit einem Knüttel die Rippen weichgedroschen und mir alle niederträchtigen Schmähworte gesagt, die man einem liederlichen Weibsstück nur sagen kann. Es hätte mich auch gewundert, daß er dir einen solchen Antrag sollte gemacht haben, in der ernstlichen Absicht, mich zu beleidigen; aber dein munteres und fröhliches Wesen hat ihn vermutlich auf den Einfall gebracht, dich in Versuchung zu führen."

„Gott sei Dank," sprach Beatrice, „daß er mich nur mit Worten und dich mit der Tat geprüft hat! Er wird gewiß denken, daß ich die Worte geduldiger ertragen habe als du die Taten. Weil er dir denn wirklich so treu ist, so müssen wir ihn lieb und in Ehren halten."

„Du hast recht", sprach Egano und glaubte von nun an, vollgültige Beweise empfangen zu haben, daß er die keuscheste Frau und den treuesten Diener hätte, deren sich jemals ein Edelmann hätte erfreuen können. Er selbst scherzte hernach noch oft mit seiner Gemahlin und mit Anichino über diesen Auftritt, und diese gewannen dadurch bequemere Gelegenheit, als sie sonst vielleicht gefunden hätten, zu tun, woran sie Freude und Lust fanden, solange Anichino es noch gefiel, bei Egano in Bologna zu bleiben.

20. Novelle

Lydia, die Gemahlin des Nikostratus, verliebt sich in ihren Diener Pyrrhus. Dieser fordert drei Beweise, um sich davon zu überzeugen. Lydia gibt sie ihm nicht nur, sondern läßt sich auch in Gegenwart ihres Gemahls von ihm liebkosen und weiß dennoch diesem einzureden, daß er nichts gesehen habe.

In Argos, einer alten Stadt in Achaja, die durch ihre Könige mehr als durch ihre Größe berühmt geworden ist, war einst ein Mann von Stand namens Nikostratus, dem das Schicksal in seinem Alter noch eine junge, vornehme Dame zur Gattin bescherte, die ebenso unternehmend als schön war und Lydia hieß. Reich wie er war, lebte er auf großem Fuße und hielt eine Menge Diener, Hunde und Falken, denn er liebte die Jagd mit Leidenschaft. Unter anderm hatte er einen Diener, der ebenso anmutig, manierlich und von schöner Gestalt war, als gewandt in allen Dingen, die er unternahm. Er hieß Pyrrhus und besaß vor allen andern seine besondere Gunst und sein Zutrauen. In diesen verliebte Lydia sich derart, daß ihre Gedanken Tag und Nacht nur auf ihn gerichtet waren. Pyrrhus aber, der entweder ihre Liebe nicht bemerkte oder sie nicht bemerken wollte, schien sich darum gar nicht zu bekümmern. Dies war ihr sehr empfindlich, und sie faßte den festen Vorsatz, ihn aufmerksam darauf zu machen. Sie rief demnach eine von ihren Mägden namens Lusca zu sich, auf die sie großes Vertrauen setzte, und sprach zu ihr: „Lusca, die Wohltaten, die ich dir erwiesen habe, müssen mir billig deine Treue und deinen Gehorsam verbürgen; sieh dich also vor, daß von dem, was ich dir jetzt anvertrauen will, niemand etwas erfährt als der, den ich dir nenne. Du siehst, Lusca, ich bin ein junges, frisches Weib, ich besitze alles im Überfluß, was eine Frau sich nur wünschen kann, und es fehlt mir in der Welt an nichts als an einer Sache: das Alter meines Gemahls ist dem meinigen nicht angemessen; ich finde mich demnach mit dem schlecht versorgt, was den jungen Frauen das liebste ist, und da mich nicht weniger als andere danach verlangt, und das Schicksal mir so wenig günstig gewesen ist, daß es mir einen alten Mann beschieden hat, so ist es schon längst bei mir beschlossen, daß ich nicht meine eigene Feindin sein und mein Glück und Vergnügen vernachlässigen will. Um dieses ebenso vollkommen als alles übrige zu genießen, habe ich mir Pyrrhus, als den würdigsten vor allen andern, ausersehen, daß seine Umarmungen es mir verschaffen sollen. Ich habe mein Herz so sehr an ihn gehängt, daß mir nicht wohl ist, wenn ich ihn nicht sehe oder an ihn denke; und wenn ich nicht bald mit ihm zusammen sein kann, so glaube ich wahrlich, daß es mir noch das Leben kostet. Wenn dir also mein Leben lieb ist, so erkläre ihm auf die schicklichste Weise meine Liebe und bitte ihn, daß er zu mir komme, wenn ich ihn durch dich werde rufen lassen."

Die Zofe war bereit; sie nahm die erste Gelegenheit wahr, Pyrrhus auf die Seite zu ziehen und den Auftrag ihrer Frau auszurichten.

Pyrrhus, der sich nie dergleichen vermutet hatte und fürchtete, die Dame ließe ihm das nur sagen, um ihn in Versuchung zu führen, gab rasch und mit Härte zur Antwort: „Lusca, ich kann nicht glauben, daß meine Gebieterin solche Worte gesprochen hat; bedenke also wohl, was du sprichst; denn wenn dies auch wirklich von ihr käme, so glaube ich doch nicht, daß es ihr Ernst gewesen sei, und wenn es ihr Ernst gewesen wäre, so hält mich doch mein Herr mehr in Ehren, als ich verdiene, und ich würde ihm eine solche Beleidigung nicht zufügen, wenn ich auch wüßte, mein Leben damit zu retten. Hüte dich also, daß du mir mit dergleichen Reden nie wieder vor die Augen kommst."

Lusca ließ sich durch seine barsche Antwort nicht schrecken. „Pyrrhus," sagte sie, „ich werde von diesen Dingen und von allem, was meine Frau mir befiehlt, mit dir reden, so oft sie es mir aufträgt, es mag dir lieb oder leid sein, aber nimm mir's nicht übel, du bist ein Schafskopf."

Damit verließ sie ihn ein wenig verdrießlich und ging zu ihrer Frau, die sich über seine Antwort fast zu Tode grämen wollte. Nach einigen Tagen sprach sie indessen wieder zu ihrer Zofe: „Lusca, du weißt, der Baum fällt nicht auf den ersten Hieb; ich dächte also, du gingest wieder zu dem Halsstarrigen, der sich zu meinem Kummer auf eine sonderbare Art pflichtgetreu bezeigt, und schilderst ihm zu gelegener Zeit die ganze Glut meines Herzens. Kurz, gib dir alle mögliche Mühe, die Sache zustande zu bringen; denn wenn wir es bewenden lassen, so bricht mir das Herz und Pyrrhus wird meinen, ich hätte ihn nur zum besten gehabt, und wird mich hassen, da ich doch seine Liebe zu gewinnen wünsche." Die Zofe bat ihre Frau, guten Muts zu sein; sie ging wieder zu Pyrrhus, und weil sie ihn bei heiterer Laune antraf, sprach sie zu ihm: „Pyrrhus, vor einigen Tagen sagte ich dir, wie sehr unsere Gebieterin von Liebe zu dir entzündet wäre, und ich bringe dir jetzt von neuem die Bestätigung davon. Wenn du dich ferner noch so hartnäckig zeigest wie neulich, so sei versichert, daß sie nicht lange leben wird. Laß dich demnach erbitten, ihre Wünsche zu erfüllen; denn wenn du noch länger auf deinem Eigensinn bestehst so mußt du dich künftig als einen Toren betrachten, da ich dich doch immer für einen vernünftigen Menschen gehalten habe. Mußt du es dir nicht zur Ehre schätzen, dich von einer so schönen und edlen Frau geliebt zu wissen? Und überdies, wie sehr hast du Ursache, dem Glück zu danken, daß es dir ein solches Kleinod darbietet, das nicht nur deinen jugendlichen Wünschen so angemessen ist, sondern dir auch eine nie versiegende Quelle öffnet, um alle deine Bedürfnisse zu befriedigen? Wo findest du einen von deinesgleichen, dem größere Freuden bevorstehen als dir wenn du gescheit bist? Welcher andere wird mit Waffen und Pferden, mit Geld und mit Kleidern reichlicher versorgt sein als du, wenn du ihre Liebe erwiderst? Öffne demnach dein Herz meinen Worten, kehre in dich und bedenke, daß nur einmal das Glück uns mit lächelndem Blick und mit offenem Schoß entgegenkommt. Wer alsdann nicht weiß, sich ihm in die Arme zu werfen, und muß hernach darben und betteln, der beklage sich nicht über das Unglück, sondern nur über sich. Überdies mußt du das Band der Treue zwischen Herrn und Diener nicht für so heilig halten als zwischen Verwandten und Freunden, sondern es ist genug, wenn der Diener sich bestrebt, seinem Herrn so redlich zu begegnen wie dieser ihm. Und meinst du denn, wenn du eine schöne Frau oder Mutter oder Tochter oder Schwester hättest, die dem Nikostratus gefiele, daß er sich so gewissenhaft gegen dich betragen würde, wie du mit ihm in Rücksicht auf seine Gemahlin verfahren willst? Du wärest ein Tor, wenn du es glaubtest. Sei versichert, wenn Bitten und Schmeicheleien nicht helfen wollten, so würde er auch wohl zu Zwangsmitteln greifen, es möchte dir behagen, wie es wolle. Laß uns also gegen sie und die Ihrigen so verfahren, wie sie es mit uns machen und mit allem, was uns angehört. Genieße die Wohltat des Glückes; stoße es nicht von dir, sondern komm ihm entgegen und nimm es auf, wenn es dich besucht. Denn wahrlich, wenn du es nicht tust, so wirst du nicht nur deiner Gebieterin den gewissen Tod bereiten, sondern du wirst es so oft und so lange bereuen, daß du dir selber den Tod wünschen wirst."

Pyrrhus, der mehr als einmal über die erste Botschaft der Lusca nachgedacht hatte, war bereits entschlossen, wenn sie noch einmal wiederkäme, ihr eine andere Antwort zu geben und sich ganz in den Willen seiner Gebieterin zu fügen, sobald er gewiß versichert sein könne, daß man ihn nicht bloß auf die Probe stellen wolle. „Höre, Lusca," gab er ihr zur Antwort, „ich sehe wohl ein, daß alles wahr ist, was du mir sagst; allein andererseits kenne ich auch meinen Herrn als einen sehr klugen und scharfsichtigen Mann, und da er mir alle seine Sachen anvertraut, so fürchte ich, daß Lydia dies alles mit seinem Wissen und Willen so angestellt hat, um mich zu versuchen. Wenn sie aber, um mich zu beruhigen, drei Dinge erfüllen will, so soll sie mir nach diesem nichts befehlen können, worin ich ihr nicht auf der Stelle gehorche. Die drei Dinge, die ich von ihr fordere, sind folgende: Erstlich muß sie dem besten Falken ihres Gemahls in seiner Gegenwart den Hals umdrehen; zweitens muß sie mir ein Büschel Haare aus dem Barte des Nikostratus und drittens einen von den besten Zähnen aus seinem Munde schicken."

Diese Forderung fand Lusca sehr hart, und Lydia fand sie noch härter. Doch Amor, der ein meisterhafter Tröster und ein listenreicher Ratgeber ist, bewog sie, die Ausführung zu unternehmen. Sie ließ also dem Pyrrhus durch ihre Magd sagen, daß alles, was er verlangt hätte, gewiß und bald geschehen solle, und weil er doch seinen Herrn für so klug und weise hielt, so verspreche sie ihm noch überdies, daß er ihre erste Gunstbezeigung in seiner Gegenwart genießen, und daß Nikostratus dennoch das, was er selbst gesehen hätte, für nicht geschehen halten solle. Pyrrhus war voll Erwartung, wie sie sich dabei benehmen würde.

Nach einigen Tagen, als Nikostratus ein großes Gastmahl gab und, wie er oft zu tun pflegte, einige Edelleute bewirtete, trat Lydia nach aufgehobener Tafel in einem grünen Samtkleide und völlig geschmückt, in den Speisesaal, ging nach der Stange, auf der der Lieblingsfalke ihres Gemahls saß, nahm ihn in Gegenwart der Gäste und des Pyrrhus herunter, als wollte sie ihn zur Jagd auf die Hand setzen, ergriff ihn bei den Fängen, schlug ihm den Kopf an die Mauer und tötete ihn.

„Wehe, Weib, was hast du getan!" fuhr Nikostratus sie an.

Sie antwortete ihm nicht, sondern wandte sich an die Herren, die bei ihm zu Gast waren und sagte: „Meine Herren ich würde mich nicht scheuen, mich an einem Könige zu rächen, der mich beleidigt hätte; wieviel mehr denn an einem Falken? Ihr müßt wissen, daß dieser Falke mich schon längst um all die Zeit gebracht hat, die ein Ehemann billig dem Vergnügen seiner Frau widmen sollte. Denn sowie die Morgenröte aufgeht, steht Nikostratus auf, steigt zu Pferde und durchstreift mit seinem Falken auf der Hand die Fluren, um ihn stoßen zu sehen, indes ich einsam, allein und mißmutig im Bett zurückbleiben muß. Ich habe deswegen schon mehr als einmal Lust gehabt, zu tun, was ich jetzt tat, und ich habe es bisher nur deswegen unterlassen, weil ich wünschte, daß es in Gegenwart solcher Männer geschehen sollte, wie ihr seid, die über mein Verfahren ein gerechtes Urteil fällen können."

Die Edelleute, die dies anhörten und nichts anderes glaubten, als daß ihre Zärtlichkeit für ihren Gemahl mit ihren Worten übereinstimmte, sagten lachend zu dem erzürnten Nikostratus: „Wahrlich, Eure Gemahlin hat recht und hat wohlgetan, ihr erlittenes Unrecht durch den Tod des Falken zu rächen." Nachdem Lydia sich wieder in ihre Zimmer begeben hatte, scherzten die Männer noch mit ihrem Gemahl über den Vorfall und verwandelten seinen ganzen Zorn in Lachen. Pyrrhus, der alles mit angesehen hatte, dachte: Der Anfang ist gut und scheint für meine Liebe von guter Vorbedeutung zu sein. Wollten die Götter, daß sie so fortfahre.

Nachdem Lydia den Falken getötet hatte, waren kaum einige Tage verflossen, so fing sie in ihrem Zimmer mit ihrem Gemahl, der mit ihr scherzte, einen kleinen verliebten Zwist an, wobei er sie im Scherz ein wenig bei den Haaren zupfte und ihr dadurch Anlaß gab, ihr zweites Versprechen zu erfüllen. Sie faßte nämlich ihren Herrn Gemahl zur Vergeltung beim Bart und rupfte ihm ein Zipfelchen Haar glatt aus der Haut, und als Nikostratus zürnen wollte, sagte sie lachend zu ihm: „Warum machst du solch ein saures Gesicht, daß ich dir ein halbes Dutzend Haare aus dem Bart rupfe? Es hat dir gewiß nicht halb so wehgetan als mir, wie du mich eben bei den Haaren zogest." Indem sie nun noch eine Weile miteinander tändelten, fand sie Gelegenheit, das Zipfelchen Barthaar zu sich zu stecken, und sandte es noch am gleichen Tage ihrem teuern Geliebten. Die dritte Bedingung machte ihrem Scharfsinn mehr zu schaffen; doch da sie vielen Witz besaß, den die Liebe noch mehr geschärft hatte, so fand sie bald ein Mittel, auch diese zu erfüllen.

Nikostratus hatte zwei junge Edelknaben in seinem Dienst, die ihm von ihren Eltern anvertraut waren, um in seinem Hause adlige Sitten zu lernen; der eine diente ihm bei Tisch als Vorleger und der andere als Mundschenk. Diese ließ Lydia zu sich rufen und redete ihnen ein, daß sie aus dem Munde röchen. Sie sollten deswegen, wenn sie ihrem Herrn bei Tisch aufwarteten, das Gesicht so viel wie möglich von ihm abwenden und sich übrigens gegen niemand etwas davon merken lassen. Nachdem die Knaben, die ihr glaubten, dieses ein paar Tage befolgt hatten, nahm sie Gelegenheit, ihren Gemahl zu fragen, ob er das Betragen der Knaben wohl bemerkt hätte.

„Jawohl," sprach Nikostratus, „und ich habe sie schon fragen wollen, was sie damit meinen."

„Tue es nicht," sprach Lydia, „denn ich kann es dir selbst erklären. Ich habe bisher davon geschwiegen, weil ich dich nicht kränken wollte. Weil ich aber jetzt finde, daß es andere schon gemerkt haben, so lohnt es sich nicht, es dir länger zu verhehlen. Es ist nichts anderes, als daß du gewaltig aus dem Munde riechst, und ich weiß selbst nicht, woher es kommt, da es sonst nicht zu sein pflegte. Da du aber viel mit angesehenen Leuten umgehst, so ist es eine unangenehme Sache, und man müßte suchen, ihr abzuhelfen."

„Woher könnte das kommen", sprach Nikostratus. „Sollte ich etwa einen faulen Zahn im Munde haben?"

„Das ist möglich", versetzte Lydia und führte ihn ans Fenster, ließ ihn den Mund auftun und sagte, als sie erst die eine, dann die andere Seite besichtigt hatte: „Ist es möglich, Nikostratus, daß du es solange hast aushalten können? Da hast du einen Zahn, der nicht nur angegangen, sondern schon ganz hohl ist. Wahrlich, wenn du ihn noch länger im Munde behältst, so läufst du Gefahr, daß er die andern daneben mit ansteckt. Ich rate dir, ihn ausziehen zu lassen, ehe das Übel weiter um sich greift."

„Wenn du es meinst, so habe ich nichts dagegen", sprach Nikostratus. „Schicke nur gleich nach einem Arzt, der ihn mir ausziehe."

„Gott bewahre," versetzte sie, „daß man deswegen gleich zum Arzt schicken sollte! Mich deucht, er sitzt so, daß ich selbst ihn dir ohne

Schwierigkeit ausziehen kann. Die Zahnbrecher gehen überdies so rauh bei solchen Gelegenheiten zu Werk, daß ich es nicht über mein Herz bringen könnte, dich unter ihren Händen zu sehen oder zu wissen; darum will ich es lieber selbst tun. Denn wenn ich finde, daß es dich zu sehr schmerzt, so kann ich innehalten, und das würde der Arzt nicht tun."

Sie schickte augenblicklich nach den nötigen Werkzeugen und ließ jedermann außer Lusca aus dem Zimmer gehen. Nikostratus ward auf eine Ruhebank gelegt, Lusca mußte ihn halten, und Lydia setzte ihm die Zange an einen der Zähne, brach ihn, so laut er auch schrie, mit Gewalt heraus und verbarg ihn, indem sie ihm einen alten, faulen Zahn, den sie bei der Hand hatte, in der Heftigkeit seines Schmerzes geschickt für den ausgezogenen unterschob und zu ihm sagte: „Sieh nur, was du so lange im Munde behalten hast."

Nikostratus glaubte ihr, und soviel er auch ausgestanden hatte und noch fortwährend jammerte, so hielt er sich doch für genesen, als der Zahn heraus war; man gab ihm einige schmerzstillende Mittel, und er ging, als der Schmerz nachgelassen hatte, aus dem Zimmer. Sobald er fort war, sandte Lydia den Zahn ihrem Geliebten, der nunmehr nicht länger an ihrer Liebe zweifelte, sondern erklärte, daß er zu allen ihren Befehlen bereit wäre.

Der Dame dünkte in ihrer Sehnsucht nach Vereinigung mit dem Geliebten jede Stunde wie tausend. Dennoch hatte sie sich vorgenommen, ihm noch größere und sicherere Beweise ihrer Liebe zu geben, und wollte auch noch ihr letztes, freiwilliges Versprechen erfüllen. Zu diesem Zwecke stellte sie sich krank, und als Nikostratus sie einst des Nachmittags besuchte und nur Pyrrhus allein ihn begleitete, bat sie die beiden, sie zur Erleichterung ein wenig in den Garten zu führen. Nikostratus unterstützte sie demnach an einer Seite, Pyrrhus an der andern, und sie führten sie in den Garten, wo sie sie unter einen schönen Birnbaum auf dem weichen Rasen niedersetzten. Nachdem sie eine kleine Weile gesessen hatte, sagte Lydia zu Pyrrhus, dem sie ihre Absicht bereits entdeckt hatte: „Pyrrhus, mich verlangt sehr nach den Birnen dieses Baumes; steige doch hinauf und wirf uns einige herab."

Pyrrhus stieg den Augenblick hinauf und warf einige Birnen hinunter. Plötzlich rief er aus:

„Ei. Herr, was beginnt Ihr da? Und Ihr, Lydia, wie könnt Ihr Euch zu dergleichen in meiner Gegenwart bequemen? Meint Ihr denn, daß ich blind bin? Ihr waret ja diesen Augenblick noch so krank; wie seid Ihr denn so schnell gesund geworden, daß Ihr solche Dinge treibt? Und wenn Ihr sie schon treiben wollt, so fehlt es Euch nicht an Zimmern; warum geht Ihr nicht lieber ins Haus, wo Ihr Euch mit mehr Schicklichkeit ergötzen könnt, als hier in meiner Gegenwart."

„Was schwatzt Pyrrhus?" fragte Lydia ihren Gemahl. „Ist er verrückt?"

„Nein, verrückt bin ich nicht", sprach Pyrrhus. „Aber Ihr meint wohl, daß ich nicht sehen kann."

Nikostratus war ganz erstaunt und sagte: „Wahrlich, Pyrrhus, ich glaube, du träumst."

„Wahrlich, ich träume nicht," antwortete Pyrrhus, „und Ihr träumt auch nicht; Ihr regt und bewegt Euch wacker hin und her, und wenn sich dieser Birnbaum so rasch bewegte wie Ihr, so bliebe keine Birne daran sitzen."

„Was kann das sein?" fragte Lydia. „Sollte er wirklich sowas zu sehen glauben, wie er sagt? Bei den Göttern, wenn ich so gesund wäre wie sonst, so stiege ich selbst hinauf um zu sehen, was für wunderliche Dinge ihm dort oben erscheinen."

Pyrrhus auf seinem Baume blieb indessen bei seinen Reden, bis ihm endlich Nikostratus befahl herunterzusteigen und ihn fragte, was er denn eigentlich behaupte, gesehen zu haben.

Pyrrhus antwortete: „Ihr müßt mich wohl beide für einen Narren halten oder für einen, der aus dem Traum redet. Wenn Ihr es denn durchaus hören wollt: ich sah Euch auf Eurer Frau, und indem ich von dem Baume stieg, standet Ihr wieder auf und setztet Euch dahin, wo Ihr jetzt sitzet."

„Wahrhaftig, du bist nicht gescheit", sprach Nikostratus. „Wir beide haben uns nicht von der Stelle gerührt, seitdem du auf den Baum gestiegen bist."

„Was hilft es, darüber zu streiten“, sprach Pyrrhus. „Genug, ich habe Euch gesehn, und habe ich Euch gesehn, so habe ich Euch auf Eurem eigenen Grund und Boden gesehn.“

Nikostratus erstaunte immer mehr und sagte endlich: „Ich will doch sehen, ob der Baum wirklich verzaubert ist, daß man Wunderdinge sieht, wenn man darin sitzt.“ Damit kletterte er hinauf, und als er in dem Wipfel saß, begannen Pyrrhus und die Frau sich miteinander zu vergnügen. Als Nikostratus es gewahr ward, schrie er: „Ha, du treuloses Weib, was tust du? Und du, Pyrrhus, dem ich mein ganzes Vertrauen geschenkt habe?“ Mit diesen Worten fing, er an, wieder vom Baume herunterzusteigen. Lydia und Pyrrhus antworteten: „Wir sitzen hier ganz still“, und indem sie ihn heruntersteigen sahen, setzten sie sich wieder an dieselbe Stelle, wo er sie verlassen hatte. Doch kaum hatte er den Fuß wieder auf der Erde, so fing er an, ihnen die ärgsten Scheltworte zu sagen. Pyrrhus sagte ganz kaltblütig: „Jetzt glaube ich wirklich, Herr, Ihr hattet vorhin recht, als Ihr sagtet, ich hätte nicht richtig gesehen, als ich im Birnbaum saß; denn ich sehe nun und bin überzeugt, daß es Euch ebenso gegangen ist wie mir. Daran könnt Ihr selbst nicht zweifeln, wenn Ihr nur bedenkt, daß Eure Gemahlin, die klügste und keuscheste der Frauen, wenn sie je imstande wäre, Euch eine solche Beleidigung zuzufügen, es gewiß nicht vor Euren Augen tun würde. Von mir selbst will ich gar nicht reden, denn ehe ich mir nur einen solchen Gedanken erlaubte, ließ ich mich lieber vierteilen; wieviel weniger würde ich es in Eurer Gegenwart tun. Darum muß wohl gewiß diese verwünschte Gesichtstäuschung an dem Birnbaum liegen, denn ich hätte mir's von aller Welt nicht ausreden lassen, daß Ihr hier vor meinen Augen Eurer Gattin fleischlich beigewohnt hättet, wenn Ihr mir nicht sagtet, es hätte Euch geschienen, daß ich dasselbe getan hätte. Ich spreche aber die lautere Wahrheit, wenn ich sage, daß ich nicht im Traum daran gedacht habe, und noch viel weniger imstande wäre, es zu tun.“

Lydia, die sich sehr entrüstet stellte, sprang auf und sagte: „Daß dich der Himmel strafe, wenn du mich für so einfältig hältst, dergleichen Unanständigkeiten, wie du behauptest, gesehen zu haben, auch noch vor deinen Augen zu begehen! Sei versichert, wenn die Begierde mich anwandelte, ich käme nicht hierher, sondern würde wissen, im Hause Ort und Gelegenheit dazu dergestalt zu wählen, daß es mich wundern sollte, wenn du je dahinterkämst."

Nikostratus selbst schien es einzuleuchten, daß es wohl so sein müsse, wie sie beide sagten, und daß sie sich schwerlich in seiner Gegenwart einer solchen Ungebührlichkeit schuldig machen würden. Er ließ demnach von seinen Vorwürfen und beleidigenden Reden ab und fing an, über das Wunderbare des Vorfalls zu sprechen und über die sonderbare Verblendung derjenigen, die den Birnbaum bestiegen. Lydia aber, die sich noch immer darüber erzürnt stellte, daß Nikostratus eine solche Meinung von ihr geäußert hätte, sagte: „Wahrlich, dieser Birnbaum soll, was an mir liegt, nimmermehr weder mich noch ein anderes rechtliches Weib wieder in Schande bringen. Geh, Pyrrhus, hole eine Axt und räche dich und mich an ihm, indem du ihn abhauest; wiewohl Nikostratus selbst damit einen Streich auf den Kopf verdiente, weil er sich unbedachtsamerweise die Augen des Verstandes so plötzlich verblenden ließ. Denn was ihm auch seine leiblichen Augen vorspiegelten, das hätte er doch nimmermehr glauben oder als wahr annehmen sollen." Pyrrhus lief geschwind nach einer Axt und hieb den Baum um. Als er fiel, sprach Lydia zu ihrem Gemahl: „Jetzt, da dieser Feind meiner Ehre hingestreckt ist, entsage ich meinem Zorn." Sie gewährte ihrem Gemahl die Verzeihung, um die er sie bat, und warnte ihn, die, die ihn über alles liebte, wieder mit solchen Dingen zu verdächtigen. Der arme betrogene Nikostratus begleitete sie nebst ihrem Liebhaber wieder nach dem Palaste, wo Pyrrhus und Lydia sich hernach oft in größerer Bequemlichkeit miteinander ergötzten.

21. Novelle

Der Pfarrer zu Varlungo liegt bei Frau Belcolore und läßt ihr seinen Chorrock zum Pfande. Er borgt hernach von ihr einen Mörser, und als er ihn wiederschickt, läßt er den Chorrock als Unterpfand für den Mörser zurückfordern, und sie gibt ihn mit einer Stichelrede zurück.

In dem Dörfchen Varlungo lebte ein rüstiger, im Dienste der Weiber wohl erprobter Pfarrer, der zwar nicht sonderlich lesen konnte, aber doch seine Pfarrkinder des Sonntags unter der Ulme mit manchem salbungsvollen Worte zu erbauen wußte; und wenn die Männer in Geschäften abwesend waren, so verstand kein Pfaff, weder vor noch nach ihm, ihre Weiber besser zu besuchen, ihnen Heiligenbildchen, Weihwasser und Wachsstummel zu bringen und ihnen seinen Segen dabei zu geben. Unter den Weibern in seinem Dorfe, die ihm zuerst in seine Augen fielen, war vorzüglich eine, die ihm vor allen anderen gefiel, namens Monna Belcolore, die Frau eines Bauern, der sich Bentivegno del Mazzo nennen ließ. Sie war auch wirklich ein ebenso hübsches als frisches und kernfestes, bräunliches Bauernweib, besser zur Wollust gebaut als irgendeine andere, und keine konnte besser als sie Zimbel schlagen oder das Lied singen: „Das Wasser läuft ins Zwiebelfeld", oder, wenn es nötig war, mit einem hübschen Tuche in der Hand einen Reigen anführen oder im Kreise rundzutanzen. Darum ward auch der Pfarrer so vernarrt in sie, daß er kaum seiner Sinne mächtig blieb; keuchend trabte er ganze Tage umher, um sie zu sehen, und wenn er des Sonntags fand, daß sie in der Kirche war, so schrie er sein Kyrie und Sanktus wie ein Waldesel, um seine Kunst und Kraft im Gesange hören zu lassen; wenn sie aber nicht da war, so ließ er's sachte angehen. Doch wußte er sich dabei so zu benehmen, daß weder Bentivegno noch sonst jemand im Dorfe etwas davon gewahr ward. Um sich bei Monna Belcolore desto besser in Gunst zu setzen, schenkte er ihr von Zeit zu Zeit bald ein Bündel von dem besten frischen Knoblauch den er mit eigenen Händen in seinen Garten gesetzt hatte, bald ein Körbchen voll Bohnen, bald eine Schnur Zwiebeln oder Bohnen;

und wenn er nur eine Gelegenheit sah, so beäugelte er sie und schwänzelte um sie herum wie ein verliebter Pudel. Weil sie jedoch immer die Spröde spielte, so konnte er lange nicht bei ihr zum Ziele kommen. Einst traf es sich, als er gerade in der Mittagsstunde auf der Straße herumschlenderte, daß ihm Bentivegno del Mazzo begegnete, der einen beladenen Esel vor sich hertrieb. Er sprach ihn an und fragte ihn, wohin er ginge.

„Die Wahrheit zu sagen, Hochwürden," sprach Bentivegno, „ich muß in die Stadt, wegen einer Angelegenheit sozusagen, und ich bringe diese Sachen dem Herrn Bonaccori da Ginestreto, daß er mir helfen soll, weil mich der Herr Defizialrichter durch seinen Prokulator parentorisch hat vorladen lassen."

Der Pfarrer war froh und sagte: „Du tust wohl, mein Sohn; Gott segne dein Vorhaben! Komm bald zurück, und wenn dir von ungefähr Lampuccio und Naldino in den Weg kommen, so vergiß nicht, ihnen zu sagen, daß sie mir die Riemen zu meinem Dreschflegel schicken."

„Soll geschehen", sprach Bentivegno und trieb nach Florenz. Der Pfarrer hielt dies für die gelegenste Zeit, sein Glück bei Monna Belcolore zu versuchen; er machte sich auf den Weg und hielt sich nirgends auf, bis er zu ihr kam.

„Gott zum Gruß!" rief er, „ist jemand zu Hause?"

Belcolore, die auf den Boden gegangen war, rief herunter, als sie seine Stimme hörte: „Willkommen, Herr Pfarrer; wie kommt's, daß Ihr so in der Mittagshitze ausgeht?"

„So wahr ich lebe," sprach der Priester, „bloß um ein wenig bei dir zu verweilen, weil ich deinem Mann begegnet bin, der nach der Stadt ging."

Belcolore kam herunter, breitete ein Tuch auf die Erde und fing an, Kohlsamen zu sieben, den ihr Mann eben gedroschen hatte.

„Höre, Belcolorchen," sprach der Pfarrer, „Willst du mich denn immer so schmachten lassen?"

„Nun, was tu' ich Euch denn?" sprach Belcolore und lachte.

„Du tust mir zwar nichts," sprach der Pfarrer, „aber du läßt dir auch nichts von mir tun, was ich gern möchte und was Gott geboten hat."

„Ei, geht doch!" sprach sie. „Tun denn so was auch die Priester?"

„Warum nicht, so gut wie andere Männer und noch besser?" sprach der Pfarrer. „Wir liefern weit bessere Arbeit als andere, und weißt du, warum? Weil unsere Mühle nur selten mahlt und mit gesammeltem Wasser. Das sollst du sehen, und dein Schade soll's nicht sein, wenn du still bist und mich machen lässest."

„Wieso soll es mein Schade nicht sein?" versetzte Belcolore. „Ihr seid ja alle so geizig wie der Teufel."

„Ich weiß nicht was du verlangst", sprach der Pfarrer. „Fordere nur. Willst du ein Paar hübsche Schuhe? Oder willst du ein schönes Stirnband oder eine Strähne feiner Wolle, oder was sonst?"

„Das wäre mir was Rechtes", sprach Belcolore. „Das alles habe ich selbst. Aber wenn Ihr mir so gut seid, wie Ihr sagt, so tut mir einen Dienst, und ich will Euch alles zu Gefallen tun."

„Sage mir nur, was ich tun soll, und es soll geschehen", sprach der Priester.

„Gut", versetzte Belcolore. „Ich muß Sonnabend nach Florenz, um Wolle abzuliefern, die ich gesponnen habe, und um mein Spinnrad reparieren zu lassen. Wenn Ihr mir fünf Lire leihen wollt, soviel habt Ihr gewiß, so kann ich vom Pfandverleiher meinen dunklen Rock einlösen und meinen Feiertagsgürtel, den ich zum Brautschatz mitgebracht habe, denn Ihr seht wohl, so kann ich mich weder in der Kirche noch an anderen ehrbaren Orten sehen lassen, und hernach will ich auch immer gerne tun, was Ihr haben wollt."

„So wahr mir Gott helfe, ich habe sie jetzt nicht bei mir," sprach der Pfarrer, „aber sei versichert, ehe Sonnabend kommt, will ich sie dir mit Freuden verschafft haben."

„Ja, wer Euch glaubte!" sprach Belcolore. „Versprechen könnt Ihr alles meisterlich, aber halten tut Ihr nichts. Meint Ihr's mit mir auch so zu machen wie mit der Biliuzza, die mit leerer Hand ausgehen mußte? Das soll Euch bei meiner Treue nicht gelingen; denn sie ist deswegen bös in den Mund der Leute gekommen. Habt Ihr sie nicht bei Euch, so geht hin und holt sie."

„Ich bitte dich," sprach der Pfarrer, „schicke mich doch jetzt nicht wieder bis nach Hause. Du siehst, wie gut es steht, niemand ist hier, und wer weiß, wenn ich wiederkomme, finde ich vielleicht jemand bei dir, der uns hindert, und wir können nicht wissen, ob sich eine so günstige Gelegenheit wie diese sobald wieder bieten wird."

„Meinetwegen", sprach sie. „Wollt Ihr gehen, so geht, wo nicht, so könnt Ihr lange warten."

Als der Pfarrer sah, daß er nichts von ihr erhalten würde als *salvum me fac*, und er wollte es doch *sine custodia* vollbringen, sprach er: „Höre, du glaubst mir nicht, daß ich dir das Geld bringen werde. Aber ich will dir zur Sicherheit diesen violetten Chorrock hier zum Pfande lassen."

„Diesen Chorrock?" sprach Belcolore und warf die Nase in die Höhe. „Wieviel ist er denn wert?"

„Was er wert ist?" rief der Pfarrer. „Du mußt wissen, daß es Zweibrückener, vielleicht auch Dreibrückener Tuch ist, ja einige Leute im Dorfe halten es gar für Vierbrückener; und es sind noch nicht vierzehn Tage, wo ich ihn von dem Trödler Lotto für sieben Lire kaufte, und Buglietti, der sich, wie du weißt, auf dergleichen Zeug versteht, hat mir versichert, daß er noch mindestens fünf Soldi mehr wert ist."

„Das hätt' ich wahrhaftig nicht geglaubt", sprach Belcolore. „Aber gebt ihn nur erst her."

Der Pfarrer, bei dem der Bogen aufs höchste gespannt war, zog den Chorrock aus und gab ihn ihr. Sie verwahrte ihn und sagte: „Herr, gehen wir dort in den Schuppen, da kommt kein Mensch hin." Das taten sie. Und der Pfarrer leckte ihr nicht schlecht das Gesicht ab, machte sie zur Schwägerin des lieben Gottes und vertrieb sich mit ihr eine geraume Weile äußerst vergnüglich die Zeit. Der Pfarrer ging hernach ohne

Chorrock im bloßen Rock nach Hause, als wenn er von einer Hochzeit käme. Als er nun anfing nachzurechnen, daß die Endchen Lichter, die er in einem ganzen Jahre zum Opfer bekomme, ihm nicht die Hälfte der fünf Lire einbrächten, fand er, daß er nicht wohlgetan hatte, und es reute ihn seinen Chorrock zum Pfande gelassen zu haben. Er sann daher auf ein Mittel, ihn ohne Zahlung eines Lösegeldes wiederzubekommen, welches ihm auch, weil er ziemlich verschlagen war, nur allzugut gelang. Weil eben am folgenden Tage ein Festtag war, so schickte er einen Knaben aus der Nachbarschaft zu Monna Belcolore und ließ sie bitten, ihm ihren steinernen Mörser zu leihen, weil morgen Binouccio del Poggio und Nuto Buglietti bei ihm essen würden und er ihnen eine gute Suppe vorzusetzen wünsche. Belcolore lieh ihm den Mörser. Als nun der Mittag kam, und der Pfarrer wußte, daß Bentivegno mit seiner Frau zu Tische saß, rief er seinen Meßner und sagte: „Nimm diesen Mörser, trage ihn zu Belcolore und sage ihr: 'Der Herr läßt Euch danken und bitten ihm den Chorrock wiederzuschicken, den er dem Knaben zum Pfand an Euch mitgegeben hat'."

Der Meßner ging mit dem Mörser hin und fand Belcolore und Bentivegno bei ihrer Mahlzeit, stellte den Mörser hin und sagte, was ihm der Pfarrer befohlen hatte. Als Belcolore hörte, daß er den Chorrock forderte, war sie im Begriff, ihm zu antworten, allein ihr Mann rief mit verdrießlicher Miene: „Was? Nimmst du von dem geistlichen Herrn ein Pfand? Bei Gott, ich habe schier Lust, dir eine derbe Maulschelle zu geben! Geh zum Henker und gib ihn ihm wieder und merke dir's, daß du ihm niemals nein sagst, wenn er etwas von unseren Sachen gebraucht, wenn's auch unser Esel selbst wäre."

Die Frau stand maulend auf, holte den Chorrock aus ihrem Kasten und gab ihn dem Meßner, indem sie sprach „Bestellt Eurem Herrn von mir, die Belcolore täte ein Gelübde, daß er nimmermehr seine Suppe wieder in ihrem Mörser anrühren solle, weil er ihr diesmal zu viel der Ehre dadurch erwiesen habe."

Der Meßner brachte dem geistlichen Herrn den Chorrock und sagte ihm, was ihm aufgetragen war. Der Pfarrer lachte und sagte: „Wenn du sie wiedersiehst, so, sage ihr, wenn sie mir ihren Mörser nicht leihen will, so leih ich ihr auch nicht meinen Stößer; so bleiben wir einander nichts schuldig."

Bentivegno meinte, seine Frau hätte die Worte deswegen gesprochen, weil er ihr einen Verweis gegeben hatte, und machte sich also nichts daraus. Belcolore aber war auf den geistlichen Herrn schlecht zu sprechen und wechselte bis zur Weinlese kein Wort mit ihm. Als ihr aber der Pfarrer drohte, sie geradeswege dem Teufel in den Rachen zu schicken, söhnte sie sich, ins Bockshorn gejagt, mit ihm wieder aus in der Zeit zwischen dem Most und den heißen Kastanien. Sie pflegten sich hernach noch oft miteinander gütlich zu tun, und statt der fünf Lire ließ ihr der Pfarrer ihre Zimbel neu überziehen und ein Glöcklein daran hängen, und damit war sie zufrieden.

22. Novelle

Der Propst zu Fiesole verliebt sich in eine hübsche Witwe, die ihn aber nicht ausstehen kann. Er meint, bei ihr zu schlafen, und liegt bei ihrer Magd, bei welcher ihn auf Anstiften der Brüder der Dame sein Bischof antrifft.

Das uralte Fiesole war einst eine sehr berühmte und bedeutende Stadt, während es jetzt ganz heruntergekommen ist; inzwischen hat es jedoch nie aufgehört, Bischofssitz zu sein, und ist es auch noch jetzt. Dort besaß nahe bei der Stiftskirche eine adlige Witwe namens Madonna Picarda ein Grundstück mit einem kleinen Wohnhause, wo sie sich, weil sie nicht reich war, den größten Teil des Jahres aufhielt und ihre zwei Brüder, ein paar sehr artige und wohlerzogene Leute, bei sich hatte. Da sie nun immer die Stiftskirche zu besuchen pflegte, so fügte es sich, weil sie noch jung, schön und liebenswürdig war, daß der Propst dieser Kirche sich bis über die Ohren in sie verliebte. Nach einiger Zeit war er so dreist, ihr seine Wünsche selbst zu erkennen zu geben und sie zu bitten sich seine Liebe gefallen zu lassen und ihm ihre Gegenliebe zu schenken. Er war schon ein ältlicher Mann, aber von Johannistrieben heftig geplagt, dabei sehr stolz und vermessen und bildete sich nicht wenig ein auf seine Sitten und Manieren, obwohl er der abgeschmackteste Mensch von der Welt und so widerlich und unausstehlich war, daß ihn niemand leiden konnte; am allerwenigsten diese Dame, die ihm nicht nur nicht hold war, sondern ihn ärger haßte als das Kopfweh. Als eine gescheite Frau gab sie ihm indessen zur Antwort: „Ehrwürdiger Herr, ich kann es mir gern gefallen lassen, daß Ihr mich liebt, und ich bin verpflichtet, Euch wiederzulieben, und will Euch auch gern lieben; aber Eure Liebe und die meinige darf nie Unerlaubtes zum Endzweck haben. Ihr seid mein geistlicher Vater und seid ein Priester, und Ihr geht dem Alter mit ziemlich schnellen Schritten entgegen; deswegen müßt Ihr keusch und züchtig leben. Andererseits bin ich selbst auch kein Kind mehr, daß dergleichen Liebeleien sich für mich schickten; und noch dazu bin ich eine Witwe, und Ihr wißt wohl, wie ehrbar die Witwen sich halten müssen. Nehmt mir's also nicht übel, daß ich Euch nicht auf die Weise lieben oder mir Eure Liebe gefallen lassen kann, wie Ihr von mir verlangt.“

Der Propst, obwohl er für diesmal von ihr nichts weiter erlangen konnte, ließ sich dennoch durch diesen ersten Mißerfolg nicht irre machen, sondern fuhr mit unverschämter Hartnäckigkeit fort, sie mit Briefen und Botschaften zu bestürmen und sie selbst anzusprechen, so oft sie in die Kirche kam. Da ihr nun seine Zudringlichkeit gar zu beschwerlich und verdrießlich ward, so nahm sie sich vor, ihn sich auf eine solche Art wie er es verdient, vom Halse zu schaffen, da sie es auf eine andere Weise nicht bewerkstelligen konnte; doch wollte sie nichts ohne Wissen ihrer Brüder vornehmen. Diesen erzählte sie demnach das Benehmen des Propstes gegen sie und sagte ihnen zugleich, was sie willens wäre zu tun. Als sie damit zufrieden waren, ging sie nach einigen Tagen wieder in die Kirche, wie sie gewohnt war. Sobald der Propst sie gewahrte, kam er zu ihr und fing an, seiner Gewohnheit nach ein sehr vertrauliches Gespräch mit ihr anzuknüpfen. Sie machte ein sehr freundliches Gesicht, sobald sie ihn nur kommen sah, ging mit ihm auf die Seite, und nachdem der Propst ihr einige von seinen gewöhnlichen Redensarten vorgeschwatzt hatte, gab sie ihm mit einem tiefen Seufzer zur Antwort: „Ehrwürdiger Herr, ich habe oft gehört, keine Festung sei so stark, daß sie nach einer anhaltenden Belagerung sich nicht endlich ergeben müßte, und ich finde, daß dieses mir selbst begegnet ist. Ihr habt mir bald mit Euren einnehmenden Reden, bald mit diesen, bald mit jenen Gefälligkeiten so lange zugesetzt, daß Ihr mich endlich bewogen habt, meinen Vorsatz aufzugeben, und weil Ihr so großes Wohlgefallen an mir findet, so bin ich entschlossen, mich Euch zu ergeben."

Fröhlich antwortete der Propst: „Madonna, ich danke Euch herzlich. Ich habe mich wahrlich nicht wenig gewundert, daß Ihr solange gegen mich ausgehalten habt, weil mir das noch mit keiner andern begegnet ist; vielmehr habe ich mir schon oft gesagt, wenn die Frauen aus Silber wären, so taugten sie nicht in die Münze, weil sie die dauernde Bearbeitung mit dem Hammer nicht ertragen können. Doch sage mir nun, wann und wo können wir zusammen sein?"

„Liebster Herr," antwortete sie, „das 'wann' würde sich wohl finden, sobald wir nur wollen, da ich keinen Mann habe, dem ich von meinen Nächten Rechenschaft geben müßte; allein das 'wo' scheint mir schwierig."

„Warum denn?" sprach der Propst. „Ich dächte in Eurem Hause."

„Ehrwürdiger Herr," versetzte die Dame, „Ihr wißt, ich habe zwei Brüder, junge Leute, die bei Tage und bei Nacht ihre Freunde zu sich kommen lassen, und unser Haus ist nur klein. Ich könnte Euch demnach nicht anders zu mir kommen lassen als im Dunkeln, Ihr müßtet wie ein Blinder Euch vorwärtstasten und so stumm sein wie ein Fisch und keinen Laut von Euch geben. Wenn Ihr das wolltet, so könnte es angehen; denn sie betreten nie mein Zimmer; das ihrige stößt nur so dicht daran, daß man das leiseste Wort, das gesprochen wird, hören kann."

„Madonna," sprach der Propst, „für eine Nacht oder zwei soll es mir darauf nicht ankommen, bis ich Maßregeln getroffen habe, daß wir uns mit mehr Bequemlichkeit an einem andern Ort sprechen."

„Gut, ehrwürdiger Herr," antwortete die Dame, „es steht bei Euch; aber um eins muß ich Euch noch bitten, daß Ihr die Sache geheim haltet, und daß niemand ein Sterbenswort davon erfährt."

„Seid deswegen unbesorgt", sprach der Propst, „und macht, wenn's möglich ist, daß wir noch diesen Abend zusammen kommen."

„Ich bin's zufrieden", sprach sie und verabredete mit ihm, wie und wann er kommen sollte; worauf sie nach Hause ging. Nun hatte sie eine Magd, die nicht mehr jung war und von Gesicht und Gestalt so häßlich, wie man sie sich nur denken kann; denn sie hatte eine platte Nase, ein schiefes Maul, aufgeworfene Lippen, lange, schwarze und übelgepflanzte Zähne. Sie hatte Triefaugen und schielte und sah so grün und gelb aus, als wenn sie den Sommer nicht in dem guten Klima von Fiesole, sondern in den Sümpfen von Sinigagli zugebracht hätte. Übrigens war sie hüftlahm und hinkte an der rechten Seite. Ihr Name war Ciuta; weil sie aber so grundhäßlich war, so ward sie von jedermann Ciutazza genannt; bei all ihrer Häßlichkeit hatte sie jedoch als Gegengewicht ein wenig Bosheit im Leibe. Diese rief die Dame zu sich und sagte ihr: „Ciutazza, wenn du mir diesen Abend einen Dienst leisten willst, so kannst du dir ein hübsches neues Hemd bei mir verdienen." „Ein neues Hemd?" sprach Ciutazza mit Freuden. „Dafür könnt Ihr mich durch Feuer schicken, wieviel mehr sonst wohin!"

„Gut," sprach die Dame, „du sollst diese Nacht mit einem Mann in meinem Bett schlafen und ihn zärtlich liebkosen; aber hüte dich, daß du einen Laut von dir gibst, damit dich meine Brüder nicht hören, die, wie du weißt, dicht daneben schlafen; so sollst du hernach das Hemd bekommen."

„Mit sechsen, wenn's darauf ankommt, lieber als mit einem", sprach Ciutazza.

Kaum war der Abend gekommen, so kam auch der Herr Propst laut Abrede. Die beiden jungen Herren waren auf Anstiften der Dame in ihrem Zimmer und ließen ihre Stimme hören. Der Propst schlich also im Dunkeln und in aller Stille in die Kammer der Dame und, wie sie ihm beschrieben hatte, auf ihr Bett zu, und Ciutazza, welche sie von allem unterrichtet hatte, kam von der anderen Seite. Der Herr Propst, im Glauben, seine Dame vor sich zu haben, umarmte und küßte sie, ohne ein Wort zu sagen, und Ciutazza küßte ihn ebenso. Dann begann er sich mit ihr zu vergnügen und nahm Besitz von den lang ersehnten Schätzen. Als dieses geschehen war, ging die Dame zu ihren Brüdern und bat sie, das übrige zu veranstalten, was sie verabredet hatten. Diese gingen demnach leise aus dem Zimmer nach dem Markt, und der Zufall begünstigte ihre Absicht über ihre Erwartung. Denn weil der Abend schwül war, so hatte der Bischof, den sie zu sich bitten wollten, schon nach ihnen gefragt, um sich bei ihnen auf einen kühlen Trunk zu Gast zu bitten. Er sagte ihnen sein Anliegen, sobald er sie kommen sah, ging mit ihnen nach Hause und setzte sich mit ihnen in ihrem Hofe im Kühlen nieder, wo er beim Fackellicht mit Vergnügen ihren guten Wein kostete. Nachdem er getrunken hatte, sagten die Jünglinge: „Messer, da Ihr so gütig gewesen seid, uns in unserer bescheidenen Hütte zu besuchen, wie wir Euch eben einladen wollten, so laßt es Euch auch noch gefallen, etwas anzusehen, das wir Euch zu zeigen haben."

„Sehr gern", sprach der Bischof. Einer von den jungen Herren nahm hierauf eine brennende Fackel in die Hand und ging geradeswegs in die Kammer, wo der Propst bei Ciutazza lag, und der Bischof und die übrige Gesellschaft folgten ihm nach.

Der Propst, der, um desto eher anzukommen, seinen Gaul tüchtig gesporn und, bevor sie erschienen, schon drei Meilen zurückgelegt hatte, war darüber so müde geworden, daß er, der großen Hitze ungeachtet, in den Armen der Schönen eingeschlafen war. In dieser Lage zeigte ihn der Jüngling, die Fackel über ihn haltend, mit Ciutazza im Arm dem Bischof und der ganzen Gesellschaft, als sie in die Kammer traten. Plötzlich erwachte der Propst, und als er das Licht und die vielen Menschen sah, verbarg er vor Furcht und Scham sein Gesicht unter der Decke. Der Bischof machte ihn indessen ohne Barmherzigkeit herunter und befahl ihm, den Kopf aufzuheben und zu sehen, bei wem er gelegen hatte. Als der Propst den Betrug inneward, grämte er sich sehr darüber und über die

Schande, die er sich zugezogen hatte. Der Bischof befahl ihm, sich anzukleiden, und schickte ihn unter gehöriger Bewachung nach Hause, wo er ihm für sein Verbrechen schwere Buße auferlegte. Weil er neugierig war, zu wissen, wie der Propst zu der Ciutazza ins Bett gekommen wäre, so erzählten es ihm die jungen Leute mit allen Umständen. Darüber lobte der Bischof nicht nur die Dame, sondern auch ihre Brüder, die ihre Hände nicht mit Priesterblut besudelten und dennoch den Propst nach Verdienst gezüchtigt hatten. Diesem legte der Bischof eine vierzigtägige Buße auf; allein Zorn und Liebe machten, daß er seine Torheit länger als sieben Wochen beweinte. Überdies konnte er sich hernach lange Zeit nicht auf der Straße zeigen, ohne daß die Kinder mit Fingern auf ihn wiesen und ihm nachriefen: „Da geht der, der bei der Ciutazza geschlafen hat.“ Dies verdroß ihn so sehr, daß er fast rasend darüber werden wollte.

So schaffte die kluge Dame sich den lästigen Propst, der ihr so viel Ärger bereitet hatte, vom Halse, und Ciutazza gewann dabei ein neues Hemd und eine fröhliche Nacht.

23. Novelle

Ein Student verliebt sich in eine Witwe, welche einen andern Liebhaber hat und ihn im Winter eine ganze Nacht im Schnee zappeln läßt. Dafür bringt er es durch List dahin, daß sie mitten im Sommer einen ganzen Tag auf einem hohen Turme nackend zubringen muß, wo sie den Wespen und Bremsen und der Sonne ausgesetzt ist.

Vor nicht gar langen Jahren. befand sich in Florenz eine junge Dame namens Elena, die sehr schön von Gestalt, stolz von Gemüt, von sehr edler Herkunft und mit Glücksgütern reichlich begabt war. Sie war durch den Tod ihres Mannes Witwe geworden und hatte nicht Lust, sich wieder zu verheiraten, sondern unterhielt mit Hilfe einer vertrauten Magd ein Liebesverhältnis mit einem schönen, liebenswürdigen jungen Mann, den sie sich auserwählte, und da sie sonst keine Sorgen hatte, so suchte sie nur, sich mit ihm die Zeit wonnesam zu vertreiben. Ein junger Edelmann, namens Rinieri, der einige Jahre in Paris studiert hatte, nicht etwa in der Absicht, seine Gelehrsamkeit im kleinen wieder auszukramen, wie so viele es tun, sondern um sich selbst vom Wesen aller Dinge und ihrer Ursachen Rechenschaft zu geben, wie es einem wahrhaft adligen Mann wohl ansteht, kam um diese Zeit nach Florenz zurück, wo er sowohl wegen seines Adels als auch wegen seiner Wissenschaft in großen Ehren unter seinen Mitbürgern lebte.

So wie es sich aber oft zuträgt, daß die, die in den Lauf der Welt tiefe Einsicht haben, sich von der Liebe am ersten berücken lassen, so ging es auch diesem Rinieri. Denn als er einst zum Zeitvertreib einem öffentlichen Fest beiwohnte, fiel ihm Elena in ihren schwarzen Witwenkleidern so ausbündig schön und liebenswürdig in die Augen, wie er noch keine glaubte gesehen zu haben, und er schätzte den über alles glücklich, den Gott würdigte, ihn so viel Schönheit nackt umarmen zu lassen. Mehr als einmal musterten seine Augen ihre Reize, und da er wußte, daß ein großes und seltenes Kleinod nicht ohne viel Mühe erworben wird, so nahm er sich vor, es weder an Fleiß noch an Aufmerksamkeit fehlen zu lassen, um ihr zu gefallen und sich dadurch ihre Liebe und in der Folge ihren Besitz zu erwerben. Die junge Dame, die ihre Augen nicht an die Erde zu heften pflegte, sondern soviel von sich hielt und noch mehr wohl, als sie wert war, und ihre Blicke fleißig, jedoch mit aller Behutsamkeit umherwandern ließ, ward es bald gewahr, wenn jemand sie mit Wohlgefallen betrachtete, und Rinieri entging ihrem Scharfblicke nicht. Sie lachte heimlich und dachte: „Heute bin ich gewiß nicht umsonst gekommen, und wenn ich mich nicht irre, so habe ich einem Zeisig das Netz über den Kopf geworfen." Sie ermunterte ihn deswegen durch verstohlene Blicke um ihn glauben zu machen, daß er ihr nicht gleichgültig wäre; denn sie meinte, je mehr Männer sie in ihr Garn ziehe, um desto mehr würde der Wert ihrer Schönheit erhöht, zumal in den Augen des Mannes, dem sie alles mit ihrer Liebe geschenkt hatte.

Der gelehrte Schüler der Weisheit dagegen vergaß seine ganze Philosophie und richtete alle seine Gedanken nur auf die Schöne. Sobald er ihre Wohnung erfahren hatte, ging er beständig unter allerlei Vorwand an ihrem Hause vorbei, in der Hoffnung, ihr zu gefallen.

Die Dame, die ihre Eitelkeit dadurch geschmeichelt fand, stellte sich, als ob sie ihn gern sähe. Der junge Gelehrte fand einen Weg, die Bekanntschaft ihrer Magd zu machen, und bat sie, ihm die Gunst ihrer Gebieterin zu verschaffen. Das Mädchen war nicht sparsam mit ihren Versprechungen und hinterbrachte alles ihrer Dame, die ihn herzlich auslachte und zu ihrer Magd sagte: „Siehst du, wie dieser um seine Weisheit kommt, die er aus Paris mitgebracht hat? Schon gut, wir wollen ihm so aufspielen, wie er Lust hat zu tanzen. Wenn er dich wieder anspricht, so sage ihm, daß ich ihn zwar nicht weniger liebe als er mich, daß ich aber meinen guten Namen in acht nehmen muß, um mich vor anderen Frauen mit freier Stirn zeigen zu können, und daß er mich deswegen, wenn er so weise ist, wie man sagt, desto höher schätzen muß."

Armes Weib! Armes Weib! Sie wußte nicht, wie gefährlich es ist, gerade mit einem Schüler der Weisheit anzubinden.

Die Magd richtete den Auftrag ihrer Dame aus, sobald sie ihn antraf. Der Student war froh darüber, er ward von Stund' an immer dringlicher in seinen Bitten, schrieb Briefe und sandte Geschenke. Alles ward angenommen; allein es erfolgte nichts weiter darauf als lauter unbestimmte Antworten, und die Dame hielt ihn auf diese Weise eine lange Zeit mit leeren Hoffnungen hin. Endlich, nachdem sie ihrem Liebhaber alles gesagt und bisweilen darüber einen kleinen Zank mit ihm gehabt und auch wohl einige Spuren von Eifersucht bei ihm bemerkt hatte, wollte sie diesem einen Beweis geben, wie wenig Ursache er zu seinem Verdacht hätte. Als demnach der Student noch ferner in sie drang, ließ sie ihm durch ihre Magd sagen, sie hätte seit seiner Liebeserklärung noch keine Gelegenheit gehabt, seine Wünsche zu erfüllen, sie hoffe aber, in der Weihnachtswoche einmal mit ihm zusammen sein zu können. Er möchte also am Abend nach dem ersten Feiertage, sobald es dunkel würde, in ihren Hof kommen und da warten, so würde sie ihn, sobald sie nur könne, zu sich ins Haus lassen. Rinieri war darüber seliger als je ein Mensch; er ging zur bestimmten Zeit nach dem Hause der Dame, ward von ihrer Magd in einen Hof gelassen und dort eingeschlossen, um seine Dame zu erwarten. Elena hatte inzwischen diesen Abend ihren Liebhaber zu sich eingeladen, und nachdem sie mit ihm fröhlich zu Nacht gegessen hatte, erzählte sie ihm, was sie die Nacht vorhabe und sprach zu ihm: „Jetzt sollst du sehen, wie lieb mir der ist, auf den du törichterweise eifersüchtig bist." -- Es war ein kalter Winterabend und es hatte des Tages vorher stark geschneit, und alles war mit Schnee bedeckt, so daß der Schüler der Weisheit im Hof, von einem Bein auf das andere tretend, bald anfing, es kälter zu finden als ihm lieb war; doch ließ ihn die Hoffnung, sich bald wieder zu erwärmen, die Kälte mit Geduld ertragen. Der Liebhaber vernahm diese Worte mit lebhafter Freude und war begierig, das ins Werk gesetzt zu sehen, was die Dame ihm mit Worten versprochen hatte. Eine Weile darauf sagte die Dame zu ihrem Liebhaber: „Komm mit mir in die Kammer ans Fenster; wir wollen sehen, was der macht, auf den du eifersüchtig bist, und was er der Magd antwortet, die ich hingeschickt habe, mit ihm zu sprechen." Sie führte ihn darauf an ein kleines Guckloch, wo sie Rinieri sehen konnten, ohne von ihm bemerkt zu werden, und sie hörten, daß die Magd an einem andern Fenster zu ihm sprach: „Rinieri, es tut meiner Frau außerordentlich leid, daß einer von ihren Brüdern diesen Abend unerwartet zu ihr gekommen und nach einer langen Unterredung bei ihr zum Essen geblieben ist. Ich hoffe aber, er wird bald weggehen, und dann wird sie dich einlassen. Sie bittet dich, dir die Zeit nicht lang werden zu lassen."

Der Schüler der Weisheit, der alles für Wahrheit hielt, gab ihr zur Antwort: „Sage deiner Gebieterin, daß sie sich meinetwegen keinen Kummer machen soll, bis sie gelegene Zeit hat, mich einzulassen; ich will jedoch hoffen, daß es bald geschehen wird."

Die Magd schlug das Fenster zu und ging zu Bett. Die Dame aber sagte zu ihrem Liebhaber: „Was meinst du? Glaubst du, wenn ich ihn liebte, wie du argwöhnst, ich würde ihn da unten in der Kälte stehen und frieren lassen?" Darauf ging sie mit ihrem Geliebten, der sich schon beruhigt hatte, zu Bett, und sie verbrachten den größten Teil der Nacht zu gegenseitiger Freude und Wonne, des armen Schülers der Weisheit lachend und spottend. Dieser lief indes im Hofe auf und ab und rührte sich heftig, um sich zu erwärmen, da er nirgends weder einen Sitz noch ein Obdach fand. Er fluchte auf den langweiligen Bruder, und bei jedem Geräusche, das er hörte, meinte er, daß die Dame die Tür öffne, um ihn einzulassen. Er hoffte umsonst. Nachdem sie sich bis nach Mitternacht mit ihrem Liebhaber vergnügt hatte sagte sie zu ihm: „Was dünkt dich, geliebte Seele, von unserem Schüler der Weisheit? Was dünkt dich größer, sein Verstand oder die Liebe, die ich für ihn hege? Wird der Frost, den ich ihn ausstehen lasse, aus deiner Brust das verscheuchen, was durch meine Scherzworte neulich hineingedrungen ist?“ Der Liebhaber antwortete: „Herz meines Lebens! Ich sehe nun ein, daß du mein Kleinod, mein Frieden, meine Wonne und all meine Hoffnung bist, wie ich die deinige.“ „Nun,“ sagte die Dame, „so küsse mich tausendmal, damit ich sehe, ob du die Wahrheit sprichst.“

Der Geliebte schloß sie fest in seine Arme und küßte sie nicht tausend-, sondern wohl hunderttausendmal. Als sie sich einige Zeit auf diese Art unterhalten hatten, sagte die Dame: „Laß uns aufstehen und nachsehen, ob das Feuer, in dem mein neuer Liebhaber immerfort brennt, wie er mir schrieb, ein wenig heruntergebrannt ist.“ Sie standen auf, traten an das erwähnte Fenster und blickten in den Hof hinab. Dort sahen sie den Scholaren im Schnee nach dem Takt seines eigenen, von der Kälte hervorgerufenen Zähneklapperns herumhopsen und herumtanzen, und zwar so hoch und so schnell und hin und her, daß sie sich nicht erinnerten, dergleichen schon gesehen zu haben. Darauf sagte die Dame: „Nun, was sagst du nun, meine holde Hoffnung? Glaubst du jetzt, daß ich die Männer ohne Trompete und Sackpfeife tanzen lassen kann?“ Der Liebhaber erwiderte lachend: „Meine einzige Wonne; ja, ich glaube es.“ Die Dame meinte: „Komm, wir gehen hinunter bis zur Tür. Du hältst dich im Hintergrund ganz still, während ich mit ihm rede. Wir werden ja hören, was er zu sagen hat. Das wird uns nicht weniger Spaß machen, als wir schon gehabt haben, da wir ihm zusahen.“ Sie öffneten ganz leise das

Zimmer und traten an die Tür. Und ohne sie zu öffnen, rief ihn die Dame durch eine Ritze mit leiser Stimme. Als der Scholar sich beim Namen genannt hörte, lobte er Gott, indem er endlich eingelassen zu werden hoffte. Er trat an die Tür und sagte: „Hier bin ich, Madonna; öffnet um Gottes willen die Tür, denn ich sterbe vor Kälte!"

„Ei, ja doch!" sprach sie. „Du bist mir auch so frostig, als wenn's so grimmig kalt wäre, weil ein wenig Schnee gefallen ist. Weiß ich etwa nicht, daß es in Paris noch viel kälter ist? Ich kann dich noch nicht einlassen, weil mein verdammter Bruder, der gestern zum Abendessen kam, noch nicht von der Stelle weicht. Er wird jedoch nun wohl bald gehen, und dann will ich dich gleich einlassen. Ich habe mich kaum einen Augenblick von ihm wegschleichen können, um dir Mut einzusprechen, damit dich das Warten nicht verdrießt."

„Ach Madonna!" seufzte der Ritter der Weisheit. „Öffnet mir um Gottes willen die Tür, daß ich nur unter Dach komme; denn es hat seit kurzem wieder angefangen heftig zu schneien, und es schneit noch immerfort. Ich will hernach gern warten, solange es Euch gefällt."

„Ach, mein Liebster!" antwortete sie. „Ich kann nicht aufmachen; denn die Tür knarrt so sehr, daß mein Bruder es hören würde, wenn ich sie öffnete; ich will aber hingehen und ihn fortzuschicken suchen, damit ich wiederkommen und dich einlassen kann."

„So geht denn", sprach Rinieri, „und macht's nur bald und sorgt, ich bitte, für ein gutes Feuer, damit ich mich wieder erwärmen kann, denn der Frost hat meine Glieder schon ganz betäubt."

„Das kann nicht sein," sprach sie, „wenn es wahr ist, was du mir so oft geschrieben hast, daß du vor Liebe zu mir ganz entbrannt bist. Ich glaube gewiß, du scherzest mit mir. Ich gehe; habe nur Geduld."

Damit ging sie fort und wieder ins Bett und brachte den übrigen Teil der Nacht damit zu, daß sie mit ihrem Liebhaber, der ihr Gespräch angehört und sich daran ergötzt hatte, fast ohne zu schlafen in Wonne beisammen war und sich über den armen Schüler der Weisheit lustig machte.

Rinieri, der mit den Zähnen klapperte wie ein Storch, ward endlich gewahr, daß man ihn zum besten hatte. Vergebens machte er mehr als einmal den Versuch, die Tür zu öffnen; vergebens suchte er irgendeinen anderen Ausweg, um zu entkommen. Bald trabte er auf und ab wie ein Löwe in seinem Käfig, bald fluchte er auf das böse Wetter, auf das boshafte Weib, auf die lange Dauer der Nacht, nicht zuletzt auf seine eigene Torheit. Heftig ergrimmt über die Dame, wandelte sich die lange und brünstige Liebe, die er zu ihr gehegt, in inbrünstigen, grausamen Haß, und er sann über mehrere wirksame Mittel nach, seine Rache zu befriedigen, die ihn jetzt weit wilder entflammte als zuvor die Sehnsucht, mit ihr zusammen zu sein. Zuletzt, nach endlosem Warten, wich die langwierige Nacht dem anbrechenden Tage, und der Morgen fing an zu dämmern. Die Magd ging nunmehr auf Befehl ihrer Frau hinunter, öffnete den Hof und heuchelte Mitleid mit ihm: „Der Henker soll ihn holen, der uns gestern die Suppe versalzen hat. Die ganze Nacht hat er uns geplagt und geplackt, und du bist seinetwegen halb erfroren. Laß es dich aber nicht verdrießen. Einmal ist keinmal, was gestern nacht nicht war, kann noch werden. So viel weiß ich: nichts Unangenehmeres hätte der Madonna passieren können als dies.“

Rinieri war bei all seinem Zorn klug genug, um zu bedenken, daß man durch Drohungen dem Bedrohten nur Waffen leiht. Er verschloß seinen heftigen Unwillen, so gern er ihn auch wild hinausgeschrien hätte, und sagte mit anscheinender Gelassenheit und halbgebrochener Stimme: „Ich habe in der Tat eine sehr böse Nacht gehabt; allein ich bin überzeugt, daß deine Dame daran nicht schuld ist; denn sie selbst ist mitleidig heruntergekommen, sich bei mir zu entschuldigen und mir Trost zuzusprechen; und wie du sagst: was diese Nacht nicht hat sein können, das wird ein andermal geschehen. Grüße deine Dame und sei Gott befohlen!“

Er kroch hierauf, an allen Gliedern gelähmt, so gut er konnte, nach Hause und warf sich ganz ermattet auf sein Bett, um sich durch ein wenig Schlaf zu erquicken; doch als er erwachte, hatte er den Gebrauch seiner Hände und Füße fast gänzlich verloren. Er schickte augenblicklich nach einem Arzt, berichtete, welchen Frost er ausgestanden, und bat ihn, seine Gesundheit wiederherzustellen. Der Arzt wandte ohne Verzug die kräftigsten Mittel an, um seinen Nerven wieder Spannkraft und Geschmeidigkeit zu verschaffen; dennoch ging eine geraume Zeit damit hin, und wenn ihm nicht seine Jugend und die Wiederkehr der warmen Witterung zustatten gekommen wären, so würde er nicht so leicht davongekommen sein. Als er wiederhergestellt war, behielt er den Groll im Herzen und stellte sich dabei äußerlich mehr als je in die schöne Witwe verliebt. Nach einiger Zeit verschaffte ihm aber der Zufall eine erwünschte Gelegenheit, sich zu rächen: Der Jüngling, in den Elena so sehr verliebt war, vergaß die große Anhänglichkeit, die sie ihm erwiesen hatte, verliebte sich in eine andere Frau, vernachlässigte seine vorige Gebieterin gänzlich und verursachte ihr dadurch den bittersten Kummer. Ihre Magd, die Mitleid mit ihr hatte und nicht wußte, wie sie ihre Frau über den schmerzlichen Verlust ihres Liebhabers trösten sollte, kam auf einen törichten Einfall, als sie Rinieri, seiner Gewohnheit nach, noch immer durch die Straße gehen sah. Sie meinte nämlich, daß der Liebhaber ihrer Frau wohl durch schwarze Magie könne zurückgebracht werden, und daß der Schüler der Weisheit wahrscheinlich auch in dieser Kunst ein großer Meister sei. Sie trug dieses ihrer Frau vor, und Elena war so einfältig, ihren Vorschlag gutzufinden, ohne daran zu denken, daß Rinieri, wenn er ein Schwarzkünstler gewesen wäre, seine Kunst wohl für sich selbst würde gebraucht haben. Sie empfahl demnach sogleich ihrer Magd, sich bei ihm zu erkundigen, ob er ihr behilflich sein wolle, und ihm zu versprechen, daß sie unter dieser Bedingung ihm stets zu Willen sein würde. Die Magd ermangelte nicht, alles aufs fleißigste auszurichten.

Rinieri war sehr erfreut über den Antrag und dankte dem Schicksal, daß es ihm die Gelegenheit an die Hand gab, sich an der boshaften Witwe für die Kränkung zu rächen, womit sie seine zärtliche Liebe vergolten hatte. Er sprach zu der Magd: „Sage deiner Frau, sie solle sich keine Sorge machen; denn selbst wenn ihr Liebhaber in Indien wäre, so würde ich es zustande bringen, daß er sich augenblicklich stellen und ihr alles abbitten sollte, was er ihr zuwider getan hat. Was sie aber zu diesem Endzweck beobachten muß, das will ich ihr selbst sagen, wann und wo sie es mir befiehlt. Sage ihr das zum Trost in meinem Namen."

Die Magd überbrachte seine Antwort ihrer Frau, die Rinieri nach Santa Lucia del Patro bestellte. Sie trafen sich hier, und sie entdeckte ihm unter vier Augen, ohne sich daran zu erinnern, daß sie ihn einst an den Rand des Grabes gebracht hatte, ihr ganzes Geheimnis, was sie von ihm verlange, und bat ihn um Hilfe in ihrer Not. Rinieri antwortete: „Madonna, ich habe mich zwar wirklich in Paris unter anderen Dingen auch auf die schwarze Kunst gelegt, und ich weiß in der Tat mit allem Bescheid, was sie nur zu lehren vermag. Weil ich sie aber für eine höchst sündige Sache halte, so war ich fest entschlossen, weder für mich selbst noch für andere jemals Gebrauch davon zu machen. Allein meine Liebe zu Euch ist freilich so groß, daß ich nicht weiß, wie ich Euch etwas abschlagen könnte, und ich bin bereit zu tun, was Ihr begehrt, wenn ich mir auch die höllische Verdammnis damit zuziehen sollte. Aber soviel muß ich Euch vorher sagen, daß die Sache zugleich ihre großen Schwierigkeiten hat, was Ihr vielleicht nicht glaubt, zumal wenn eine Frau ihren Liebhaber oder ein Mann seine Geliebte wiedergewinnen will; denn alsdann kann kein anderer die Handlung verrichten als die Person selbst, die die Sache angeht, und wer sie unternimmt, muß unerschrockenen Mutes sein, weil sie zur Nachtzeit und an einem einsamen Ort, und ohne daß noch jemand dabei ist, geschehen muß. Ich weiß nicht, wieviel Ihr Euch in dieser Hinsicht zutraut."

Die Dame, die mehr verliebt als verständig war, gab ihm zur Antwort: „Die Liebe treibt mich so mächtig, daß mir nichts in der Welt zu schwer werden kann, wodurch ich hoffen darf, den wiederzugewinnen, der mich wider Recht und Anstand verlassen hat. Doch sage mir bitte auf jeden Fall, bei welcher Gelegenheit ich meine Unerschrockenheit beweisen muß."

Der Schüler der Weisheit, dem der Teufel im Nacken saß, sagte: „Madonna, ich werde ein Bild aus Zinn gießen, und das soll den darstellen, den Ihr wiederzugewinnen trachtet. Mit diesem müßt Ihr, sobald ich es Euch geschickt habe, kurz vor Neumond siebenmal nackt in nächtlicher Einsamkeit im fließenden Wasser baden und hernach, so nackt wie Ihr seid, auf einen hohen Baum oder auf ein hohes unbewohntes Gebäude steigen und mit dem Bild in der Hand, das Gesicht nach Norden gekehrt, siebenmal gewisse Worte sprechen, die ich Euch aufschreiben will. Sobald Ihr diese gesagt habt, werden Euch zwei wunderschöne Jungfrauen erscheinen, die Euch freundlich grüßen und Euch fragen werden, was Ihr begehrt. Diesen müßt Ihr deutlich und umständlich Eure Wünsche erklären und Euch in acht nehmen, daß Ihr nicht meinen Namen statt des anderen nennt. Wenn Ihr ihnen alles gesagt habt, so werden sie verschwinden, und Ihr könnt wieder hinuntersteigen, Euch ankleiden und nach Hause gehen. Ihr könnt Euch darauf verlassen, daß Euer Liebhaber, ehe es wieder Mitternacht wird, in Tränen aufgelöst zu Euch kommen, Euch um Gnade und Barmherzigkeit bitten und Euch nie wieder untreu werden wird."

Die Dame glaubte alles, was er sagte; sie dachte schon ihren Liebhaber wieder in ihren Armen zu halten und gab erfreut zur Antwort: „Ich versichere Euch, daß ich alles genau erfüllen werde, und ich habe dazu die beste Gelegenheit; denn ich habe ein Gut in der Gegend des oberen Arnotales, welches dicht am Ufer des Flusses liegt; und da es jetzt Juli ist, so ist das Baden eine Lust. Nicht weit vom Ufer steht auch, wie ich mich erinnere, ein kleiner, verfallener Turm, dessen sich nur noch die Hirten bisweilen bedienen und mit einer Leiter von Kastanienholz, die dort angelehnt steht, hinaufsteigen, um sich auf dem Dache nach ihren verirrten Tieren umzusehen. Dieser Turm liegt einsam genug, und ich will ihn besteigen, um das zu verrichten, was Ihr mir vorschreibt."

Rinieri kannte das Gut der Dame und den kleinen Turm sehr wohl, den sie ihm beschrieb; er gab ihr jedoch, als er merkte, daß sie in seine Schlinge fiel, zur Antwort: „Madonna, ich kenne weder Euer Gut noch den Turm; wenn aber alles so gelegen ist, wie Ihr sagt, so könnt ihr keinen bequemeren Ort wählen. Ich will Euch zu gehöriger Zeit das Bild und die Worte der Beschwörung schicken; allein, ich verlasse mich fest darauf, daß Ihr mich und das mir gegebene Versprechen nicht vergeßt, wenn die Erfüllung Eurer Wünsche Euch überzeugt, daß ich Euch gut gedient habe."

Sie versprach ihm, treulich Wort zu halten, worauf sie Abschied von ihm nahm und nach Hause ging.

Rinieri, erfreut, daß sein Plan in Erfüllung zu gehen versprach, ließ das Bild mit dem Zauberzeichen machen, schrieb ein selbsterdachtes Geschwätz statt einer Beschwörung auf und schickte es Elena, als es ihm Zeit schien, indem er ihr zugleich empfahl, am folgenden Abend unfehlbar alles zur Ausführung zu bringen, was er ihr gesagt hatte. Er begab sich hierauf in der Stille mit einem seiner Bedienten nach dem Hause eines Freundes, das nahe bei dem kleinen Turm gelegen war, um seinen Entwurf auszuführen.

Elena machte sich mit ihrer Magd gleichfalls auf den Weg nach ihrem Gut. Als der Abend kam, stellte sie sich, als ob sie zu Bett ging und schickte ihre Magd zur Ruhe. Um die Zeit des ersten Schlafes schlich sie an das Arnoufer, nahe bei dem Turm, und nachdem sie sich umgesehen und gehorcht hatte und allein zu sein glaubte, entkleidete sie sich, verbarg ihre Kleider in einem Busch und badete sich siebenmal in dem Strome mit dem Bilde, worauf sie sich, das Bild in der Hand, nackt nach dem Turm begab.

Rinieri hatte sich bei anbrechender Nacht mit seinem Diener nahe bei dem Turm unter Weidengesträuch und anderem Gestrüpp versteckt und alles mit angesehen. Als das schöne Weib an ihm so nackt vorbeiging, als der blendende Schnee ihres Körpers die Schatten der Nacht um sie her zerstreute, und als er den bezaubernden Busen und das liebliche Ebenmaß ihrer Glieder betrachtete und bedachte, wie alle diese Schönheit in wenigen Stunden würde verwandelt werden, fühlte er sich fast zum Mitleid bewogen. Zu gleicher Zeit überkam ihn die Begierde des Fleisches und weckte jemand, der bisher geschlafen hatte, so daß er aufstand, und es reizte ihn mächtig, hervorzuspringen, sich der schönen Beute zu bemächtigen und seine Lust an ihr zu kühlen. Fast hätte er sich von dem einen oder andern überwinden lassen; allein plötzlich besann er sich, wer er wäre und welche Schmach er erduldet hätte und warum und von wem. Seine Rachsucht siegte über das Mitleid und über die fleischliche Begierde; er blieb standhaft und ließ sie vorübergehen. Die Schöne stieg die Leiter hinan, wandte sich oben auf dem Turme gegen Norden und begann die Worte der Beschwörung herzuleiern, die ihr der Schüler der Weisheit gegeben hatte. Unterdessen schlich dieser hinter ihr in den Turm, nahm leise die Leiter weg, die nach dem Dache des Turmes führte, und wartete ab, was sie sagen und wie sie sich gebärden würde. Nachdem sie siebenmal ihre Beschwörung hergesagt hatte, fing sie an, auf die beiden Jungfrauen zu harren. Diese ließen aber solange auf sich warten, bis sie anfing, es kühler zu finden als ihr behagte, und bis zuletzt die Morgenröte darüber anbrach. Es verdroß sie, daß das Versprechen des Schülers der Weisheit nicht in Erfüllung ging, und sie dachte bei sich: Ich fürchte, er hat mir eben eine solche Nacht verursachen wollen als ich ihm, allein wenn dieses seine Absicht gewesen ist, so hat er sich nicht recht auf seine Rache verstanden; denn er hat gewiß dreimal so lange zappeln und ganz anders vor Frost aushalten müssen als ich.

Damit nun der helle Tag sie nicht an diesem Ort überrasche, wollte sie wieder vom Turm hinuntersteigen. Allein wie groß war ihr Entsetzen, als sie die Leiter vermißte. Sie glaubte, die Welt wäre unter ihren Füßen geschwunden, und ohnmächtig sank sie auf dem Dach des Turmes nieder. Als sie wieder zur Besinnung kam, fing sie an, laut zu weinen und zu jammern, denn sie merkte nun wohl, daß Rinieri alles mit Fleiß so angestiftet hatte, und sie bedauerte, ihn erst beleidigt und sich hernachdem zu sehr anvertraut zu haben, den sie mit Recht für ihren Feind halten mußte. Lange wehklagte sie so. Umsonst suchte sie Mittel und Wege, sich hinunterzuhelfen; sie fand sie nicht und begann von neuem zu weinen, und ein bitterer Gedanke bemächtigte sich ihrer, als sie zu sich selbst sagte: Ich Unglückselige! Was werden meine Brüder und Verwandten, was werden meine Nachbarn und alle Einwohner in Florenz von mir sagen, wenn sie hören, daß man mich hier nackt auf diesem Turm gefunden hat? Man wird gewahr werden, daß meine Ehrbarkeit, die man für so bewährt gehalten hat, nur eine Scheintugend war; und wenn ich auch ein Märchen zu ersinnen wüßte, um diesen Vorfall zu bemänteln, so würde der verwünschte Scholar meine Lüge nicht gelten lassen. Wie elend bin ich, daß ich zu gleicher Zeit den zu meinem Unheil von mir Geliebten und meine Ehre eingebüßt habe!

Der Schmerz überwältigte sie so sehr, daß sie in Versuchung geriet, sich vom Turm hinabzustürzen. Unterdessen war die Sonne völlig aufgegangen, und indem sich Elena ein wenig dem Rande des Daches näherte, um zu sehen, ob sie nicht irgendwo einen Hirtenknaben mit seiner Herde gewahr würde, den sie nach ihrer Magd schicken könnte, erwachte Rinieri, der unter einem Strauch geschlafen hatte, und sie wurden zu gleicher Zeit einander gewahr. „Ei, guten Morgen, Madonna", sprach Rinieri. „Sind die Jungfrauen noch nicht gekommen?"

Als sie ihn sah und hörte, fing sie von neuem bitterlich zu weinen an und bat ihn, in den Turm zu kommen, damit sie mit ihm sprechen könne, und er hatte die Gefälligkeit, ihr zu willfahren. Sie legte sich flach auf das Dach nieder, streckte nur den Kopf über den Rand hervor und sprach mit bitteren Tränen: „Rinieri, wenn ich dir einst eine böse Nacht verursacht habe, so hast du dich wahrlich genug dafür an mir gerächt; denn obgleich es Juli ist, so habe ich doch in meiner Nacktheit diese Nacht Kälte genug ausgestanden, und ich habe meine Treulosigkeit gegen dich und die blinde Leichtgläubigkeit, womit ich mich dir nachher anvertraute, bereits so sehr beweint, daß es ein Wunder ist, wenn ich noch meine Augen behalten habe. Ich bitte dich, nicht aus Liebe zu mir, die du nicht lieben darfst, sondern aus Liebe zu dir selbst, der du ein Edelmann bist, laß dir die Rache genügen, die du für die empfangene Beleidigung bis jetzt an mir geübt hast, und schicke mir meine Kleider, damit ich wieder hinunterkommen kann. Raube mir nicht das, was du mir später nie wiedergeben kannst, auch wenn du es wolltest, meine Ehre; und wenn ich dich um die eine Nacht gebracht habe, die ich dir versprochen hatte, so bedenke, daß ich sie dir gern mehr als einmal wieder einbringen will. Begnüge dich, als ein Biedermann, mit dem Geschehenen und mit der Betrachtung, daß die Rache in deiner Macht stand, und daß du mich davon fühlbar überzeugt hast, aber suche nicht, deine ganze Übermacht gegen ein schwaches Weib zu gebrauchen. Es bringt dem Adler keinen

Ruhm, über eine Taube obzusiegen. Um Gottes willen und um deiner eigenen Ehre willen, habe Erbarmen mit mir!“

Mit hartem Herzen erwog Rinieri die Beleidigung, die er empfangen hatte. Als er das Jammern und Flehen sah, fühlte er in seinem Herzen zugleich Lust und Schmerz. Lust über die Rache, die er mehr als sonst etwas ersehnt hatte, Schmerz, da seine Menschlichkeit ihn zum Mitleid mit der Unglücklichen bewegte. Doch siegte die grausame Lust der Rache, nach welcher ihn dürstete, über sein menschliches Gefühl. „Madonna Elena,“ sprach er, „wenn meine Bitten, die ich zwar nicht so wie du in Tränen zu baden und mit Schmeicheleien zu versüßen wußte, dich in jener Nacht, als ich in deinem überschneiten Hof vor Kälte erstarrte, hätten bewegen können, mir nur ein wenig Obdach zu gewähren, so könnte ich dir vielleicht jetzt willfahren. Liegt dir jedoch deine Ehre jetzt ebensosehr oder noch mehr am Herzen wie damals, und fällt es dir so schwer, da oben nackt zu verweilen, so wende deine flehentlichen Bitten an den, in dessen Armen du jene Nacht nackt zubrachtest, ohne daß es dir damals schwer fiel und ohne dich meiner zu erbarmen, als ich in deinem Hof im Schnee herumtrabte, daß mir die Zähne klapperten. Ihn, für den du deine Ehre so oft aufs Spiel gesetzt hast, ihn bitte, daß er sie jetzt beschütze, daß er dir die Kleider reiche und dir die Leiter ansetze, um dich herunterzulassen. Warum rufst du ihn nicht, daß er komme und dir beistehe? Wem geziemt dieses mehr als ihm? Du gehörst ihm zu; wen in aller Welt wird er schützen, wem wird er beistehen, wenn du es nicht bist? Rufe ihn, Närrin! Und sieh zu, ob seine Liebe und seine und deine Klugheit dich aus den Händen des Dummen erretten können, dessen du spottetest, als du jenen liebkosend fragtest, was größer wäre, meine Dummheit oder deine Liebe zu ihm. Biete mir das nicht als Preis an, was für mich keinen Wert mehr hat und was du mir nicht verweigern könntest, wenn ich es forderte. Spare deine Nächte für deinen Liebhaber, wofern du lebendig von hier entrinnst, und widme sie deinem und seinem Vergnügen. Ich habe an einer Nacht schon zuviel gehabt, und es ist mir genug, daß man mich einmal zum Narren gehalten hat. Noch immer redest du listig daher; du meinst wohl, indem du mich lobst und mich einen Edelmann und Biedermann nennst, dich bei mir wieder einzuschmeicheln, und suchst nur, mich dadurch zu bewegen, dich aus Großmut für deine Bosheit nicht zu strafen; aber deine Schmeicheleien sollen mir die Augen des Verstandes nicht wieder blenden, wie einst deine trügerischen Versprechungen. Ich kenne mich selbst, und ich habe während der ganzen Zeit in Paris mich nicht so gut kennengelernt, als ich dich in einer einzigen Nacht habe kennenlernen. Gesetzt aber, ich wollte mich großmütig zeigen, so bist du nicht die, an welcher ich Ursache hätte, meine Großmut zu beweisen. Wilde Tiere, zu welchen du gehörst, muß man quälen und seine Rache an ihnen sättigen bis in den Tod, und nur bei Menschen soll man ihr solche Schranken setzen, wie du sagtest. Ich bin zwar kein Adler, allein ich habe auch erfahren, daß du keine Taube bist, sondern eine giftige Schlange, und deswegen will ich dich wie ein erbitterter Feind mit Grimm und mit Härte verfolgen; obgleich alles, was ich dich empfinden lasse, noch nicht eigentlich Rache, sondern nur Züchtigung genannt zu werden verdient, indem die Rache die Beleidigung übertrifft, was hier nicht der Fall ist. Denn wenn ich mich an dir rächen wollte nach Maßgabe der Gefahr, in welche du mein Leben gebracht hast, so wäre meine Rachgier nur schlecht befriedigt, wenn ich dir und Hunderten deinesgleichen das Leben raubte; denn ich wurde an dir nur ein boshaftes und nichtswürdiges schuldiges Weib opfern, und was bist du denn im Grunde mehr, dein glattes Gesicht abgerechnet, das die Runzeln in einigen Jahren zerfurchen werden, als irgendeine kümmerliche Magd. An dir hat es nicht gelegen, daß du nicht einen braven Biedermann, wie du mich jetzt eben genannt hast, ums Leben brachtest, mit dem der Welt an einem Tage mehr gedient ist als mit hunderttausend deinesgleichen, solange sie steht? Lerne denn von mir durch das, was du leidest, was es auf sich hat, über Leute zu spotten, die einige Einsicht haben, besonders über Schüler der Weisheit, und wenn du davonkommst, so laß es dir eine Warnung sein, nicht mehr dergleichen Torheiten zu begehen. Bist du aber so sehr eilig, herunterzukommen, so springe herab und brich mit Gottes Hilfe den Hals, dann bist du auf einmal von aller Qual befreit. Mir wird es nicht leid, sondern überaus angenehm sein. Und so sage ich dir zum Schluß: Ich habe Mittel gefunden, dich dort hinaufzuschicken; suche du jetzt Mittel, wieder herunterzukommen, so wie du verstandest, meiner zu spotten."

Indem Rinieri dieses sprach, tat das arme Weib nichts, als Tränen vergießen. Die Zeit rückte vor, und die Sonne stieg immer höher. Als er schwieg, erwiderte sie schluchzend: „Ach, Grausamer! Wenn jene unselige Nacht dir so sehr am Herzen liegt, und wenn dir mein Verbrechen so schwer scheint, daß weder meine Jugend und meine Schönheit noch meine Tränen und Bitten dich zum Mitleid bewegen können, so laß doch dies eine dich einigermaßen rühren und deinen strengen Zorn entwaffnen, daß ich selbst mich dir anvertraute, dir alle meine Geheimnisse entdeckte und dir das Mittel in die Hände gab, mich mein Vergehen so schwer empfinden zu lassen. Denn wenn ich nicht so große Zuversicht zu dir gehabt hätte, so wäre es nimmer in deiner Macht gewesen, die Rache, wonach du dich so sehr scheinst gesehnt zu haben, an mir auszuüben. Ich bitte dich, laß deinen Zorn fahren und verzeihe mir. Ich bin bereit, wenn du mir vergeben und mich hinunter lassen willst, jenem untreuen Jüngling gänzlich zu entsagen und dich allein als meinen Geliebten und Gebieter zu erkennen. So sehr du auch meiner Schönheit spottest und sie als gering und vergänglich herabwürdigst, so bietet sie doch, ohne mich mit anderen Frauen zu vergleichen, meiner Überzeugung nach Sehnsucht, Lust und Wonne genug für einen jungen Mann, und du bist kein Greis. Und so grausam du mir auch immer begegnest, so kann ich doch nicht glauben, daß du mir einen so schmählichen Tod gönnest, daß ich mich hier vor deinen Augen hinunterstürzen sollte, da ich dir doch sonst, wenn du mir nicht geheuchelt hast, so sehr gefiel. Ach, erbarme dich doch meiner um Gottes willen und aus Mitleid. Die Sonne fängt an heiß zu glühen, und wie mich die Kälte in der Nacht gequält hat, so beginnt die Hitze mir jetzt sehr beschwerlich zu werden."

Rinieri, der seine Schadenfreude daran hatte, sie mit Worten hinzuhalten, antwortete: „Madonna, du hast mir dein Vertrauen diesmal nicht aus Liebe zu mir geschenkt, sondern um den wiederzubekommen, den du verloren hast, und du kannst demnach nichts anderes damit von mir verdienen, als noch größere Strafe. Du irrst auch sehr, wenn du meinst, daß mir nur dieser Weg offen stand, um mich an dir nach Herzenslust zu rächen. Ich hatte tausend andere. Ich hatte dir unter dem Deckmantel meiner Liebe wohl tausend Fallstricke gelegt, und wenn mir dieser Streich nicht gelungen wäre, so hättest du dich doch bald in einer anderen Falle fangen müssen und in keine hättest du geraten können, die dir nicht noch weit mehr Schmerz und Schande gebracht hätte als diese, die ich indessen wahrlich nicht gewählt habe, um dich leichter davonkommen zu lassen, sondern nur, um desto eher meiner Rache froh zu werden. Und wären auch alle meine Entwürfe gescheitert, so wäre mir noch meine Feder geblieben, mit welcher ich solche Dinge und in einem solchen Tone von dir würde geschrieben haben, daß du tausendmal hättest wünschen sollen, nie geboren zu sein, wenn sie dir zu Ohren gekommen wären; und dafür hätte ich schon gesorgt. Die Macht der Feder ist unendlich größer, als die wähnen, die ihre Wirkung nicht selber erfahren haben. Ich schwöre dir bei Gott, so wahr ich hoffe, meine Rache, die so hübsch begonnen, ganz an dir zu sättigen, man sollte Dinge von dir gelesen haben, daß du dich nicht nur vor anderen Leuten, sondern vor dir selbst hättest schämen und dir die Augen auskratzen sollen, um nur nie dein Gesicht wiederzusehen. Laß also den Bach nicht zum Meere sagen: ich habe dich angeschwellt. Ich habe dir schon gesagt, daß ich mir aus deiner Liebe und aus deinem Besitze nichts mache. Schenke dich, wenn du kannst, dem wieder, dem du angehört hast. Ehemals war er mir zuwider, doch jetzt bin ich ihm gut wegen seines Betragens gegen dich. Ihr Weiber liebt die jungen Bürschchen und sucht, von ihnen geliebt zu werden, weil sie rotwangiger und schwarzbärtiger sind, aufrecht einhergehen und rüstig sind zum Tanz und zum Turnier. Das alles haben ältere Leute auch gekonnt, und was diese vergessen haben, das müssen jene noch erst lernen. Ihr glaubt auch wohl, daß sie bessere Reiter sind und mehr Meilen im Tag zurücklegen als Männer von reiferen Jahren. Ich gebe offen zu, daß sie den Pelz mit größerer Kraft auszuklopfen wissen, aber die älteren wissen als erfahrene Leute besser, wo die Flöhe sitzen. Wenig und gut ist besser als viel und schlecht. Ein starker Trab ermattet und nimmt jeden Reiter mit, er sei noch so jung. Dahingegen führt ein sanfter Paßgang, wenn auch viel langsamer, so doch angenehmer zur Herberge. Ihr einfältigen Dinger wißt nicht wieviel Böses unter der glatten Außenseite verborgen ist. Die jungen Leute begnügen sich nicht mit einer Liebschaft, sondern sie begehren so viele, als sie sehen, und glauben auf soviel Anspruch machen zu können, daß die Beständigkeit unmöglich eine Begleiterin ihrer Liebe sein kann; davon lieferst du selbst ein lebendiges Beispiel. Sie meinen auch, ihre Damen müßten ihnen immer mit Schmeicheleien und Liebkosungen zuvorkommen, und suchen eine Ehre darin, mit den Gunstbezeigungen derer zu prahlen, die sie gehabt haben. Durch dieses Laster haben sie sie schon oft den Mönchen zugetrieben, welche wenigstens nichts ausplaudern. Du denkst zwar, niemand habe von deinem Liebeshandel etwas gewußt außer deiner Magd und mir, dem du alles gestanden hast; allein du bist übel berichtet und irrst dich sehr, wenn du dieses glaubst. In deiner Straße und in der Straße deines Geliebten wird fast von nichts anderem gesprochen; aber gemeiniglich ist der, den die Sache am nächsten angeht, der letzte der etwas davon erfährt. Überdies plündern euch die jungen Leute, und die älteren bringen euch Geschenke. Du bist eine von denen, die übel gewählt haben; halte dich jetzt an deinen Erwählten und überlasse mich, den du verschmäht hast, einer anderen. Ich habe ein Weib gefunden, welches mir viel schätzbarer ist und mich auch besser zu würdigen weiß als du. Und damit du von dem, was meine Augen heiß ersehnen, eine bessere Erkenntnis in die andere Welt mithinübernimmst, als du aus meinen Worten zu schließen scheinst, so stürze dich nur endlich herab. Deine Seele, die, wie ich glaube, der Teufel schon in seinen Krallen hält, wird sehen können, ob meine Augen, als sie dich kopfüber stürzen sahen, feucht wurden oder nicht. Doch solche Freude wirst du mir nicht bereiten wollen. Fängt die Sonne jetzt an, dich zu stechen, so vergiß den Frost nicht, den du mich hast ausstehen lassen. Die Erinnerung daran wird hinreichend sein, die Hitze, wenn du sie mit jenem Frost mischst, abzukühlen, welche der brennende Sonnenstrahl dir verursacht."

Als die arme geängstigte Elena fand, daß alle Reden des Rinieri auf neue Grausamkeiten abzielten, fing sie abermals an zu weinen und sagte: „Weil denn nichts, was sich auf mich selbst bezieht, dich bewegen kann, Mitleid mit mir zu haben, so laß dich wenigstens bei deiner Liebe zu der beschwören, von welcher du sagst, daß du sie verständiger als mich gefunden hast, und daß du von ihr geliebt wirst. Verzeihe mir um ihretwillen, reiche mir meine Kleider, um mich zu bedecken, und hilf mir von hier hinab."

Rinieri lachte, und weil er sah, daß die dritte Morgenstunde schon vorüber war, so sprach er: „Wohlan, du beschwörst mich bei einer solchen Dame, daß ich dir nicht nein sagen kann. Sage mir nur, wo deine Kleider sind, damit ich sie dir bringe und dich erlöse."

Die Worte verschafften ihr ein wenig Trost, weil sie sie glaubte, sie sagte ihm, wo sie ihre Kleider gelassen hatte, und Rinieri entfernte sich, indem er seinem Diener befahl, nicht wegzugehen, in der Nähe zu bleiben und niemand zu ihr zu lassen, bis er wiederkäme. Er ging indessen hin und frühstückte in aller Ruhe bei seinem Freunde in der Nähe und legte sich dann, als es ihm Zeit schien, zum Mittagsschlaf nieder. Elena, durch die törichte Hoffnung ihrer nahen Erlösung einigermaßen aufgerichtet, wenngleich sie noch immer sehr traurig war, setzte sich an der Seite des Turmes nieder, wo ihr die Mauer noch ein wenig Schatten gewährte. Bald saß sie tiefsinnig, bald weinte sie, bald hoffte sie, bald wollte sie über das lange Ausbleiben des Rinieri mit ihren Kleidern verzweifeln. So sprang sie von dem einen zum anderen Gedanken über, bis sie vor Schmerz und Müdigkeit, weil sie die ganze Nacht nicht geschlafen hatte, einschlummerte. Doch bald stieg die Sonne glühend und brennend bis in den Zenith und traf der Schutzlosen unbedecktes Haupt und zarten feinen Leib mit solcher Kraft, daß ihr nicht nur das Fleisch, so weit sie es erreichte, verbrannte, sondern daß es allenthalben riß und aufsprang. Und der Sonnenbrand war so stark, daß er sie aus dem tiefsten Schlafe weckte. Da sie den Brand fühlte und sich ein wenig bewegte, schien es ihr, als bräche die ganze versengte Haut auf und reiße in Fetzen, wie wir es bei verbranntem Pergament sehen, wenn man es zieht. Überdies tat ihr der Kopf zum Zerspringen weh, was nicht verwunderlich war. Auch war der Boden des Estrichs so glühend heiß, daß sie nicht wußte, wohin mit den Füßen, und weder stehend noch in anderer Stellung Ruhe fand, weshalb sie weinend hin und her taumelte, ohne irgendwo bleiben zu können. Bei der völligen Windstille fanden sich auch Fliegen und Bremsen in ganzen Schwärmen ein, die sich auf das blutende Fleisch setzten und sie wie mit Dolchstichen stachen, weshalb sie immer mit den Händen um sich schlagen mußte, während sie dabei ihr Dasein, ihren Geliebten und den Schüler der Weisheit verfluchte. Von der unerträglichen Hitze, dem Sonnenbrand, den Fliegen und Mücken, von Hunger und noch mehr von Durst, dazu von tausend quälenden Gedanken gepeinigt, gemartert und durchwühlt, richtete sie sich auf, Ausschau zu halten, ob nicht jemand in der Nähe sie sehe oder höre, und sie war entschlossen, es möchte kosten, was es wolle, um Hilfe zu rufen. Doch auch dies versagte ihr das feindliche Geschick. Wegen der Hitze war kein Ackersmann auf dem Felde zu sehen, niemand war zur Feldarbeit dort in der Nähe an diesem Tage gekommen, und die meisten waren auch wohl schon auf ihren Tennen mit dem Dreschen beschäftigt. Sie hörte nichts als das Geschrei der Zikaden. Zu ihren Füßen sah sie den Arno; allein der Anblick seines Wassers konnte ihren Durst nicht löschen, vielmehr diente er nur ihn zu vermehren, so wie die Wälder, Büsche und Häuser: welche sie um sich her erblickte, sie nur noch schmerzlicher empfinden ließen, daß sie umsonst nach dem kleinsten Schatten schmachten mußte. Was soll man noch mehr von der unglücklichen Frau erzählen? Oben brannte die Sonne, unten glühte der Estrich. Von allen Seiten stachen die Fliegen und Bremsen. Alles das hatte sie so übel zugerichtet, daß sie, die mit der Weiße ihrer Haut die Dunkelheit der vergangenen Nacht durchstrahlt hatte, jetzt wie die Räude, rot und mit Blut besudelt, jedem, der sie so gesehen, wie das häßlichste Geschöpf von der Welt vorgekommen wäre. Rat- und hoffnungslos erwartete sie eher den Tod als etwas anderes. Die zweite Stunde des Nachmittags war halb vorbei, als der Scholar aufwachte, sich der Dame erinnerte und, um zu sehen, was aus ihr geworden, zum Turm zurückkehrte. Er schickte seinen Diener, der noch nichts genossen hatte, nach Hause zum Essen. Als Elena ihn vernahm, kam sie an die Falltür setzte sich nieder und sprach weinend mit schwacher und gebrochener Stimme: „Rinieri, du hast dich über alle

Maßen gerächt. Wenn ich dich einst in meinem Hofe frieren ließ, so hast du mich auf diesem Turm nicht nur braten, sondern gar verbrennen und vor Hunger und Durst verschmachten lassen. Ich bitte dich bei Gott, komm herauf und gib mir den Tod, den ich nicht das Herz habe, mir selbst zu geben, und den ich mir jetzt über alles wünsche; so groß ist die Qual, die ich dulde. Oder wenn du mir diese Gnade nicht erweisen willst, so verschaffe mir zum wenigsten einen Trunk Wasser um meine Lippen zu benetzen, weil meine Tränen bei der Trockenheit und Glut, die mich immer verzehrt, dazu nicht hinreichen."

„Böses Weib!" erwiderte Rinieri. „Von meiner Hand sollst du nicht sterben. Bist du des Lebens überdrüssig, so töte dich selbst. Wasser sollst du von mir so viel zur Linderung deines Durstes bekommen, wie du mir Feuer gegeben hast, um der Kälte zu widerstehen. Fast ärgert es mich, da ich meine durch Kälte erstarrten Nerven mit heißem stinkenden Mist habe herstellen müssen, daß dir deine wenigen Brandblasen mit wohlriechendem kühlen Rosenwasser sollen geheilt werden; ich bin in Gefahr gewesen, den Gebrauch meiner Glieder und mein Leben zu verlieren, du hingegen wirst deine versengte Haut abschälen und deine Schönheit erneuert sehen, wie die Schlange."

„Ach, ich Elende!" seufzte Elena. „Um einen solchen Preis möge meine ärgste Feindin ihre Schönheit erkaufen! Aber sage mir du, der du grausamer als irgendein reißendes Tier mit mir umgehst, wie ist es dir möglich, mich auf solche Art zu martern? Wahrlich, ich wüßte nicht, wie man noch grausamer gegen mich verfahren könnte, wenn ich dich und dein ganzes Geschlecht zu Tode gefoltert und gemartert oder verbrecherisch eine ganze Stadt mit Mord und Totschlag angefüllt hätte, da du mich hast von der Sonne braten und von den Fliegen auffressen lassen. Und bei all diesen Martern versagst du mir einen Tropfen Wasser, da man doch dem zu Recht verurteilten Mörder, der zum Tode geführt wird, wohl einen Becher Wein zu reichen pflegt, wenn er ihn fordert. Doch weil ich sehe, daß du bei deiner Grausamkeit beharrst, und daß meine Qualen nicht vermögen, dich im geringsten zu bewegen, so will ich mich geduldig zum Tode vorbereiten, damit der Himmel Erbarmen mit meiner Seele habe. Ihm will ich es anheimstellen, deine Handlung mit gerechtem Auge anzusehen."

Mit diesen Worten schleppte sie sich schmerzvoll auf die Mitte des Daches und gab alle Hoffnung auf, der glühenden Hitze lebend zu entrinnen. Und nicht einmal, tausendmal meinte sie, vor Durst den Verstand zu verlieren, von ihren anderen Schmerzen abgesehen, die sie ebenfalls bejammerte und beklagte. Es wurde jetzt auch schon Abend; Rinieri glaubte weit genug gegangen zu sein und wollte seine Rache nicht aufs äußerste treiben. Er ließ seinen Diener ihre Kleider holen, hüllte sie in seinen Mantel und ging nach ihrem Hause. Hier fand er die Magd ganz trostlos, ratlos und betrübt vor der Tür sitzen. „Mädchen, was macht deine Frau?" fragte er sie. „Ach, Herr, ich weiß es nicht", gab sie zur Antwort. „Ich meinte sie diesen Morgen im Bett, wo sie sich in meiner Gegenwart gestern abend niederlegte, zu finden; allein sie war weder dort noch sonst irgendwo zu sehen, und ich weiß nicht, wohin sie geraten ist, und bin äußerst bekümmert um sie. Aber vielleicht wißt Ihr es, mein Herr?"

„Ich wünschte," sprach Rinieri, „daß ich dich nur auch da gehabt hätte, wo sie bis jetzt gewesen ist, um dich mit ihr zugleich für deine Schuld zu strafen; aber du sollst mir wahrlich auch nicht entgehen, bis du dermaßen für deine Schelmstücke gebüßt hast, daß du nie wieder jemand zum Narren haben wirst, ohne an mich zu denken." Und zu seinem Diener sagte er: „Da, gib ihr die Kleider und sage ihr, sie soll zu ihrer Herrin gehn, wenn sie will." Der Diener tat wie ihm geheißen. Die Magd griff nach den Kleidern, erkannte sie, und als sie hörte, was ihr gesagt wurde, glaubte sie nicht anders, als daß er ihre Frau erschlagen hätte, und kaum enthielt sie sich, laut zu schreien. Rinieri ging fort, und sie eilte mit den Kleidern verweinten Auges nach dem Turm. Zufälligerweise hatte ein Sauhirt der Dame ein paar von seinen Schweinen verloren und ging auch nach dem kleinen Turm, um sich nach ihnen umzusehen, bald nach dem Weggang des Gelehrten. Als er sich umsah, ob er seine Schweine nicht sähe, hörte er das Wehklagen der armen Frau, stieg empor und rief mit lauter Stimme: „Wer jammert dort oben?"

Elena kannte die Stimme ihres Hirten, nannte ihn bei seinem Namen und bat ihn, schleunigst ihre Magd zu rufen.

Der Hirt erkannte nun auch sie und fragte: „Madonna, wer hat Euch denn da hinaufgebracht? Euer Mädchen sucht Euch schon den ganzen Tag. Wer hätte Euch da oben vermutet!“ Er nahm die Stangen der Leiter, begann sie aufzurichten, wie sie stehen müssen, und die Querstäbe mit Bast festzubinden. Indes kam die Magd schon gegangen, trat in den Turm und rief händeringend und laut klagend: „Ach, meine liebe Frau, wo seid Ihr?“ „Ach, meine Schwester! Ich bin hier oben“, rief Elena, so laut sie konnte. „Weine nicht, sondern eile nur und bringe mir meine Kleider.“

Sobald das Mädchen sie sprechen hörte, stieg sie halb getröstet die Leiter hinauf, die der Hirt schon beinah wieder repariert hatte, und kam, von ihm geschoben auf den Estrich. Hier fand sie ihre Dame, kaum als menschlichen Körper, eher als verkohlten Holzstrunk, wieder. Ganz erschöpft, entstellt und nackt lag sie auf dem Boden. Da fuhr sich die Magd mit den Nägeln ins Gesicht und jammerte über sie nicht anders als ob sie tot wäre. Elena bat sie, um Gottes willen zu schweigen und sie ankleiden zu helfen. Als sie von ihr hörte, daß niemand wüßte, wo sie wäre, als Rinieri, die Magd und der Hirte, beruhigte sie sich einigermaßen und bat den Hirten, sich gegen niemand etwas merken zu lassen. Da sie zu schwach war, die Leiter hinabzusteigen, so nahm der Hirt sie nach vielem Hin und Her auf den Rücken und trug sie hinunter bis vor den Turm. Indem die Magd ihr folgen wollte, stieg sie die Leiter unvorsichtig hinab und tat einen Fehltritt, stürzte hinunter und zerbrach sich ein Hüftbein, worüber sie vor Schmerz brüllte wie eine Löwin. Der Hirt setzte die Dame auf einen Rasenfleck nieder und eilte zu sehen, was der Magd fehle; und als er ihr Bein gebrochen fand, half er ihr und legte sie neben ihre Dame auf den Rasen. Für Elena war der Unfall, der ihre Magd betroffen hatte, um desto schmerzlicher, je mehr sie jetzt ihrer Hilfe bedurfte, und sie weinte über das neue Unglück, das zu all dem alten kam, so bitterlich, daß auch dem Hirten, der sie zu trösten versuchte, die Tränen in die Augen traten.

Die Sonne stand schon tief. Um sie nicht von der Nacht überraschen zu lassen, ging er auf Wunsch der untröstlichen Frau in sein Haus, rief zwei seiner Brüder und sein Weib, und diese kehrten mit einer Tragbahre dahin zurück, worauf sie die Magd legten und nach Hause trugen. Die Dame labte er mit frischem Wasser und tröstlichen Worten, nahm sie auf die Schulter und trug sie in ihr Zimmer. Das Bauernweib gab ihr aufgeweichtes Brot zu essen, kleidete sie aus und brachte sie ins Bett. Nun trugen sie Sorge, daß sie und die Magd in der Nacht nach Florenz geschafft wurden, was geschah. Die Dame hatte Witz genug, ein Märchen zu erfinden, was sich von dem, was wirklich geschehen war, sehr unterschied. Sie machte ihren Brüdern, Schwestern und jedermann weis, sie und ihre Magd seien nur durch Teufelsspuk in diese verwünschte Lage gekommen. Die Ärzte waren bemüht, was nicht ohne Angst und Schmerzen abging, die Dame zu heilen, deren Haut mehrmals am Bettuch kleben blieb, und die von einem heftigen Fieber und anderen Übelkeiten befallen wurde. Die Magd genas von ihrem Beinbruch. Über all diesem vergaß die Dame ihren Geliebten und nahm sich in der Folge in acht vor Possenspielen und vor Liebeshändeln. Der Scholar glaubte, daß seiner Rache Genüge getan sei, zumal er von dem Beinbruch der Magd hörte, und ließ es dabei bewenden, ohne weiter darüber zu reden. So erging es also der törichten Frau, als sie einen Schüler der Weisheit um einen x-beliebigen zum Narren halten wollte, wo doch die Scholaren, wenn auch nicht alle, aber die meisten wohl wissen, wo des Teufels Schwanz heraussieht. Deshalb hütet euch, liebe Mädchen, jemand zum Narren zu haben -- besonders einen Scholaren.

24. Novelle

Spinelloccio schläft bei der Frau seines Nachbarn und Freundes Zeppa. Dieser merkt es und macht, daß seine Frau ihn in eine Kiste einsperren muß, auf welcher er an der Frau des Spinelloccio das Vergeltungsrecht ausübt.

In Siena sollen einmal ein paar ziemlich wohlhabende junge Männer aus guter Bürgerfamilie gewesen sein, von denen der eine Spinelloccio Tanena und der andere Zeppa di Mino hieß. Sie wohnten Wand an Wand im Viertel Camollia. Diese beiden waren unzertrennliche Gesellschafter und schienen einander fast noch mehr als Brüder zu lieben. Beide hatten recht hübsche Frauen. Da nun Spinelloccio täglich in dem Hause des Zeppa aus und ein ging, dieser mochte zu Hause sein oder nicht, so ward er nach und nach mit seiner Frau so vertraut, daß er bei ihr lag. Dieses Verhältnis dauerte eine geraume Zeit, ohne daß irgend jemand davon erfuhr. Endlich aber traf es sich einmal, daß Zeppa zu Hause war, als Spinelloccio nach ihm fragte. Seine Frau wußte es nicht und sagte, er wäre ausgegangen. Spinelloccio kam deswegen sogleich zu ihr hinauf, und als er sie allein im Saale fand, umarmte er sie mit einem tüchtigen Kuß. Zeppa sah es, verhielt sich ganz still und wartete, wie das Spiel weiter ablaufen würde. Kurz, er sah, daß seine Frau und Spinelloccio Arm in Arm in die Kammer gingen und sich einschlossen, was ihn heftig wurmte. Er bedachte indessen, daß er durch Lärm und Gepolter die Beleidigung nicht abwaschen, sondern nur seinen Schimpf dadurch vermehren würde, und er sann deswegen auf Mittel, sich Genugtuung zu verschaffen, die sein Herz befriedige, ohne die Sache ruchbar werden zu lassen. Nach einigem Besinnen glaubte er dieses Mittel gefunden zu haben. Er hielt sich demnach so lange verborgen, bis Spinelloccio sich entfernte. Als dieser wegging, trat Zeppa den Augenblick in die Kammer seiner Frau, die noch beschäftigt war, ihren Kopfputz wieder in Ordnung zu bringen, den Spinelloccio ein wenig zerstört hatte. „Was machst du, Frau?“ fragte Zeppa.

„Siehst du es nicht?“ erwiderte sie.

„Jawohl, sehe ich's," sprach Zeppa, „und ich wünschte, ich hätte nicht noch manches mehr gesehen." Er ließ sich hierauf deutlicher aus über alles, was vorgefallen war, und nach einigem Wortwechsel gestand sie ihm unter Angst und Furcht ihren vertrauten Umgang mit Spinelloccio, den sie nicht leugnen konnte, und bat ihren Mann unter Tränen um Vergebung.

„Höre, Frau," sprach Zeppa, „du hast böse Streiche begangen, und wenn ich dir verzeihen soll, so mußt du mir alles treulich ausrichten, was ich dir befehlen will. Und das ist folgendes: Sage Spinelloccio, daß er sich morgen vormittag um die dritte Stunde, wenn wir beisammen sind, unter irgendeinem Vorwande von mir losmachen und zu dir kommen soll. Wenn er bei dir ist, werde ich plötzlich nach Hause kommen, und dann mußt du ihn, sobald du mich hörst, in diesen Kasten kriechen lassen und ihn darin einschließen. Was du weiter tun sollst, das will ich dir hernach sagen; du kannst es getrost tun und versichert sein, daß ihm nichts Böses geschehen soll." Die Frau versprach alles, um ihren Mann wieder zu besänftigen, und hielt auch Wort.

Als Spinelloccio und Zeppa am anderen Vormittag um die dritte Stunde beisammen waren, sagte Spinelloccio, der der Frau versprochen hatte, um diese Zeit bei ihr zu sein, zu Zeppa: „Ich soll heute mittag bei einem Freunde essen und mag ihn nicht warten lassen. Gott befohlen!"

„Es ist ja noch lange hin bis zur Mittagszeit", erwiderte Zeppa.

„Wohl wahr," sprach Spinelloccio; „aber ich habe mit ihm noch über eines und das andere zu sprechen und will deswegen ein wenig früher zu ihm gehen." Damit verließ er ihn, nahm einen kleinen Umweg und ging zu der Frau Zeppas, die ihn sogleich in ihre Kammer führte; doch waren sie noch nicht lange darin, als Zeppa nach Hause kam. Sobald seine Frau ihn hörte, stellte sie sich ganz erschrocken, hieß ihren Nachbar sich in die Kiste verstecken, schloß ihn ein und ging aus der Kammer. Zeppa kam hinauf und sagte: „Frau, ist es schon Zeit zum Essen?"

„Ja, es wird bald Zeit sein", gab sie ihm zur Antwort. „Spinelloccio ist heute bei einem Freunde zu Gast," sprach Zeppa, „und seine Frau ist allein. Gehe ans Fenster und bitte sie, herumzukommen, um mit uns zu essen.“

Die Frau, die für sich selber fürchtete und darum peinlich gehorchte, tat, was er befahl, und als ihre Nachbarin hörte, daß ihr Mann nicht nach Hause käme, ging sie nach einigem Bitten und Nötigen zu ihr hinüber. Zeppa empfing sie sehr freundlich, nahm sie vertraulich bei der Hand und gab seiner Frau einen Wink, sich in der Küche etwas zu schaffen zu machen. Unterdessen führte er seine Nachbarin in die Kammer und schloß plötzlich die Tür hinter sich zu.

„Himmel!“ rief sie. „Was soll das bedeuten Zeppa? Habt Ihr mich darum in diese Kammer geführt? Ist das die Frucht Eurer Freundschaft für Spinelloccio und Eures vertraulichen Umganges mit ihm?“

Zeppa ging mit ihr näher zu der Kiste, in der ihr Mann verborgen war, und sagte zu ihr, indem er sie fest in seinen Armen hielt: „Weibchen, ehe du mir zürnst, so höre, was ich zu sagen habe: Ich habe Spinelloccio wie meinen Bruder geliebt und liebe ihn noch; aber gestern, als er sich's nicht versah, habe ich entdeckt, daß meine große Vertraulichkeit mit ihm ihn dahin gebracht hat, daß er bei meiner Frau liegt wie bei dir. Weil ich ihn aber lieb habe, so will ich mich nicht strenger an ihm rächen, als er mich beleidigt hat. Er hat meine Frau gehabt, und ich will die seine haben. Gefällt dir das nicht, so ertappe ich ihn wohl einmal, und da ich nicht willens bin, das ungerächt hingehen zu lassen, so werde ich ihm dergestalt mitspielen, daß es dich und ihn auf immer gereuen soll.“

Die Frau sträubte sich lange, es zu glauben; als Zeppa es ihr aber so nahelegte, daß sie seine Worte nicht länger bezweifeln konnte, sagte sie: „Lieber Zeppa, wenn ich denn für meinen Mann büßen soll, so muß ich mich darein ergeben; doch mußt du mir versprechen, daß du deine Frau bewegen willst, mir deswegen ebensowenig böse zu werden, wie ich ihr das übelnehmen will, was sie an mir getan hat, und daß wir nach wie vor gute Freundinnen bleiben.“

„Das nehme ich auf mich,“ sprach Zeppa, „und ich will dir noch überdies ein so hübsches und kostbares Kleinod verehren, wie dir wohl noch niemand eins geschenkt hat.“ Mit diesen Worten schloß er sie noch fester und feuriger in seine Arme und warf sie unter Küssen über die Kiste, in der ihr Mann steckte, und vergnügte sich mit ihr und sie mit ihm, solange es ihm gefiel. Spinelloccio in der Kiste, der jedes Wort Zeppas und die Antwort seiner Frau gehört hatte, und den Walzer, den sie ihm hernach über dem Kopfe tanzten, wollte anfänglich vor Qual schier sterben, und nur seine Furcht vor Zeppa konnte ihn abhalten, seine Frau mit Scheltworten aus seinem Gefängnis anzudonnern. Als er aber bedachte, daß er selbst den ersten Anlaß zu dem Schimpf gegeben hatte, daß Zeppa ein Recht hatte, zu tun, was er tat, und daß er menschlich und brüderlich mit ihm verfuhr, ließ er seinen Zorn fahren und wünschte nichts, als ferner noch mehr als zuvor in Freundschaft mit ihm zu leben, wenn der es wolle. Als Zeppa seine Rache genügend befriedigt hatte, stieg er von der Kiste herab. Seine hübsche Nachbarin erinnerte ihn an das versprochene Kleinod. Er öffnete die Tür und rief seine Frau, welche lächelnd hereintrat und nichts weiter sagte als: „Madonna, Ihr habt mir Gleiches mit Gleichem bezahlt.“

„Öffne jetzt diese Kiste“, sprach Zeppa zu seiner Frau. Sie tat es, und Zeppa zeigte seiner Nachbarin ihren Mann, der darin lag. Viel wäre nötig zu sagen, wer von den beiden sich mehr schämte, ob Spinelloccio, als er Zeppa sah und nun wußte, daß jener wisse, was er getan, oder die Frau, als sie ihren Mann sah und erkannte, daß er alles, was sie über seinem Kopf getan hatten, gehört und gemerkt hatte. Zeppa aber sagte zu ihr: „Hier ist das Kleinod, womit ich dich beschenke.“ Spinelloccio kroch aus der Kiste und sagte, ohne viel Redens weiter zu machen: „Zeppa, wir sind quitt. Und darum wird's am besten sein, wir bleiben Freunde, wie du vorhin zu meiner Frau sagtest. Und weil wir bisher alles gemeinsam hatten, nur unsere Frauen nicht, so wollen wir von jetzt ab auch unsere Frauen gemeinsam haben.“ Zeppa war damit zufrieden. Sie aßen alle vier zusammen in schönster Eintracht zu Mittag. Und von nun an hatte jede der zwei Frauen zwei Männer und jeder von den Männern zwei Frauen, ohne daß deshalb je Zank oder Zwietracht zwischen ihnen entstanden wäre.

25. Novelle

Eine Äbtissin steht im Finstern eilends auf, um eine ihrer Nonnen mit ihrem Liebhaber zu ertappen. Da sie selbst einen Priester bei sich hat, so wirft sie aus Versehen statt ihre Kappe seine Beinkleider über den Kopf. Als die verklagte Nonne dieses gewahr wird und die Äbtissin aufmerksam darauf macht, rettet sie sich dadurch vor der Strafe und darf ihren Liebhaber ungestört bei sich behalten.

In der Lombardei liegt ein wegen seiner Gottesfurcht und Heiligkeit sehr berühmtes Kloster, in dem unter mehreren Nonnen sich ein junges Mädchen von edler Abkunft und von bewunderungswürdiger Schönheit befand, namens Lisabetta, die sich bei einem Besuche, den sie einst von einem ihrer Verwandten am Gitter empfing, in einen schönen Jüngling verliebte, der mit ihm gekommen war. Den Jüngling reizte ihre Schönheit nicht weniger, und da ihre Blicke ihm ihre Wünsche verrieten, so verliebte er sich ebenfalls in sie. Eine Zeitlang mußten sie zu ihrem großen Schmerz ihre Flamme fruchtlos nähren; doch da sie beide sich so innig sehnten, so gelang es endlich dem Jüngling, sich einen geheimen Zugang zu seiner Nonne zu verschaffen und sie hernach mehrmals zu ihrem beiderseitigen Vergnügen nicht ein, sondern viele Male zu besuchen. Indem sie diesen Umgang fortsetzten, traf es sich jedoch einmal, daß eine andere Nonne den Jüngling in der Nacht gewahr ward, als er Lisabetta eben verließ. Weder er noch sie argwöhnten, daß sie bemerkt worden waren. Die Nonne teilte es noch einigen andern Nonnen mit. Diese waren zuerst willens, sie sogleich bei ihrer Äbtissin Madonna Usimbalda, die von allen, die sie kannten, für eine fromme, heilige Frau gehalten ward, anzuzeigen. Hernach aber kamen sie auf den Gedanken, es sei besser, sie von der Äbtissin selbst mit ihrem Liebhaber ertappen zu lassen, damit sie sich nicht aufs Leugnen legen könne. Sie schwiegen demnach und wachten und lauerten abwechselnd heimlich, um sie zu überraschen. Da Lisabetta sich nichts Arges versah und von nichts wußte, so ließ sie eines Abends ihren Liebhaber wieder zu sich kommen, was alsobald von denen, die Wache hatten, bemerkt ward. Diese teilten sich, sobald es tief genug in der Nacht war, in zwei Parteien. Die eine bewachte den Ausgang aus

Lisabettas Zelle, die andere eilte nach dem Zimmer der Äbtissin. Sie klopften so lange an ihre Tür, bis sie antwortete, und sagten: „Madonna, steht geschwind auf, Lisabetta hat einen jungen Menschen bei sich in ihrer Zelle."

Die Äbtissin hatte diese Nacht einen Priester bei sich, den sie zuweilen in einem Kasten zu sich tragen ließ. Als sie das Klopfen hörte und befürchtete, daß die Nonnen vor lauter Eifer die Tür aufsprengen möchten, wenn sie sich nicht beeilte, sprang sie geschwind aus dem Bett, kleidete sich im Finstern an, so gut sie konnte, und indem sie glaubte ihr faltiges Kopftuch (das, was die Nonnen tragen und was sie Psalterium nennen) aufzusetzen, ergriff sie aus Versehen die Hosen des Priesters, stülpte sie eilends über ihren Kopf, ging hinaus, schloß die Zelle hinter sich zu und schrie: „Wo ist diese vermaledeite Sünderin?" Die anderen, die nur darauf erpicht waren, Lisabetta auf der Tat zu ertappen, gaben nicht acht auf den Kopfputz ihrer Äbtissin, die mit ihnen nach Lisabettas Zelle lief. Die Tür ward aufgesprengt, und als sie hineinkamen, fanden sie das verliebte Paar in zärtlicher Umarmung. Dies erstaunte so sehr über den unvermuteten Überfall, daß es vor Schreck wie versteinert war. Die Nonnen bemächtigten sich augenblicklich des Mädchens und führten es auf Befehl der Äbtissin vor das Kapitel. Der Jüngling blieb indessen zurück, kleidete sich an und erwartete den Ausgang der Sache, entschlossen, denjenigen übel mitzuspielen, die sich an seiner Geliebten vergreifen würden, und diese alsdann mit Gewalt zu entführen. Als die Äbtissin im Kapitel den Vorsitz eingenommen hatte und die Blicke aller Nonnen auf die Angeklagte geheftet waren, fing sie an, *coram publico* diese mit den schrecklichsten Vorwürfen zu überhäufen, daß sie die Heiligkeit, die Ehrbarkeit und den guten Ruf des Klosters durch ihre ungeziemende und schändliche Aufführung befleckt hätte, und sie begleitete ihre Vorwürfe zugleich mit den fürchterlichsten Drohungen.

Das arme erschrockene und beschämte Mädchen, das sich schuldig fühlte, dachte an keine Antwort, sondern suchte nur durch ihr geduldiges Stillschweigen die andern Nonnen zum Mitleid zu bewegen. Darüber ward die Äbtissin nur noch aufgebrachter, bis die Beklagte zufällig einmal die Augen aufschlug und den Kopfputz der Äbtissin gewahr ward und die Hosenbänder, die ihr an beiden Seiten auf die Achseln herunterhingen. Als sie sah, was es war, faßte sie sich ein Herz und sagte: „Madonna, um Gottes willen, knüpft Euch doch nur erst Eure Haube fest und sagt mir dann, was Ihr wollt."

Die Äbtissin, die nicht wußte, was ihre Rede besagen wolle, fuhr sie an: „Was schwatzest du von Haube, lasterhaftes Geschöpf? Hast du noch die Unverschämtheit, zu spotten? Oder meinst du dich so aufgeführt zu haben, daß du noch scherzen darfst?"

Das Mädchen antwortete ihr noch einmal: „Madonna, ich bitte Euch, knüpft die Bänder an Eurer Haube fest, ehe Ihr mir etwas Weiteres sagt."

Jetzt richteten einige von den Nonnen ihre Blicke auf die Äbtissin, und sie selbst fühlte mit ihren Händen und begriff nunmehr, wohin Lisabetta mit ihren Worten gezielt hatte. Weil sie sich getroffen fühlte und fand, daß ihr keine Ausflüchte gegenüber dem helfen konnten, was alle Nonnen gesehen hatten, änderte sie ihre Sprache, zog gelindere Saiten auf und gestand am Ende, daß es unmöglich sei, dem Stachel des Fleisches zu widerstehen. Sie erlaubte demnach einer jeden, sich im stillen ihren Zeitvertreib zu verschaffen, wenn sie könnten, was auch bis auf diesen Tag geschehen war. Sie entließ das junge Mädchen, begab sich mit ihrem Priester wieder zu Bett, und Lisabetta verfügte sich gleichfalls wieder zu ihrem Liebhaber, der sie zum Ärger derer, die sie darum beneideten, noch oft besuchte. Die andern hingegen, die noch keinen Liebhaber hatten, suchten insgeheim, so gut sie konnten, ihren Bedürfnissen abzuhelfen.

26. Novelle

Doktor Simon muß auf Branos und Baffalmaccos Anstiften dem Calandrino einreden, daß er schwanger ist. Sie lassen sich von ihm Kapaune und Geld geben, um ihm Arznei zu verschaffen, worauf er ohne niederzukommen wieder gesund wird.

Als dem Calandrino eine Base starb, die ihm zweihundert Lire in Silber hinterließ, verbreitete er überall, daß er ein Gut dafür kaufen wolle, und er handelte deswegen mit so vielen Maklern in Florenz, als wenn er zehntausend Goldgulden hätte anzulegen gehabt, wie wohl der Handel sich immer wieder zerschlug, sobald von dem Preise des Gutes die Rede war.

Bruno und Buffalmacco, die davon gehört hatten, sagten ihm zwar oft, er täte besser, das Geld mit ihnen zu verjuxen, als Ländereien zu kaufen, gleich als wolle er Lehmkugeln daraus drehn. Allein sie konnten ihn nicht einmal dahin bringen, daß er ihnen ein einziges Mal etwas zum besten gegeben hätte. Indem sie sich nun einst darüber beklagten, und noch einer von ihren Mitgesellen, der Maler Nello, dazukam, fingen sie an, alle drei miteinander zu beratschlagen, wie sie sich auf Kosten des Calandrino einmal den Bauch füllen könnten. Sie wurden auch bald über einen Anschlag einig, dessen Ausführung und das, was jeder dabei zu tun hätte, sie auf den folgenden Morgen miteinander verabredeten.

Als Calandrino des Morgens kaum aus seinem Hause gegangen war, kam ihm Nello entgegen und sagte: „Guten Tag, Calandrino."

„Gott gebe dir dergleichen," antwortete Calandrino, „und ein gutes Jahr dazu!"

Nello stand ein wenig still und sah ihm steif ins Gesicht bis ihn Calandrino fragte: „Was betrachtest du?"

„Hast du diese Nacht nichts empfunden?" fragte Nello. „Du bist ja ganz verändert."

Calandrino war gleich erschrocken und sagte: „Ach Gott! Was meinst du denn, das mir fehlen solle?"

„Ei, ich meine eben nichts Besonderes damit," sprach Nello, „du scheinst mir ganz verändert, doch das mag wohl eine andere Ursache haben."

Calandrino ging betroffen weiter, obwohl er nicht fühlte, daß ihm das geringste fehle. Bald darauf begegnete ihm Buffalmacco, der nur gelauert hatte, bis Nello ihn verließ, und fragte ihn, indem er ihn grüßte, ob er nichts fühle.

„Ich wüßte nicht," sprach Calandrino; „allein eben jetzt sagte mir auch Nello, daß er mich ganz verändert fände. Sollte mir wirklich etwas fehlen?"

„Jawohl, es fehlt dir was, und keine Kleinigkeit", sprach Buffalmacco. „Du scheinst mehr tot als lebendig."

Jetzt glaubte Calandro schon ein Fieber zu haben; und siehe da, Bruno kam auch, und sein erstes Wort war: „Calandrino, was machst du für ein Gesicht? Du siehst ja aus wie eine Leiche; was fehlt dir?"

Als Calandrino sie alle so reden hörte, glaubte er ganz gewiß, daß er krank wäre, und fragte ängstlich, was er anfangen solle.

„Mich deucht," sprach Bruno, „du solltest wieder nach Hause gehen, dich zu Bett legen und gut zudecken. Dann schickst du dein Wasser zum Doktor Simon, der unser guter Freund ist, wie du wohl weißt. Er wird dir bald sagen, was du tun mußt. Wir wollen mit dir gehen, und wenn es nötig ist, so wollen wir dir Hilfe leisten."

Nello stieß auch wieder zu ihnen, und sie begleiteten sämtlich Calandrino nach Hause. Er trat ganz atemlos in seine Kammer und sprach zu seiner Frau: „Komm und decke mich warm zu, ich befinde mich gar nicht wohl."

Sobald man ihn zu Bett gebracht hatte, schickte er sein Wasser durch ein kleines Mädchen zum Doktor Simon, der damals seine Budike am alten Markte im Zeichen der Melone hatte. Bruno sprach indessen zu seinen Kameraden: „Bleibt ihr jetzt bei ihm; ich will hingehen und hören, was der Doktor sagt, und will ihn, wenn es nötig ist, mit herbringen."

„Ach ja, Bruder!“ sprach Calandrino. „Geh hin und bringe mir Nachricht, wie es mit mir ist. Ich weiß nicht, was es ist, das ich im Leibe fühle.“

Bruno ging hin und kam zu dem Doktor, ehe das Mädchen ihm das Wasserglas brachte und gab ihm die nötigen Winke. Als demnach das Mädchen kam, und der Doktor das Wasser besah, sprach er zu ihm: „Geh und sage Calandrino, er soll sich recht warm halten; ich werde gleich zu ihm kommen und ihm sagen, was ihm fehlt und was er brauchen muß.“

Das Mädchen ging mit der Antwort zurück, und nicht lange danach kam auch der Doktor mit Bruno. Der Doktor setzte sich neben ihn, fühlte ihm den Puls und sagte zu ihm nach einer kleinen Pause in Gegenwart seiner Frau: „Höre, Calandrino, ich muß dir als dein Freund sagen, dir fehlt weder mehr noch weniger, als daß du schwanger bist.“

„Ach, du lieber Himmel, Tessa!“ rief Calandrino mit kläglicher Stimme. „Daran bist du schuld! Hab' ich dir nicht längst gesagt, es würde nimmer gut gehen, daß du stets oben liegen willst?“

Die Frau, sittsam wie sie war, ward vor Scham bis über die Ohren rot, als sie ihren Mann so reden hörte. Sie schlug die Augen nieder und ging, ohne ein Wort zu reden, aus dem Zimmer. Calandrino fuhr indessen fort zu jammern und sagte: „Was soll ich machen, ich armer, unglücklicher Mann. Wie soll ich das Kind zur Welt bringen? Die törichte Grille meiner Frau wird mir noch das Leben kosten. Daß sie der Himmel züchtige! Wenn ich nur nicht so krank wäre wie ich bin, so könnt' ich aufstehen und ihr so viele Rippenstöße geben, daß sie keinen gesunden Fleck am Leibe behielte; und doch muß ich mich selbst schämen, denn ich hätt' es ihr nie erlauben sollen, immer oben zu liegen. Aber wenn ich nur wieder gesund werde, so will ich ihr künftig die Lust wohl vertreiben.“

Bruno, Buffalmacco und Nello wollten vor Lachen über sein Geschwätz bersten; doch hielten sie sich; aber der Doktor Eisenhart lachte aus vollem Halse derart, daß man ihm die Zähne hätte aus dem Mund nehmen können. Endlich bat Calandrino den Doktor um Rat und Hilfe, und der Doktor sagte: „Sei nur nicht bange, Calandrino; denn wir sind glücklicherweise das Ding noch früh genug gewahr geworden, um dich mühelos in kurzer Zeit von dem Übel befreien zu können. Du wirst aber ein wenig den Beutel ziehen müssen."

„Ach ja, gerne," sprach Calandrino, „helft mir nur um des Himmels willen! Ich habe hier zweihundert Lire, wofür ich ein Gütchen kaufen wollte. Nehmt sie alle hin, wenn's nötig ist, damit ich nur nicht niederkommen muß; denn ich wüßte nicht, wie ich es anfangen sollte. Man hört ja, welchen Zeter die Weiber anheben, wenn das Gebären losgeht, und sie haben doch ganz andere Mittel und Wege, groß genug, sich ihrer Bürde zu entledigen. Ich aber glaube, ich müßte vor Schmerzen den Geist aufgeben, ehe ich damit zustande käme."

„Mach dir keine Sorgen", sprach der Doktor. „Ich will dir einen Trank verschreiben, der dir sehr gut und angenehm schmecken soll und dir in drei Tagen alles auflöst, daß du wieder so gesund wirst wie ein Fisch. Aber sieh zu, sei künftig klüger und begehe nicht wieder solch Torheiten. Zu dem Getränk brauchen wir drei Paar gut fette Kapaune, und zu allerhand andern Kleinigkeiten, die noch dazu erforderlich sind, gib einem deiner Kameraden fünf Lire an kleiner Münze mit, daß er sie einkauft und mir alles in meinen Laden liefert, so will ich dir morgen früh den Trank schicken, wovon du jedesmal eine tüchtigen Becher voll nehmen mußt."

„Ich verlasse mich auf Euch, Doktor", sprach Calandrino, als er das hörte, gab Bruno die fünf Lire und das Geld zu den drei Paar Kapaunen und bat ihn, er möcht sich ihm zuliebe die Mühe nicht verdrießen lassen. De Doktor nahm Abschied, ließ ein wenig Gewürzwein bereiten und schickte ihn hin. Bruno kaufte die Kapaune und was sonst zu einem trefflichen Mahl gehörte und machte sich mit dem Arzt und den übrigen einen fröhlichen Tag. Calandrino trank drei Tage nacheinander morgens von dem Gewürzwein, und am vierten Tage kam der Arzt nebst seinen Freunden zu ihm und sagte: „Calandrino, du bist völlig genesen, kannst von nun an deinen Geschäften wieder nachgehen und brauchst nicht mehr zu Haus zu hocken." Calandrino stand fröhlich auf, ging an seine Hantierung und rühmte allenthalben, wohin er nur kam und mit Leuten redete, die treffliche Kunst, welche Doktor Simon an ihm bewiesen, indem er ihm in drei Tagen ohne alle Schmerzen die Schwangerschaft vertrieben hätte. Bruno, Buffalmacco und Nello freuten sich unterdessen, daß sie ihn mit seiner Knauserei ein wenig zum besten gehabt hatten. Monna Tessa aber, die den Streich merkte, schmollte mit ihrem Manne noch lange deswegen.

27. Novelle

Calandrino verliebt sich in ein Mädchen. Bruno gibt ihm ein Amulett, um sie damit zu berühren, worauf sie ihm nachfolgt; er wird aber von seiner Frau ertappt, welche darüber großen Lärm und Zank erhebt.

Niccolo Cornacchini war ein reicher Mann, der unter mehreren Besitzungen ein recht schönes Landgut in Camerta hatte, auf welchem er ein hübsches, ansehnliches Meierhaus bauen und es durch Bruno und Buffalmacco ausmalen ließ, und da sehr viel dabei zu arbeiten war, so nahmen diese Nello und Calandrino mit zu Hilfe. Weil nun schon ein paar Zimmer daselbst mit Betten und anderm Hausrat versehen waren, über welche eine alte Magd die Aufsicht hatte, so pflegte Filippo, der Sohn des Niccolo, ein junger, unverheirateter Bursche, bisweilen zu seinem Zeitvertreib ein Mädchen mit dahinzunehmen, einen Tag oder zwei mit ihr dort zuzubringen, und sie dann wieder wegzuschicken. So brachte er auch einst eine gewisse Niccolosa dahin, die ein liederlicher Kerl, Mangione genannt, in einem Haus in Camaldoli unterhielt und sie für Lohn vermietete. Das Mädchen war hübsch von Gestalt, wohlgekleidet und für eine Person von ihrem Gewerbe artig genug in ihren Manieren und Reden. Als sie einmal gegen Mittag in einem weißen Mieder und Röckchen, mit aufgeflochtenem Haar hinunter an den Brunnen im Hofe gegangen war, um sich Gesicht und Hände zu waschen, fügte es sich, daß Calandrino ebenfalls dahin kam, um Wasser zu holen, und sie freundlich grüßte. Sie dankte ihm und betrachtete ihn aufmerksam, nicht weil er ihr gerade übermäßig schön, sondern weil er ihr ein possierlicher Mensch zu sein schien. Calandrino besah sie sich gleichfalls, und, da er sie sehr hübsch fand, so zauderte er, solange er konnte, und ließ seine Kameraden auf das Wasser warten; doch getraute er sich nicht, das Mädchen anzureden, weil er sie nicht kannte. Da sie merkte, wie emsig er nach ihr gaffte, so warf sie gleichfalls bisweilen einen Blick auf ihn, um ihn zu kirren, und ließ einige Seufzerchen fahren. Darüber verliebte sich Calandrino auf der Stelle in sie und wich nicht vom Hof, bis Filippo sie wieder zu sich in die Kammer rief. Als Calandrino wieder an seine Arbeit ging, tat er nichts als seufzen und schnaufen, was Bruno, der ihm stets auflauerte und sich gern eine Kurzweil mit ihm machte, allsobald gewahr ward und ihn daher fragte: „Was, zum Henker, fehlt dir, Bruder Calandrino? Du tust ja nichts als seufzen?“ „Bruder,“ sprach Calandrino, „wenn ich jemand hätte, der mir helfen würde, so wär' ich wohl daran.“

„Wieso?“ fragte Bruno.

„Eigentlich müßte man ja seinen Mund halten“, antwortete Calandrino. „Dort unten ist ein Mädchen, so schön wie eine Fee, die sich dermaßen in mich verliebt hat, daß du dein Wunder daran sehen würdest. Ich bin es eben jetzt gewahr geworden, als ich Wasser holte.“

„Der Henker! Nimm dich in acht“, sprach Bruno. „Wenn sie nur nicht gar die Frau des Filippo ist.“ „Das glaub' ich fast,“ sprach Calandrino; „denn er rief sie, und sie ging zu ihm in die Kammer. Allein was liegt daran? Ich würde mich in solchen Dingen zum Teufel selbst um Christus nicht kümmern, noch viel weniger um Filippo. Ich muß dir gestehen, Bruder, sie gefällt mir besser, als ich dir's beschreiben kann.“

„Ich will auskundschaften, wer sie ist,“ sprach Bruno, „und wenn sie des Filippo Frau ist, so will ich dir in zwei Worten zu deiner Sache verhelfen, denn sie spricht oft sehr vertraulich mit mir. Wie machen wir es aber, daß Buffalmacco nichts davon erfährt? Er folgt mir immer wie mein Schatten, wenn ich mit ihr spreche.“

„Um Buffalmacco sorge ich mich nicht,“ sprach Calandrino, „aber vor Nello müssen wir uns hüten. Er ist verwandt mit Tessa und würde uns gewiß den ganzen Kram verderben.“

„Du hast recht“, sprach Bruno. Dieser wußte sehr wohl, wer das Mädchen war; denn er hatte gesehen, wie sie gekommen war, und Filippo hatte es ihm auch gesagt. Sobald nun Calandrino sich von der Arbeit ein wenig entfernte, um sie zu sehen, erzählte Bruno alles dem Buffalmacco und Nello und verabredete mit ihnen, was sie bei dieser Liebschaft mit ihm anstellen wollten. Kaum war Calandrino wiedergekommen, so raunte ihm Bruno ins Ohr: „Hast du sie gesehen?“

„Ach freilich! Sie bringt mich noch ins Grab“, sprach Calandrino.

„Ich will hingehen“, versetzte Bruno, „und sehen, ob sie die ist, wofür ich sie halte, und wenn das ist, so laß mich nur weiter machen.“

Bruno ging demnach hinunter zu Filippo und dem Mädchen und erklärte ihnen umständlich, wer Calandrino wäre und was er ihm entdeckt hätte, und nahm Abrede mit ihnen, was sie sagen und wie sie sich verhalten sollten, um sich an der Liebelei des Calandrino zu belustigen. Als er wieder zurückkam, sprach er zu Calandrino: „Sie ist's allerdings, und wir müssen also vorsichtig zu Werke gehen; denn wenn Filippo etwas merkte, so würden alle Wasser des Arno uns nicht wieder weiß waschen. Was soll ich ihr aber in deinem Namen sagen, wenn es sich trifft, daß ich sie spreche?“

„Wahrhaftig,“ sprach Calandrino, „du mußt ihr vor allen Dingen sagen, daß ich tausend Scheffel von dem in mir habe, wovon die Weiber zuweilen schwanger werden, und daß ich ihr ergebenster Diener sei, und wenn ich womit dienen könnte ... verstehst du mich?“

„Ich verstehe,“ sprach Bruno, „laß mich nur machen.“ Als es Feierabend war und sie von der Arbeit gingen, hielten sie sich unten im Hofe, wo sich eben Filippo und Niccolosa befanden, dem Calandrino zu Gefallen ein wenig auf. Calandrino fing an, Niccolosa zu begaffen, und gebärdete sich dabei so tollpatschig, daß ein Blinder seine Absicht hätte merken können. Niccolosa ihrerseits tat alles, was sie konnte, um seine Flamme noch mehr anzufachen, und da Bruno ihr von allem Nachricht gegeben hatte, so machte ihr das Betragen des Calandrino den größten Spaß von der Welt. Filippo stellte sich indessen, als ob er nichts von allem merkte, indem er sich mit den beiden andern unterhielt. Endlich gingen sie weg, so ungern Calandrino sich auch entfernte. Auf dem Wege zur Stadt sprach Bruno zu

Calandrino: „Ich kann dir versichern, daß sie für dich schmilzt wie das Eis an der Sonne. Beim Himmel! Wenn du einmal deine Hummel mitnähmst und sängst ihr dabei ein paar verliebte Lieder vor, so würde sie aus dem Fenster in deine Arme springen."

„Meinst du, Bruder?" fragte Calandrino. „Soll ich sie mitbringen?"

„Allerdings!" sprach Bruno.

„Du wolltest mir heute nicht glauben, was ich dir sagte", sprach Calandrino.

„Wahrhaftig, Bruder, nun siehst du wohl, daß ich besser als ein anderer verstehe, zu meinem Zweck zu kommen. Wer hätte wohl so schnell wie ich ein solches Weibchen wie dieses verliebt machen können? Da hätten dir die Stutzer erst lange zappeln müssen, die den ganzen Tag auf und ab trippeln und doch in tausend Jahren keinen Hund hinterm Ofen hervorlocken. Nun sollst du mich einmal mit der Hummel in der Hand sehen; du sollst deine Freude daran haben. Glaube mir sicherlich, ich bin nicht so alt wie ich dir scheine; das hat sie wohl gemerkt, und wo nicht, so soll sie's gewahr werden, wenn ich sie unter die Hände kriege. Beim Himmel, ich will ihr ein Spiel zeigen, daß sie mir nachlaufen soll wie das Kalb hinter der Kuh."

„Das denk' ich auch", sprach Bruno. „Du wirst deinen Schnabel schon tüchtig an ihr wetzen. Mich deucht, ich sehe dich schon, wie du deine Zahnstummel in das rote Mäulchen schlägst und in ihre Rosenwangen und sie dann mit Haut und Haaren auffrißt."

Calandrino glaubte bereits im Geiste alles zu tun, was Bruno sagte, und fing an zu singen und zu springen, als wenn er nicht in seiner Haut zu bleiben wüßte. Des andern Tages brachte er seine Hummel mit und sang verschiedene Lieder dazu. Kurz, da er das Mädchen oft vor Augen hatte, so ward er so in sie vernarrt, daß er keine Arbeit mehr anrührte, sondern den Tag über wohl tausendmal bald ans Fenster, bald an die Tür, bald in den Hof hinunterlief, um sie zu sehen, wozu sie ihm auf Brunos Anstiften immer die beste Gelegenheit zu geben wußte. Wenn sie abwesend war, was die meiste Zeit zu geschehen pflegte, so bestellte Bruno seine

Aufträge an sie und brachte ihm bisweilen Briefe von ihr, in denen sie ihm große Hoffnung machte, seine Wünsche zu erfüllen, und zugleich vorgab, sie befände sich zu Hause bei ihren Eltern, wo er sie nicht zu Gesicht bekommen könne.

So machten sich Bruno und Buffalmacco, indem sie stets die Hand im Spiele hatten, manchen Spaß auf Kosten des Calandrino und ließen sich von ihm bald einen elfenbeinernen Kamm, bald einen Beutel, bald ein Messerchen und andere dergleichen Sächelchen geben, als wenn seine Geliebte sie haben sollte. Dagegen brachten sie ihm dann und wann einen unechten, wertlosen Ring, worüber er sich dann wie ein Kind freute. überdies gab er ihnen manches schöne Frühstück und er zeigte ihnen manche andere Gefälligkeit, damit sie sich seiner Angelegenheit eifrig annähmen. Nachdem sie ihn auf diese Weise wohl zwei Monate hingehalten hatten, ohne die Sache weiter zu fördern, fing Calandrino an, seinen Freund Bruno fleißig anzutreiben und aufzufordern, weil er sah, daß die Arbeit bald zu Ende ging und daß alle seine Hoffnungen zu Wasser würden, wenn er seine Liebe nicht vor deren Ende gekrönt sähe. Als nun einmal das Mädchen wiederkam und Bruno und Filippo alles verabredet hatten, was nötig war, sprach Bruno zu Calandrino: „Höre, Brüderchen, das Frauenzimmer hat mir nun wohl schon tausendmal versprochen, dir zu Willen zu sein, und hernach ist nichts daraus geworden. Es kommt mir vor, daß sie uns an der Nase herumführt; was sie also nicht von selbst tut, um ihr Versprechen zu erfüllen, dazu wollen wir sie zwingen, sie mag Lust haben oder nicht, wenn du es zufrieden bist."

„Ei freilich", sprach Calandrino. „Um des Himmels willen, beeile dich nur."

„Hättest du wohl den Mut," sprach Bruno, „sie mit einem Zauberzettel zu berühren, wenn ich dir einen gäbe?"

„Warum nicht?" sprach Calandrino.

„Gut!" versetzte Bruno. „So verschaffe mir nur ein Stückchen Jungfernpergament und eine lebendige Fledermaus, drei Körnchen

Weihrauch und eine geweihte Wachskerze und laß' mich für das übrige sorgen.“ Calandrino lauerte den ganzen Abend, um eine Fledermaus zu haschen, und als er sie gefangen hatte, brachte er sie nebst den andern Sachen Bruno. Dieser ging in eine Kammer, kritzelte ein paar Schnörkel und Zauberzeichen auf das Pergament und gab es ihm. „Wisse, Calandrino,“ sprach er, „wenn du sie mit diesem Zettel anrührst, so wird sie dir nachlaufen und alles tun, was du haben willst. Wenn also Filippo heute ausgeht, so suche ihr auf irgendeine Art nahe zu kommen, berühre sie und laufe dann in die Strohscheune hierneben, wo der bequemste Ort ist, weil niemand dahinkommt; du wirst sehen, daß sie dir sogleich nachfolgt, und wenn du sie dort hast, so weißt du selbst, was du tun mußt.“

Calandrino war der glücklichste Mensch von der Welt; er nahm das Pergament und sagte: „Laß mich nur machen, Bruder.“

Nello, vor dem sich Calandrino so sorgfältig in acht nahm, hatte seine Lust am Spiele so gut wie die andern und trug das seinige bei, um ihn äffen zu helfen. Er ging also auf Brunos Anstiften nach Florenz zu der Frau des Calandrino und sagte: „Jessa, du weißt, wie dich Calandrino damals so ungerechtfertigt prügelte, als er mit den Steinen aus dem Mugnone kam. Ich meine, du solltest dich jetzt dafür an ihm rächen, und wenn du es nicht tust, so nenne mich nie wieder deinen Verwandten und Freund. Er hat sich dort oben in ein Weibsbild vernarrt, und sie ist solch ein liederliches Mensch, daß sie sich oft miteinander einschließen, und noch vor wenigen Minuten haben sie Abrede genommen, daß sie wieder zusammenkommen wollen. Du sollst deswegen mit mir gehen, um sie auf der Tat zu ertappen und nach Verdienst zu züchtigen.“

Frau Tessa, die das Ding nicht spaßhaft fand, sprang auf wie eine Furie und rief aus: „Ach, du Spitzbube! Spielst du mir solche Streiche? Beim Kreuze Christi! Das soll dir nicht so gelingen, ohne daß ich dir's bezahle.“ Damit warf sie ihr Mäntelchen um, nahm eine Frau mit sich und ging mehr laufend als schreitend mit Nello hinauf.

Als Bruno sie von ferne gewahr wurde, sprach er zu Filippo: „Da kommt unser Freund schon.“ Filippo ging deswegen zu Calandrino und den andern Arbeitern und sagte: „Meister, ich muß jetzt in die Stadt gehen; arbeitet hübsch fleißig.“ Damit entfernte er sich und verbarg sich an einem Orte, wo er ungesehen alles beobachten konnte, was Calandrino tun würde.

Sobald Calandrino glaubte, daß Filippo schon eine gute Strecke entfernt wäre, ging er in den Hof hinunter, wo er Niccolosa ganz allein fand. Er sprach einige Worte mit ihr, und da sie um alles wußte, so kam sie ihm näher und sprach etwas vertraulicher mit ihm als gewöhnlich.

Calandrino berührte sie also mit seinem Zauberzettel und ging, sobald dies geschehen war, ohne ein Wort zu sagen, nach der Scheune zu. Niccolosa folgte ihm nach, und als sie hineinkam, schloß sie die Tür zu, umarmte Calandrino, warf ihn auf das Stroh nieder, das dort lag, setzte sich rittlings auf ihn, stemmte ihm die Hände gegen die Schultern, so daß er ihr Gesicht nicht berühren konnte und sagte, indem sie sich stellte, als wenn sie ihn mit schmachtenden Augen betrachtete: „Ach, mein liebster Calandrino, mein Herz, meine Seele, mein Schatz, mein einziger Trost, wie lange hab' ich mich schon gesehnt, dich zu besitzen und in meiner Gewalt zu haben. Du hast mir mit deiner Artigkeit den Faden aus dem Hemd gezogen, du hast mir mit deiner Hummel das Innerste meines Herzens zerkratzt. Ist es möglich, daß ich dich habe?“

„Ach, liebstes Herz!“ sprach Calandrino. „Laß mich dich küssen.“

„Nicht so eilig“, sprach Niccolosa. „Erst laß mich dich nach Herzenslust recht betrachten, und laß mich meine Augen sättigen an deinem reizenden Anblick.“ Bruno und Buffalmacco waren zu Filippo gegangen, und alle drei hörten und sahen das mit an. Indem nun Calandrino sich aus allen Kräften bestrebte, Niccolosa zu küssen, war Nello mit Frau Tessa schon angekommen. „Ich möchte schwören,“ sprach Nello, „daß sie schon beisammen sind.“ Vor Wut darüber stieß Frau Tessa mit beiden Händen so mächtig gegen die Tür der Scheune, als sie hinkamen, daß sie aufsprang, und im Hineintreten gewahrte Tessa, wie Niccolosa auf

Calandrino lag. Diese sprang jedoch auf, sobald sie nur die Frau erblickte, flüchtete und lief zu Filippo. Frau Tessa fuhr indessen ihrem Mann, der sich nicht so geschwind aufraffen konnte, mit allen zehn Nägeln ins Gesicht, zerkratzte ihn jämmerlich, packte ihn bei den Haaren und schrie ihm zu, indem sie ihn herumzerrte: „Du ekelhafter, räudiger Hund! Unterstehst du dich, mir so zu kommen? Alter eingebildeter Narr! Verdammt sei die Liebe, die ich für dich gehabt habe! Meinst du nicht, daß du genug vor deiner eigenen Tür zu fegen hast, daß du auch noch anderswo herumliebeln mußt? Du bist mir ein schöner Liebhaber! Kennst du dich selbst nicht, du Jammerbild? Kennst du dich nicht, du Staatskrüppel? Weißt du nicht, daß man nicht so viel Saft aus dir pressen kann, daß es auch nur zu einer Suppe reichte? Beim Himmel! Diesmal war's nicht Tessa, die dich geschwängert hat. Hol' sie der Teufel, wer sie auch war! Aber es mag gewiß ein rechter Haderlumpen gewesen sein, da sie sich nach einem solchen Kleinod, wie du bist, hat können gelüsten lassen." Calandrino war mehr tot als lebendig, als er seine Frau hereinkommen sah, und hatte nicht das Herz, sich ihr zu widersetzen, sondern so zerzaust und zerkratzt, wie er war, hob er seine Kappe wieder auf, machte sich auf die Füße und bat seine Frau demütig, nicht so laut zu schreien, wenn sie nicht wolle, daß man sie in Stücke zerhauen solle, weil die, die sie bei ihm gesehen hätte, die Frau des Herrn vom Hause wäre.

„Sei sie, wer sie will, so hole sie der Henker!" sprach Tessa. Bruno und Buffalmacco, die bis dahin sich an dem Auftritte mit Niccolosa und mit Filippo belustigt hatten, kamen endlich dazu, als wenn der Lärm sie herbeigeführt hätte; sie besänftigten Frau Tessa mit vieler Mühe und rieten Calandrino, nach Florenz zu gehen und nicht wiederzukommen, damit Filippo ihm nicht übel mitspiele, wenn er etwas von der Sache erführe. Calandrino schlich demnach traurig und übel zugerichtet, zerkratzt und zerzaust nach Florenz zurück und getraute sich nicht wieder hinaufzukommen. Die Vorwürfe, womit ihn seine Frau Tag und Nacht folterte und peinigte, erstickten auch bald seine heiße Liebe, womit er seinen Kameraden Niccolosa und Filippo manche Kurzweil verschafft hatte.

28. Novelle

Ein paar Jünglinge kehren bei einem Bekannten ein. Der eine legt sich in der Nacht zu der Tochter des Wirts, und die Frau desselben steigt unversehens zu dem andern ins Bett. Derjenige, der bei der Tochter geschlafen hat, legt sich hernach zu dem Vater und erzählt ihm alles, indem er meint, mit seinem Kameraden zu sprechen. Sie geraten darüber in Zank; die Frau merkt Unrat, legt sich zu ihrer Tochter ins Bett und macht durch ein kluges Wort alles wieder gut.

In der Ebene des Mugnone lebte vor nicht langer Zeit ein ehrlicher Mann, der den Wandersleuten für ihr Geld zu essen und zu trinken gab, und der auch wohl im Fall der Not, so gut seine kleine Hütte und seine ärmlichen Umstände es gestatteten, zwar eben nicht einem jeden, aber doch einem oder dem andern Bekannten ein Nachtlager bei sich einräumte. Die Frau dieses Mannes war ein recht hübsches Weib, und er hatte zwei Kinder mit ihr. Das älteste war ein schönes, flinkes Mädchen von fünfzehn bis sechzehn Jahren, das noch unverlobt war, und das jüngste, das noch kein Jahr alt war, lag noch an der Brust seiner Mutter. Auf das Mädchen hatte ein feiner, artiger Jüngling von guter Herkunft aus unserer Stadt, der sich oft in ihrer Gegend aufhielt, ein Auge geworfen und sich heftig in sie verliebt. Das Mädchen, das sich's zur Ehre rechnete, von einem solchen jungen Manne geliebt zu sein, und sich deswegen bemühte, ihn durch ein gefälliges Wesen aufzumuntern, verliebte sich darüber selbst in ihn, und mehr als einmal hätten sie beide gerne ihre geheimen Wünsche befriedigt, wenn nicht der Jüngling, der sich Pinuccio nannte, gefürchtet hätte, den guten Ruf des Mädchens und seinen eigenen in Gefahr zu bringen. Da indessen seine Glut sich von Tag zu Tag vermehrte, so wurde Pinuccios Sehnsucht nach ihrem Besitz übermächtig, und er beschloß, sich eine Gelegenheit zu verschaffen, um bei ihrem Vater eine Nacht zu herbergen, in der Meinung, daß er alsdann wohl Mittel finden würde, mit ihr zusammenzukommen, ohne daß es jemand merke, weil er den Bau des Hauses sehr gut kannte. Er säumte auch nicht lange, seinen Anschlag auszuführen, und nahm einen vertrauten Freund, namens Adriano, der um sein Liebesverhältnis wußte, zum Begleiter mit. Sie liehen an einem Abend ein paar Mietgäule, schnallten jedem ein Felleisen auf, das vielleicht nur mit Stroh gefüllt war, ritten aus Florenz und kamen auf einem kleinen Umweg in die Mugnoneebene herabgeritten, als es schon Nacht war, und wandten sich hierauf, als wenn sie aus der Romagna kämen, nach dem Hause des ehrlichen Gastwirts, wo sie anklopften, und wo ihnen, weil sie ihm beide sehr wohl bekannt waren, unverzüglich aufgemacht ward.

„Höre," sprach Pinuccio zu ihm, „du mußt uns heute ein Nachtlager geben. Wir dachten noch zu rechter Zeit nach Florenz zu kommen; allein wir haben trotz aller Anstrengung um diese Zeit nicht weiter als bis hierher kommen können."

„Du weißt wohl, Pinuccio," antwortete der Wirt, „wie schlecht ich eingerichtet bin, um Leute, wie ihr seid, zu beherbergen. Da euch aber die Nacht überrascht hat und es nicht mehr Zeit ist, weiterzugehen, so will ich euch gerne unterbringen, so gut ich kann."

Die jungen Leute stiegen demnach ab, gingen in die Hütte, besorgten zuvor ihre Gäule und setzten sich dann mit dem Wirt nieder, um ihr Abendessen mit dem zu halten, was sie in ihren Schnappsäcken mitgebracht hatten. Der Wirt hatte nur eine einzige kleine Kammer, in der, so gut es sich tun ließ, drei Betten aufgemacht wurden, die jedoch so nahe beieinander standen, daß man kaum zwischen ihnen durchgehen konnte. Den beiden Gästen räumte der Wirt das beste von den dreien ein und bat sie, sich niederzulegen. Als sie nach einer kleinen Weile sich stellten, als ob sie schliefen, aber beide noch wach waren, ließ der Wirt seine Tochter eines von den beiden übrigen Betten einnehmen, und in das andere legte er sich selbst mit seiner Frau, die darauf die Wiege mit dem kleinen Kinde an die Seite ihres Bettes stellte. Als dies alles in Ordnung gebracht war, und Pinuccio, der alles gesehen und bemerkt hatte, nach einer Zeit glaubte, daß jedermann im Zimmer schon schliefe, stand er leise auf, ging nach dem Bett des Mädchens, legte sich zu ihr und ward von ihr mit Vergnügen, wiewohl nicht ohne eine Mischung von Furcht, empfangen und überließ sich mit ihr den Wonnen, nach denen sie sich beide längst gesehnt hatten.

Indem Pinuccio bei dem Mädchen lag, traf es sich, daß die Katze etwas umstieß und ein Gepolter verursachte, wovon die Frau erwachte, und weil sie fürchtete, es möchte Schaden geschehen sein, so stand sie im Finstern auf und ging nach dem Ort, wo sie das Geräusch gehört hatte. Adriano, der sich darum nicht bekümmerte, stand indessen zufälligerweise wegen irgendeines natürlichen Bedürfnisses gleichfalls auf, und als er hinausgehen wollte, stand ihm die Wiege im Wege, die er deswegen zur Seite rückte und sie vor sein eigenes Bett schob. Als es seinem Bedürfnis abgeholfen hatte, stieg er wieder in sein Bett und bekümmerte sich nicht weiter um die Wiege.

Nachdem die Wirtin herumgetappt und gefunden hatte, daß nichts von Bedeutung umgefallen war, hielt sie es nicht für nötig, Licht anzuzünden, sondern schalt die Katze und ging wieder in die Kammer und tappte im Finstern richtig bis an das Bett ihres Mannes. Als sie aber die Wiege nicht vorfand, dachte sie bei sich: O weh! Himmelherrgott, da hätte ich bald etwas Schönes angerichtet und wäre schnurstracks zu meinen Gästen ins Bett gestiegen. Sie ging also ein wenig weiter, bis sie die Wiege fand, legte sich in das Bett, vor welchem diese stand, folglich zu Adriano, indem sie glaubte, sich bei ihrem Mann niederzulegen. Adriano, der noch nicht wieder eingeschlafen war, empfing sie mit Freuden, und ohne ein Wort zu sagen, ging er bei ihr an Bord und setzte zu ihrem großen Behagen mehr als ein Segel auf. Unterdessen besorgte Pinuccio, daß ihn der Schlaf bei seinem Mädchen überraschen möchte, und da er sich nach Herzenslust mit ihr vergnügt hatte, so stand er auf, um wieder nach seinem eigenen Bett zu gehen. Als er aber die Wiege davor fand, glaubte er an das Bett des Wirtes gekommen zu sein, ging also weiter und legte sich wirklich zu dem Wirt, der darüber erwachte. Pinuccio, der glaubte, neben seinem Kameraden zu liegen, sagte: „Ich kann dir versichern, Niccolosa ist ein süßes Geschöpf. Beim Leichnam Christi, ich habe die herrlichsten Wonnen genossen, die je ein Mann bei einer Frau empfangen hat. Ich versichere dir, daß ich wohl sechsmal und mehr eine Lustpartie mit ihr gemacht habe, seit ich von dir gegangen bin."

Der Wirt, dem die Worte, die er hörte, keinen Spaß machten, dachte erstlich bei sich selbst: Was, Teufel, will der Mensch hier? Darauf sprach er mehr zornig als mit Überlegung: „Pinuccio, du hast einen bösen Bubenstreich begangen, und ich wüßte nicht, wie ich das um dich verdient hätte. Aber, beim Himmel, ich will dich dafür bezahlen!“

Pinuccio, der nicht der Gescheiteste war, dachte nicht daran, als er seinen Irrtum gewahr wurde, ihn so bald als möglich wieder gutzumachen, sondern er gab ihm zur Antwort: „Womit willst du mich bezahlen? Was kannst du mir tun?“

Die Wirtin, die noch immer glaubte, bei ihrem Manne zu liegen, sagte zu Adriano: „Ach, höre doch unsere Gäste; sie scheinen sich miteinander zu zanken.“

„Laß sie zanken!“ sprach Adriano lachend. „Hol' sie der Henker! Sie haben gewiß gestern abend zuviel getrunken.“

Jetzt besann sich die Wirtin, daß sie ihren Mann hatte schelten hören, und da sie die Stimme des Adriano erkannte, so merkte sie nunmehr, wo und bei wem sie sich befand. Sie stand deswegen klüglich und ohne ein Wort zu sagen auf, nahm eiligst im Dunkeln die Wiege, rückte sie, so gut sie es in der stockfinstern Kammer vermochte, neben das Bett ihrer Tochter und legte sich zu ihr nieder. Hierauf rief sie, als wenn sie bei dem Geschrei eben aus dem Schlaf erwache, ihren Mann und fragte ihn, was er mit Pinuccio zu streiten hätte.

„Hörst du nicht, was er sagt,“ sprach dieser, „daß er diese Nacht mit Niccolosa zu tun gehabt hat?“

„Das lügt er in seinen Hals,“ sprach die Wirtin, „daß er bei der Niccolosa geschlafen hätte. Ich selbst habe bei ihr gelegen und habe die ganze Zeit über kein Auge zugetan, und du bist nicht gescheit, wenn du ihm glaubst. Ihr sauft des Abends so viel, daß ihr hernach die ganze Nacht träumt und im Schlaf umherwandelt, ohne zu wissen wohin, und man meint dann Wunderdinge getan zu haben. Es ist jammerschade, daß ihr nicht Hals und Bein brecht. Was hat Pinuccio dort zu tun? Warum bleibt er nicht in seinem eigenen Bett?“

Als Adriano merkte, wie listig die Wirtin ihre eigene und ihrer Tochter Schande verdeckte, rief er ebenfalls: „Pinuccio, ich habe dir wohl hundertmal gesagt, du sollst dir das Nachtwandeln und das Schwatzen im Traum abgewöhnen. Du wirst dich wahrhaftig noch einmal damit ins Unglück bringen. Komm wieder her, in Henkers Namen!“

Der Wirt hörte, was seine Frau und Adriano sagten, und glaubte in allem Ernst, daß Pinuccio träume; er packte ihn also beim Arm, rüttelte ihn und rief ihm zu: „Pinuccio, steh auf und gehe wieder in dein Bett.“ Pinuccio machte sich die Winke zunutze, die man ihm gab, und fing an, wie ein Träumender noch allerlei närrisches Zeug zu schwatzen, worüber der Wirt herzlich lachte. Endlich stellte er sich, als wenn er von dem Rütteln erwache, und rief seinem Kameraden zu: „Was? Ist's denn schon Tag, daß du mich weckst, Adriano?“

„Ja, ja, komm nur her“, sprach Adriano.

Pinuccio stellte sich noch immer schläfrig, stand endlich auf und ging wieder zu Adriano ins Bett. Beim Aufstehen des Morgens lachte der Wirt ihn aus und neckte ihn mit seinen Träumen. Unter mancherlei Scherzreden zäumten die Jünglinge ihre Gäule wieder auf, schnürten ihr Bündel, tranken einen Schluck mit dem Wirt, stiegen zu Pferde und ritten nach Florenz, nicht minder vergnügt über die Art und Weise, wie ihr Abenteuer abgelaufen war, als über den Genuß, den es ihnen verschafft hatte.

Pinuccio fand hernach andere Mittel, um wieder mit Niccolosa zusammenzukommen. Diese versicherte ihrer Mutter, daß er wirklich alles nur geträumt habe, und die Frau, die die Umarmung des Adriano noch nicht vergessen hatte, glaubte sehr gern, daß sie allein die Nacht über wach gewesen wäre.

29. Novelle

Mithridanes, der im Begriff ist, den Nathan aus Eifersucht über seine Wohltätigkeit umzubringen, trifft ihn an, ohne ihn zu kennen, und erfährt von ihm selbst, wie er ihm am leichtesten beikommen kann. Demzufolge findet er ihn in einem Wäldchen, wird beschämt, indem er ihn erkennt und wird sein Freund.

Wenn man den Versicherungen einiger Genuesen und anderer Reisenden, die in Kitay gewesen sind, Glauben beimessen kann, so lebte in jener Gegend ein sehr vornehmer und überaus reicher Mann namens Nathan. Dieser besaß ein Landgut an einer Heerstraße, die ein jeder notwendig ziehen mußte, der entweder vom Morgenlande nach dem Abendlande oder vom Abend- nach dem Morgenlande reisen wollte. Da er nun ein wohltätiger, gastfreier Mann war und seine Gesinnung gern durch die Tat an den Tag legte, so ließ er von Meistern die in seinem Dienst standen, in kurzer Zeit einen von den größten, prächtigsten und schönsten Palästen, die man jemals gesehen hat, erbauen und alles in reichlicher Menge anschaffen, was nötig war, um jeden Biedermann nach Stand und Würden aufzunehmen und zu bewirten, und seine zahlreiche Dienerschaft mußte einen jeden, der ging und kam, mit Fröhlichkeit empfangen und ihm aufwarten. Und so lange übte er diese löbliche Sitte, daß der Ruf davon nicht nur im Orient, sondern auch im Okzident sich überall verbreitete.

Als er schon alt und betagt wurde und dennoch in seiner Gastfreiheit nicht ermüdete, kam von ungefähr das Gerücht von ihm zu den Ohren eines Jünglings namens Mithridanes, der in einem nicht weit entfernten Lande wohnte. Da er sich bewußt war, ebenso reich zu sein wie Nathan, so ward er eifersüchtig auf seine Tugenden und auf seinen Ruhm und beschloß, ihn durch eine noch größere Freigebigkeit zunichte zu machen oder zu verfinstern. Er ließ einen ebenso geräumigen Palast bauen wie der des Nathan und fing an, einen jeden Vorüberreisenden mit dem größten und unerhörtesten Aufwande zu bewirten, so daß er sich wirklich in kurzer Zeit keinen geringen Namen erwarb. Es traf sich jedoch einmal, indem der junge Mann allein im Hofe seines Palastes lustwandelte, daß ein armes Weiblein durch eine der vielen Pforten zu ihm hereinkam und ihn um ein Almosen bat, das er ihr auch gab. Sie kam durch eine andere Pforte wieder herein und bat ihn um ein zweites Almosen, das sie gleichfalls empfing, und so fuhr sie zwölfmal nacheinander fort. Als sie endlich auch noch das dreizehnte Mal wiederkam, sagte Mithridanes: „Gute Frau, du wiederholst deine Bitte ein wenig oft." Doch gab er ihr wieder ein Almosen. Auf diese Worte hin rief die Alte: „Oh, wie bewunderungswürdig ist die Wohltätigkeit des Nathan! Ich bin zu ihm durch die zweiunddreißig Pforten eingegangen, die sein Palast ebenso wie dieser hat, und habe ihn um ein Almosen gebeten, und jedesmal hat er es mir gegeben, ohne sich auch nur einmal merken zu lassen, daß er mich wiedererkannt hätte; und hier erkennt man mich schon das dreizehnte Mal und macht mir Vorwürfe."

Mit diesen Worten ging die Alte davon und kam nicht wieder. Als Mithridanes hörte, was sie sagte, und das Lob des Nathan als eine Schmälerung seines eigenen Ruhmes betrachtete, geriet er in Wut und dachte: „Wehe mir! Wann werde ich die Freigebigkeit des Nathan, die ich zu übertreffen gedachte, in großen Dingen auch nur erreichen, da ich es ihm im kleinen nicht einmal gleichtun kann? Wahrlich, alle meine Mühe ist vergebens, wenn ich ihn nicht selbst aus dem Wege räume, und da ihn seine Jahre nicht unter die Erde bringen, so muß ich es mit eigenen Händen tun." In dieser Anwandlung von Jähzorn machte er sich auf und stieg, ohne sich mit jemand über seinen Plan zu besprechen, mit einigen wenigen Begleitern zu Pferde und gelangte am dritten Tage an den Ort, wo Nathan wohnte. Er befahl seinen Begleitern, sich nicht merken zu lassen, daß sie zu ihm gehörten, sondern sich selbst Herberge zu suchen und zu warten, bis sie weitere Befehle von ihm empfingen.

Er kam gegen Abend ganz allein an. Von ungefähr begegnete er Nathan, der ohne alle Begleitung, nicht weit von seinem schönen Palaste, in ganz schlichter Kleidung spazierend ging. Er kannte ihn nicht und fragte ihn, ob er ihm nicht sagen könne, wo Nathan wohne.

„Mein Sohn," antwortete ihm Nathan freundlich, „das kann dir in dieser ganzen Gegend niemand besser sagen als ich; und wenn du willst, so bin ich bereit, dich selbst hinzuführen."

Der Jüngling erwiderte, daß ihm dieses sehr lieb sein würde; allein, wenn es möglich wäre, so müßte es so geschehen, daß er von Nathan weder erkannt noch gesehen würde.

„Auch dies will ich dir zu Gefallen tun, weil du es wünschest", sprach Nathan.

Mithridanes stieg also vom Pferd und ging mit Nathan, der ihn mit allerlei angenehmen Gesprächen unterhielt, bis an seinen Palast, wo Nathan einem von seinen Dienern befahl, das Pferd des Fremdlings in acht zu nehmen, und ihm zugleich heimlich ins Ohr sagte, er möge eiligst alle Leute im Hause warnen, sich gegen den Jüngling merken zu lassen, daß er Nathan wäre. Als sie in den Palast traten, führte er Mithridanes in ein schönes Zimmer, wo ihn niemand sah außer denen, die er selbst zu seiner Aufwartung bestellte; und hier ließ er ihn aufs beste verpflegen und leistete ihm selbst Gesellschaft.

Mithridanes lernte ihn bei näherer Bekanntschaft wie einen Vater verehren. Doch konnte er nicht umhin, ihn eines Tages zu fragen, wer er sei.

„Ich bin", gab er ihm zur Antwort, „nur einer der geringsten Diener des Nathan. Von meiner Jugend an bin ich mit ihm aufgewachsen und bin mit ihm alt geworden; ich bin aber bei ihm nie weitergekommen, als du siehst; denn obgleich ihn sonst jeder in allen Tonarten preist, so kann ich mich seiner doch nicht sehr rühmen."

Aus diesen Worten schöpfte Mithridanes Hoffnung, seinen schnöden Anschlag leicht und mit weniger Gefahr ausführen zu können. Nathan fragte ihn darauf höflich, wer er sei und welche Absicht ihn hergeführt hätte, und erbot sich, ihm in allem nach seinen Kräften mit Rat und Tat beizustehen. Mithridanes zögerte ein wenig, was er ihm antworten solle, entschloß sich aber am Ende, sich ihm völlig anzuvertrauen, und nachdem er in einer langen Vorrede ihn um Treue und Verschwiegenheit gebeten hatte, forderte er Rat und Beistand von ihm, indem er ihm zugleich seinen Namen und seine Absicht ohne Rückhalt entdeckte.

Nathan konnte zwar die Rede und den heimtückischen Vorsatz des Mithridanes nicht ohne innerliche Erschütterung mit anhören; doch faßte er sich und antwortete ihm ruhig und gefaßt, ohne sich lange zu bedenken: „Mithridanes, dein Vater war ein edler Mann und du willst ihm nicht nachstehen und hast deswegen das große Werk unternommen, dich gegen alle Menschen freigebig und wohltätig zu beweisen. Ich tadle dich auch nicht, daß du auf Nathans Tugenden eifersüchtig bist, denn wenn dir viele nacheiferten, so würde die Welt, die voll Elend ist, bald gut und glücklich werden. Dein Vorhaben, das du mir eröffnet hast, soll gewiß verschwiegen bleiben; darin kann ich dir jedoch besser mit gutem Rat als mit tätiger Hilfe beistehen.

Mein Rat ist dieser: Du siehst von hier aus in einer Entfernung von ungefähr einer halben Meile ein kleines Gehölz, in dem Nathan jeden Morgen ganz allein eine geraume Zeit zu seinem Vergnügen umherwandelt. Dort kannst du ihn ohne Mühe finden und mit ihm verfahren, wie du es für gut findest. Wenn du ihn getötet hast, so geh, um sicher wieder nach Hause zu gelangen, nicht denselben Weg, den du hergekommen bist, sondern folge dem, der dich, wie du sehen wirst, linker Hand aus dem Gehölz führt. Er ist zwar etwas verwildert, allein er führt dich näher und sicherer nach Hause."

Als Mithridanes diese Weisung erhalten und Nathan sich entfernt hatte, gab er seinen Leuten, die auch dorthin gekommen waren, Nachricht, wo sie ihn am folgenden Tag erwarten sollten. Sobald der neue Tag anbrach, ging Nathan, dem Ratschlage gemäß, den er Mithridanes gegeben hatte und der völlig seiner Gesinnung entsprach, ganz allein in das Wäldchen, um dort zu sterben. Mithridanes stand gleichfalls auf, nahm seinen Bogen und sein Schwert, die einzigen Waffen, die er hatte, stieg zu Pferde und ritt dem Wäldchen zu, wo er von ferne Nathan, ganz allein wandelnd, gewahr ward. Da er wünschte, ihn erst zu sehen und reden zu hören, ehe er ihn erschlug, so sprengte er auf ihn zu, ergriff ihn bei dem Turban, den er um das Haupt trug, und sprach: „Alter, du bist des Todes!"

„Dann habe ich ihn verdient", antwortete Nathan.

Als Mithridanes seine Stimme hörte und sein Angesicht erblickte, erkannte er ihn augenblicklich als den, der ihn so gütig aufgenommen, so vertraulich begleitet und ihm so aufrichtig geraten hatte. Sein Haß verließ ihn, sein Zorn verwandelte sich in Schamröte, er warf sein Schwert, das er schon zum Mordstreich gezückt hatte, von sich, sprang vom Pferde, warf sich dem Greis mit Tränen zu Füßen und sagte: „Jetzt, teurer Vater, erkenne ich in der Tat Eure Freigebigkeit, indem ich sehe, mit welcher Gelassenheit Ihr hierhergekommen seid, mir Euer Leben zu schenken, dem ich ohne Ursache nachgestellt und es Euch selbst offenbart habe. Aber Gott, der im entscheidenden Augenblick besser über mich und über meine Pflicht wachte als ich selbst, hat mir die Augen des Geistes geöffnet, die mein schändlicher Neid mir verschlossen hatte; und je mehr Ihr bereit gewesen seid, mir zu willfahren, um desto mehr ist es meine Pflicht, mein Verbrechen zu sühnen. Rächt Euch demnach an mir, so wie Ihr glaubt, daß mein Vergehen es verdient." Nathan hieß ihn aufstehen, umarmte ihn zärtlich, küßte ihn und sagte: „Mein Sohn, du magst deinen Vorsatz böse nennen oder nicht, so brauchst du deswegen nicht um Verzeihung zu bitten, und ich habe nicht nötig, dir zu verzeihen; denn du faßtest ihn nicht aus Haß, sondern um für besser gehalten zu werden. Sei demnach unbesorgt vor mir und sei versichert, daß kein Mensch in der Welt dich mehr liebt als ich, indem ich deinen hochstrebenden Geist erwäge, der dich antreibt, nicht Reichtümer anzuhäufen, wie die Geizigen tun, sondern deine gesammelten Schätze wohl anzuwenden. Schäme dich auch nicht, daß du mir nach dem Leben getrachtet hast, um berühmt zu werden, und glaube ja nicht, daß ich mich darüber wundere. Die erlauchtesten Kaiser und die größten Könige haben fast durch keine andere Kunst ihre Grenzen erweitert und folglich ihren Ruhm vermehrt als durch Totschlag, und zwar haben sie nicht, wie du tun wolltest, nur einen Menschen, sondern viele Tausende hingeopfert, Länder verheert und versengt und Städte dem Erdboden gleichgemacht. Wenn du demnach, um deinen Ruhm heller erstrahlen zu lassen, mich einzelnen

Mann aus dem Wege räumen wolltest, so tatest du nichts Außerordentliches, sondern etwas sehr Gewöhnliches."

Mithridanes suchte sein verkehrtes Vorhaben nicht zu bemänteln, sondern wußte es Nathan Dank, daß er selbst es so glimpflich entschuldigte. Indem er das Gespräch fortsetzte, bezeigte er ihm sein Erstaunen darüber, daß Nathan sich hätte entschließen können, seine Absicht zu befördern und ihm selbst dazu noch seinen Rat gegeben habe.

Nathan antwortete: „Mithridanes, du mußt dich über meinen Rat und meinen Entschluß nicht wundern; denn seitdem ich mein eigener Herr und Herr meiner selbst bin, habe ich gesucht, das zu tun, was du gleichfalls unternommen hast, und niemand ist in mein Haus gekommen, dem ich nicht nach meinem besten Vermögen alles gewährt hätte, was er von mir verlangte. Du kamst und trachtetest nach meinem Leben, und als ich dich deinen Wunsch äußern hörte, wollte ich nicht, daß du der einzige sein solltest, der mich unbefriedigt verließe; darum entschloß ich mich unbedenklich, dir mein Leben aufzuopfern, und damit es dir nicht fehlte, so zeigte ich dir selbst den Weg, wie du mir mein Leben rauben könntest, ohne das deinige in Gefahr zu setzen. Und darum sage ich dir noch einmal und bitte dich, nimm es mir, wenn es dir behagt, und erfülle deinen Wunsch, ich wüßte nicht, wie ich es besser verlieren könnte. Ich habe es nun achtzig Jahre genossen und es nach meinem Wohlgefallen und meiner Freude angewandt, und ich weiß, daß mir nach dem Naturgesetz, wie es das Beispiel des Menschen und aller übrigen Geschöpfe beweist, nur noch eine kleine Frist übrig bleibt. Diese zu verschenken, wie ich bisher meine Schätze verschenkt und dahingegeben habe, scheint mir besser, als mein Leben so lange behalten zu wollen, bis die Natur es mir wider meinen Willen nimmt. Hundert Jahre sind nur ein kleines Geschenk, wieviel mehr denn sechs oder acht, die ich noch erleben könnte? Nimm es also, wenn es dir gefällt, ich bitte dich darum, denn in meinem ganzen Leben habe ich noch niemand gefunden, der es begehrt hätte, und wenn du, der du danach trachtest, es nicht nimmst, so weiß ich nicht, wann sich ein Liebhaber dazu finden wird. Und gesetzt, es fände sich auch ein anderer, so weiß ich doch, daß es mit den Jahren immer mehr von seinem Wert verliert. Nimm es denn, ich bitte dich, ehe es noch mehr in seinem Werte sinkt."

Mithridanes entgegnete tief beschämt: „Gott bewahre, daß ich ein so teures Gut wie Euer Leben rauben oder länger danach trachten sollte, wie ich einst getan habe! Ehe ich seine Jahre verkürzen wollte, wünsche ich lieber, wenn es möglich wäre, sie mit den meinigen zu verlängern."

„Und wenn du das könntest, wolltest du es dann wirklich auch tun?" fragte Nathan hastig. „Wolltest du mir erlauben, das zu tun, was ich noch niemand getan habe: von deinem Eigentum etwas anzunehmen, der ich noch niemals fremdes Eigentum angenommen habe?"

„Ja!" antwortete Mithridanes, ohne sich zu besinnen.

„Wohlan, so tue, wie ich dir sage," sprach Nathan, „du bleibst, jung wie du bist, unter dem Namen Nathan in diesem Hause, und ich beziehe das deinige und lasse mich künftig Mithridanes nennen."

Mithridanes antwortete: „Wenn ich so löblich zu handeln verstände, wie Ihr es versteht und verstanden habt, so würde ich ohne langes Bedenken Euer Anerbieten annehmen; allein, da ich gewiß weiß, daß mein Betragen den Ruhm des Nathan nur vermindern würde, und da ich einem andern das nicht verderben mag, was ich an mir selbst nicht zur Vollkommenheit zu bringen verstehe, so muß ich es ausschlagen."

So führten Mithridanes und Nathan noch manche angenehmen Gespräche miteinander und gingen auf den Wunsch Nathans zusammen zurück in den Palast, wo Nathan Mithridanes noch einige Tage aufs gastfreieste bewirtete und ihn mit aller Sorgfalt und Weisheit in seinem edlen und löblichen Bestreben bestärkte. Als endlich Mithridanes den Wunsch äußerte, mit seiner Gefolgschaft wieder nach Hause zu reisen, entließ ihn Nathan, nachdem er ihn völlig überzeugt hatte, daß er ihn an Freigebigkeit nimmermehr würde übertreffen können.

30. Novelle

Der siegreiche König Karl der Ältere verliebt sich in ein junges Mädchen, schämt sich aber seiner törichten Leidenschaft und vermählt sie und ihre Schwester mit würdigen Männern.

Jeder hat wohl schon von König Karl dem Älteren oder dem Ersten gehört, durch dessen tapferes Unternehmen und seinen darauffolgenden glorreichen Sieg über König Manfredi die Ghibellinen aus Florenz vertrieben und die Welfen wieder in den Besitz desselben versetzt wurden. Bei diesen Umständen war ein gewisser Ritter, namens Messer Neri degli Uberti, mit all den Seinigen und mit einem großen Vermögen von dort ausgewandert, wollte sich aber nirgends anders als unter dem Schutze des Königs Karl niederlassen; und um in ruhiger Einsamkeit zu leben und seine übrigen Tage in Ruhe zuzubringen, zog er nach Castellamare d' Italia und kaufte sich ungefähr einen Bogenschuß von der Stadt ein Gut, mitten unter Ölbäumen, Nußbäumen und Kastanien, die in der Gegend häufig wachsen, ließ sich daselbst ein hübsches, bequemes Landhaus bauen, neben dem Hause einen schönen Garten anlegen und mitten in demselben, weil er an fließendem Wasser keinen Mangel hatte, einen großen klaren Fischteich, den er mit allerlei schmackhaften Fischen besetzen ließ. Indem er sich hier die Verschönerung seines Gartens zum einzigen Geschäft machte, traf es sich, daß König Karl in der heißen Jahreszeit sich nach Castellamare begab, um sich eine Zeitlang zu erholen. Weil er nun von dem schönen Garten Messer Neris hörte, bekam er Lust, ihn zu sehen, und da man ihm gesagt hatte, wer er war, so glaubte er, weil er von der gegnerischen Partei war, mit ihm desto weniger Umstände machen zu können und ließ ihm sagen, er wolle am folgenden Abend nebst vier Kavalieren in seinem Garten mit ihm zu Nacht essen. Messer Neri war dies sehr lieb; er ließ alles aufs herrlichste zubereiten und traf mit den Seinigen alle Anstalten. Dann empfing er den König in seinem schönen Garten so freundlich, wie er nur mußte und konnte. Nachdem der König den ganzen Garten und das Haus besehen und alles sehr schön gefunden hatte, fand er die Tafel neben dem Fischteiche gedeckt und setzte sich nach dem Händewaschen nieder. Dem Grafen Guido von

Montfort, einem der Kavaliere, die mit ihm gekommen waren, befahl er, sich an die eine Seite neben ihn zu setzen, und an der andern mußte Messer Neri Platz nehmen. Die übrigen drei Herren mußten auf seinen Befehl nach der Anweisung des Messer Neri bei der Tafel aufwarten. Die besten Speisen wurden aufgetragen, die Weine waren von den besten und köstlichsten, und alles ging mit der schönsten und löblichsten Ordnung zu, ohne Geräusch und Verwirrung, was dem König ungemein gefiel. Indem er nun an der Tafel saß und sich der Stille und Einsamkeit des Ortes erfreute, traten zwei junge Mädchen von ungefähr fünfzehn Jahren in den Garten, deren goldene Locken in feinen Ringeln ihre Schultern umflossen und mit leichten ländlichen Kränzen von Immergrün gekrönt waren. Ihre Angesichter glichen an Zartheit und Schönheit mehr Engeln als Menschen, und ihre schneeweißen Kleider von spinnewebenfeiner Leinwand lagen auf der bloßen Haut vom Gürtel aufwärts fest an, indes sie sich nach unten wie ein Zelt erweiterten und bis auf die Füße hinabwallten. Die eine trug ein paar Fischernetze auf der Schulter, die sie mit der Linken faßte, und in der Rechten hielt sie eine lange Stange. Die andere, die ihr nachfolgte, hatte auf der linken Schulter eine Pfanne, unter dem Arm ein Reisigbündel, in der Hand einen Dreifuß und in der Rechten einen Ölkrug und eine kleine brennende Fackel.

Der König verwunderte sich, als er die Mädchen kommen sah, und war begierig zu sehen, was das zu bedeuten hätte. Indem die Mädchen sich näherten, beugten sie ehrerbietig und schüchtern die Knie vor dem König und gingen nach der Treppe, wo man in den Teich hinabstieg. Die, welche die Pfanne trug, setzte sie nebst den übrigen Sachen nieder, nahm die Stange von der andern, und beide stiegen hinab, in das Wasser, das ihnen bis an die Brust reichte. Einer von den Dienern Messer Neris zündete eiligst Feuer an, setzte die Pfanne auf den Dreifuß, tat Öl hinein und wartete, daß die Mädchen ihm Fische zuwarfen. Die eine jagte mit ihrer Stange Fische aus ihren Schlupfwinkeln ihrer Schwester zu, und diese fing sie zur nicht geringen Ergötzung des Königs, der aufmerksam zusah, in ihrem Netz auf, und so erhielten sie in der Geschwindigkeit eine große Menge Fische, die sie dem Diener zuwarfen, der sie noch fast lebendig in die Bratpfanne legte. Dann begannen sie, wie ihnen angegeben worden war, noch schönere zu fangen und warfen sie dem König, dem Grafen Guido und ihrem Vater auf den Tisch. Der König belustigte sich, die Fische auf der Tafel herumspringen zu sehen und sie freundlich scherzend den Mädchen wieder zuzuwerfen, und dieser Scherz ward so lange fortgesetzt, bis der Diener alle die gebraten hatte, die ihm gegeben worden waren. Diese wurden jedoch mehr als ein Zwischengericht aufgetragen, als daß sie eine köstliche, richtige Hauptschüssel hätten vorstellen sollen. Als die Mädchen fanden, daß die Fische gebraten waren und sie genug gefischt hatten, stiegen sie wieder aus dem Wasser, in dem ihr feines, leichtes Gewand sich so fest an ihre schönen, zarten Glieder angelegt hatte, daß es fast keine einzige ihrer Schönheiten mehr verhüllte. Jede von ihnen hob die Geräte wieder auf, die sie mitgebracht hatte, ging züchtig errötend an dem König vorüber und begab sich wieder in das Haus. Der König, der Graf und die dienenden Kavaliere hatten die liebenswürdigen Mädchen aufmerksam betrachtet und ihre Schönheit und reizende Gestalt, und nicht weniger ihre Anmut und Artigkeit, heimlich bewundert; vorzüglich aber war der König von ihnen ganz entzückt worden. Er hatte in dem Augenblick, da sie aus dem Wasser stiegen, einen jeden ihrer Reize so genau gemustert, daß er in diesem Augenblick nichts würde gefühlt haben, wenn man ihn auch mit Nadeln gestochen hätte, und je mehr er an sie dachte, ohne jedoch zu wissen, wer und was sie wären, desto lebhafter erwachte in seinem Herzen die Begierde, ihnen zu gefallen, und ließ ihn deutlich genug merken, daß er Ursache hätte, sich in acht zu nehmen, um nicht verliebt zu werden; inzwischen wußte er selbst nicht, welcher von beiden er den Vorzug geben solle, so sehr waren sie in allen Dingen einander ähnlich. Nachdem er eine Zeitlang darüber hin und her gedacht hatte, fragte er endlich Messer Neri, wer die beiden Jungfrauen wären.

„Sire," antwortete Messer Neri, „es sind meine Töchter und Zwillingsgeschwister. Die eine nennt man Ginevra die Schöne, und die andre heißt Isotta die Goldlockige." Der König rühmte sie sehr und ermahnte ihn, sie zu verheiraten, worauf aber Messer Neri sich mit seinem geringen Vermögen entschuldigte. Indem nun die Mahlzeit bis auf den Nachtisch vorbei war, kamen die beiden Jungfrauen wieder, in schönen seidenen Gewändern, mit zwei großen silbernen Schüsseln, gefüllt mit allerlei Früchten, welche die Jahreszeit darbot, und stellten sie vor den König auf die Tafel. Darauf traten sie einige Schritte zurück und sangen ein Lied, welches mit den Worten anfing:

Wie sehr du, Amor, mich gequält,
Das ist mit wenig Worten nicht erzählt,

mit so vieler Anmut und Lieblichkeit, daß der König, der sie mit Wonne betrachtete und zuhörte, glaubte, alle Scharen der Engel wären vom Himmel herabgekommen, um ihm vorzusingen. Als sie gesungen hatten, neigten sie ehrerbietig das Knie und baten den König um Urlaub, den er ihnen auch mit freundlicher Miene erteilte, obwohl es ihm innerlich leid war, daß sie sich entfernten. Nach beendigtem Gastmahl stieg der König mit seinen Begleitern zu Pferde, verabschiedete sich von Messer Neri und kehrte mit ihnen unter allerlei Gesprächen nach seinem Hoflager zurück. Er verschwieg seine Empfindungen; da er aber, ungeachtet der wichtigen Staatsangelegenheiten, die ihn beschäftigten, die Anmut und die Reize der schönen Ginevra nicht vergessen konnte, um derentwillen er auch ihre Schwester, die ihr so sehr ähnlich war, mitliebte, verwickelte er sich dergestalt ins Netz der Liebe, daß er fast an nichts anderes denken konnte und deswegen unter allerlei Vorwand einen beständigen Umgang mit Messer Neri unterhielt und ihn fleißig in seinem schönen Garten besuchte, um Ginevra zu sehen. Als er es endlich nicht länger aushalten konnte, und weil er kein anderes Mittel wußte, kam er auf den Einfall, nicht nur Ginevra, sondern auch zugleich ihre Schwester dem Vater zu entführen, er entdeckte dem Grafen Guido sowohl seine Liebe als auch seine Absicht. Da der Graf aber ein rechtschaffener Mann war, so gab er ihm zur Antwort: „Sire, ich wundere mich über das, was Ihr mir sagt, und ich verwunderte mich darüber mehr als ein anderer, je genauer ich glaube, Eure Gesinnungen von Jugend auf gekannt und aufmerksamer als irgendein anderer beobachtet zu haben. Da ich nun in Euren

Jugendjahren, in denen sich die Liebe am leichtesten ihrer Beute bemächtigt, nie bemerkt habe, daß Ihr mit dieser Leidenschaft bekannt wäret, so kommt es mir jetzt, da Ihr dem Alter entgegengeht, so fremd und sonderbar vor, Euch sagen zu hören, daß Ihr verliebt seid, daß ich es fast für ein Wunder halten muß; und wenn es mir zukäme, Euch darüber Vorstellungen zu machen, so wüßte ich wohl, was ich Euch sagen würde, wenn ich bedenke, daß Ihr Euch noch mit den Waffen in der Hand in einem neueroberten Reich befindet, mitten unter einem fremden Volke voll List, überhaupt mit Sorgen und Unruhen und mit den wichtigsten Staatsgeschäften, daß Ihr nicht einmal einen bleibenden Wohnsitz habt wählen können, und daß Ihr bei dem allem dem Reiz der verführerischen Liebe Raum gegeben habt. Das heißt nicht handeln, wie ein hochherziger König, sondern wie ein schwacher Jüngling. Ja, was noch mehr ist, Ihr sagt, Ihr habt Euch vorgenommen, diesem armem Ritter seine beiden Töchter zu rauben, nachdem er Euch in seinem Hause gastfrei bewirtet und, um Euch recht hoch zu ehren, Euch seine Kinder fast nackt gezeigt hat, um Euch sein völliges Vertrauen zu beweisen, und daß er Euch wie einen König und nicht wie einen raubgierigen Wolf betrachtet. Habt Ihr denn schon so bald vergessen, daß die Gewalttätigkeiten, welche Manfredi gegen die Weiber ausgeübt hat, Euch zuerst den Weg zum Thron dieses Reiches gebahnt haben? Könnt Ihr Euch eines Verbrechens schuldig machen, welches der ewigen Strafe mehr wert ist, als wenn Ihr demjenigen, der Euch ehret, seine Ehre, seine Hoffnungen und seinen Trost zu rauben trachtet? Was würde man von Euch sagen, wenn Ihr so handeln wolltet? Ihr glaubt vielleicht, es sei genug zu Eurer Entschuldigung, wenn Ihr sagt: Ich tat dieses, weil er ein Ghibelline ist. Aber ziemt es denn einem gerechten Könige, diejenigen, die sich ihm selbst in die Arme werfen, auf solche Art zu behandeln, sie mögen sein, wer sie wollen? Ich gebe es Euch zu bedenken, Sire, daß es Euch zwar zum großen Ruhm gereicht, den Manfredi überwunden zu haben, daß es aber noch weit rühmlicher ist, sich selbst zu überwinden, und da Ihr andere zur Ordnung anhalten sollt, so beherrschet Euch selbst, zähmt Eure Begierden und verdunkelt nicht mit einem solchen Makel den glänzenden Ruhm, den Ihr Euch erworben habt."

Diese Worte drangen dem König durchs Herz, und er fühlte sich um desto tiefer, je heller ihm ihre Wahrheit in die Augen leuchtete. Mit einem schweren Seufzer gab er zur Antwort: „Graf, es ist wahr, daß es dem wohlgeübten Helden weit leichter ist, einen jeden andern Feind, er sei so mächtig, wie er wolle, zu überwinden als seine eigenen Begierden. Allein so schwer auch der Kampf und so unerschwinglich auch die dazu erforderlichen Kräfte sein mögen, so habt Ihr mich doch durch Eure Worte dergestalt angespornt, daß ich nicht säumen darf, Euch in wenigen Tagen durch die Tat zu überzeugen, daß ich ebensowohl mich beherrschen als andere überwinden kann."

Es verstrichen auch wirklich nur wenige Tage, so ging der König nach Neapel zurück, und teils um den Ritter für die ihm bewiesene Ehrerbietung zu belohnen, teils um sich selbst die Veranlassung zu irgendeiner unedlen Handlung zu benehmen, entschloß er sich, so schwer es ihm auch wurde, andere in den Besitz desjenigen zu setzen, was er selbst so sehnlich begehrt hatte: die beiden Jungfrauen zu verheiraten, und zwar nicht wie die Töchter des Messer Neri, sondern als ob sie seine eigenen Töchter wären. Er stattete sie mit Genehmigung ihres Vaters königlich aus und gab Ginevra die Schöne dem Herrn Maffeo da Palizzi und Isotta die Goldlockige dem Herrn Guiglielmo della Magna, zwei edlen Rittern und angesehenen Baronen, zu Gemahlinnen, und nachdem er sie ihnen überantwortet hatte, ging er mit schwerem Herzen nach Apulien und bändigte durch unablässige Anstrengungen seine Begierden dergestalt, daß er die Fesseln der Liebe gänzlich zerbrach und hernach zeitlebens frei von dieser Leidenschaft blieb. Manche werden vielleicht sagen, daß es für einen König nur eine Kleinigkeit war, ein Paar Mädchen zu verheiraten; dieses will ich gern einräumen; allein ich behaupte daß es edel, sehr edel gehandelt war, wenn wir bedenken, daß ein liebender König seine Geliebte vermählte, ohne von seiner Liebe Blatt, Blüte oder Frucht gepflückt zu haben oder zu pflücken. Und so handelte dieser großmütige König, indem er den edlen Ritter fürstlich belohnte, die geliebten Mädchen zu großen Ehren erhob und sich selbst mannhaft überwand.